OEUVRES
DE FLORIAN,

DE L'ACADÉMIE FRANÇAISE.

Nouvelle Édition,

ORNÉE D'UN PORTRAIT ET DE VINGT-QUATRE GRAVURES.

TOME CINQUIÈME.

—

THÉATRE.

PARIS,
CHEZ MÉNARD, LIBRAIRE-ÉDITEUR,
PLACE SORBONNE, 3.

—

1838

3605

OEUVRES

DE FLORIAN.

OEUVRES

DE FLORIAN,

DE L'ACADÉMIE FRANÇAISE.

Nouvelle Édition,

ORNÉE D'UN PORTRAIT ET DE VINGT-QUATRE GRAVURES.

TOME CINQUIÈME.

—

THÉATRE.

PARIS,

CHEZ MÉNARD, LIBRAIRE-ÉDITEUR,

PLACE SORBONNE, 5.

—

1838

AVANT-PROPOS.

En donnant au public le recueil de mes comédies, je me garderai bien de le faire précéder de réflexions sur la comédie. Ce serait d'abord risquer d'ennuyer, péril qu'on ne peut assez craindre ; ensuite je serais sûr de me nuire ; car de deux choses l'une : ou je prouverais que je suis un ignorant, et personne ne gagnerait à cette découverte ; ou je me montrerais fort instruit, et l'on m'en trouverait plus coupable d'avoir fait des pièces si imparfaites, en sachant si bien comment on les fait bonnes. Je ne veux donc parler ici que du genre que j'ai adopté, dire les motifs de cette adoption, et relever les fautes que je n'ai pas évitées.

Pour pouvoir définir ce genre, il faut dire un mot des autres : il faut répéter, ce que l'on sait déjà, que la comédie de caractère est sans contredit le plus beau, le plus utile, le plus difficile de tous les drames. Quel travail que celui d'étudier jusqu'aux plus petits traits de l'homme qu'on veut peindre, de fouiller dans les replis de son cœur, d'y surprendre ses sentimens les plus cachés, et d'imaginer ensuite des situations où, dans l'espace de deux heures, tous ces traits, tous ces sentimens soient développés, en amusant, en intéressant toujours deux mille personnes rassemblées au hasard, et très-indifférentes à l'affaire dont il s'agit ! Un tel ouvrage, quand il est parfait, me semble le chef-d'œuvre de l'esprit humain.

Mais ce chef-d'œuvre, en tous les temps si difficile, l'est peut-être aujourd'hui plus que jamais. Quand il naîtrait un second Molière, merveille que la nature ne produit plus vraisemblablement, pourrait-il se flatter d'égaler le premier ? trouverait-il des sujets tels que *le Misanthrope*, *le Tartuffe*, *l'Avare* ? Je ne le crois pas. Les caractères qui restent à traiter me semblent petits auprès de ces grands modèles. Je juge du moins qu'ils doivent être peu saillans, par la peine qu'on a de leur trouver même un nom.

On pourrait donc penser qu'il ne reste guère à peindre que des demi-caractères ; encore les modèles en sont-ils rares. C'est dans le monde qu'il faut les chercher ; et j'ai cru remarquer que dans le monde on se ressemblait un peu. Le grand précepte : *Il faut être comme les autres*, qui fait la base de nos éducations, met une assez grande conformité dans les mœurs, dans les actions, dans le

langage de ceux qui composent la société. Chaque
âge, chaque état a ses idées, son ton, ses manières
convenues : on les prend sans s'en apercevoir ; on
les garde par paresse, souvent par respect humain ;
et les formules, les devoirs d'usage, l'obligation
de parler lorsque l'on ne voudrait rien dire, l'habitude de traiter comme des amis ceux dont on ne
se soucie guère, enfin la monotonie de la politesse,
si l'on peut s'exprimer ainsi, éteignent le naturel,
et font disparaître les nuances des caractères.
Tout n'en est peut-être que mieux ; et il faut bien
que cela soit, puisque l'on a l'air si heureux dans
le monde. Je ne prétends point m'ériger en cen-
seur ; je veux dire seulement que j'ai trouvé un
peu de ressemblance entre ce monde bruyant et le
bal de l'Opéra. C'est assurément un lieu enchanteur ; on y fait infiniment d'esprit, on y voit de
très-jolis masques ; mais un peintre serait peut-
être embarrassé d'y trouver une physionomie.

D'après ces réflexions, bonnes ou mauvaises,
et auxquelles je n'attache aucune prétention, j'aurais renoncé à la comédie de caractère, quand bien
même j'en aurais eu le talent : car le talent ne
suffit pas ; c'est du sujet que dépend le sort d'une
pièce. Si cela n'était pas vrai, nos grands hommes
n'auraient fait que des chefs-d'œuvres.

Peut-être aussi, et je le croirais bien, mon im-

puissance m'a-t-elle rendu ces raisons meilleures.
J'en conviendrai volontiers à chaque bonne comédie de caractère que l'on nous donnera ; mais, en
attendant, je croirai qu'à moins de se sentir un
talent très-supérieur, on fera mieux de traiter la
comédie de sentiment ou la comédie d'intrigue.

J'entends par la comédie de sentiment celle que
La Chaussée fera vivre à jamais, malgré les épigrammes de ses critiques ; celle qui met sous les
yeux du spectateur des personnages vertueux et
persécutés, une situation attachante où la passion
combat le devoir, où l'honneur triomphe de l'intérêt ; celle enfin qui sait nous instruire sans nous
ennuyer, nous attendrir sans nous attrister, et qui
fait couler ces douces larmes, le premier besoin
d'une âme sensible.

La comédie d'intrigue, qui porte sur la même
base que la comédie de sentiment, l'intérêt, emploie des moyens tout différens. Un vieillard amoureux, un rival ridicule, des valets adroits, des
dangers sans cesse renaissans, des ressources toujours imprévues, des méprises enfin, moyen le plus
sûr de tous au théâtre ; voilà par quels ressorts elle
attache, égaie le spectateur, l'amuse assez pour
l'intéresser, et le fait rire des malheurs qui peuvent lui arriver le lendemain.

Ces deux genres me semblent inépuisables.

Avec de l'esprit et de la sensibilité, on trouvera souvent des intérêts nouveaux, des situations piquantes. Les vices, les travers, sont bornés ; mais les passions, et heureusement les vertus, nous offrent un champ immense.

La réunion des deux genres dont je viens de parler ferait sans doute un bon ouvrage : malheureusement cette réunion est extrêmement difficile. Presque toujours le comique nuit à l'intérêt, et l'intérêt exclut le comique. J'ai cru pourtant qu'il n'était pas impossible de les allier. J'ai pensé que le sentiment et la plaisanterie pouvaient tellement être unis, qu'ils fussent quelquefois confondus, que le spectateur s'égayât et s'attendrît en même temps, qu'il fût également ému par l'intérêt de l'action, et réjoui par le comique de l'acteur ; en un mot, que le même personnage fît pleurer et rire à la fois. Pour cela j'avais besoin d'Arlequin [1].

---

[1] Ce personnage, qui paraît avoir été connu des anciens, a été l'objet des recherches de plusieurs auteurs. L'opinion la plus vraisemblable, c'est qu'il fut dans son origine un esclave africain. Son visage noir et sa tête rasée semblent l'indiquer. Quant à son habit de trois couleurs, ce que j'ai pu découvrir, sinon de plus authentique, au moins de plus agréable, le voici :

Un pauvre petit nègre orphelin, abandonné près de Bergame, ne trouva d'amis et de protecteurs que dans trois enfans de son âge qui jouaient hors de la ville. Ils eurent pitié du

Ce caractère est le seul peut-être qui rassemble l'esprit et la naïveté, la finesse et la balourdise. Arlequin, toujours simple et bon, toujours facile à tromper, croit ce qu'on lui dit, fait ce que l'on veut, et vient se mettre de moitié dans les piéges qu'on veut lui tendre : rien ne l'étonne, tout l'embarrasse; il n'a point de raison, il n'a que de la sensibilité; il se fâche, s'apaise, s'afflige, se console dans le même instant : sa joie et sa douleur sont également plaisantes. Ce n'est pourtant rien moins qu'un bouffon; ce n'est pas non plus un personnage sérieux : c'est un grand enfant; il en a les grâces, la douceur, l'ingénuité, et les enfans sont si aimables, si attrayans, que j'ai cru mon succès certain si je pouvais donner à cet enfant

malheureux étranger, commencèrent par lui donner leur pain; et le voyant presque nu, ils résolurent de l'habiller. Mais ils n'avaient point d'argent. Heureusement chacun d'eux était fils d'un marchand de drap. Sans s'être donné le mot, les trois petits bienfaiteurs volèrent, le même jour, dans la boutique de leur père, une demi-aune de drap pour vêtir leur jeune ami. Ces trois demi-aunes se trouvèrent de différentes couleurs. Malgré cet inconvénient, on se hâta de les coudre ensemble du mieux qu'on put. L'habit fut assez mal taillé ; mais il parut à tous fort joli. On voulut même donner une épée à celui qu'on trouvait si bien mis: un morceau de bois fit l'affaire. Alors on crut pouvoir présenter le petit étranger dans la ville. Arlequin s'y établit, et la reconnaissance lui fit un devoir de porter toujours cet habit, qui lui rappelait un bienfait si aimable.

toute la raison, tout l'esprit, toute la délicatesse d'un homme.

Delisle et Marivaux en avaient déjà tiré un grand parti. Le premier a fait de son Arlequin un philosophe de la nature, misanthrope, gai, cynique, décent, qui voit les objets comme ils sont, les montre comme il les voit, s'exprime avec énergie, et fait rire en raisonnant juste.

Marivaux, ce grand anatomiste du cœur humain, qui, pour avoir voulu tout dire, n'a pas toujours dit ce qu'il fallait, Marivaux a fait des Arlequins moins naturels, moins philosophes que ceux de Delisle, mais plus délicats, plus aimables, et qui, à force d'esprit, rencontrent quelquefois la naïveté.

Je n'ai voulu copier ni Marivaux ni Delisle. Cela ne m'aurait pas été facile : l'un avait plus de finesse, l'autre plus de profondeur que moi. J'ai voulu peindre un Arlequin bon, doux, ingénu, simple sans être bête, parlant purement, et exprimant avec naïveté les sentimens d'un cœur très-tendre. Une fois ce caractère établi, non d'après les auteurs qui s'en étaient servis avant moi, mais d'après mes idées particulières, j'ai cherché des intrigues qui pussent m'aider à le développer. J'étais presque sûr que mon héros était intéressant ; son masque et son habit le rendaient comique : il ne fallait plus que trouver des situations atta-

chantes, et je devais faire rire et pleurer. Il reste
à savoir si j'y suis parvenu.

Lorsque j'osai risquer pour la première fois au
théâtre l'Arlequin que je m'étais créé, il y avait
plus de vingt ans que la comédie italienne avait
abandonné les pièces de Marivaux et de Delisle,
pour des canevas italiens que les acteurs remplis-
saient à leur gré. J'essayai de rappeler un genre
oublié. Je fis représenter par des acteurs italiens
une pièce toute française, *les Deux Billets*. Elle
réussit, quoiqu'elle ne fût pas jouée par le célèbre
Carlin, acteur à jamais recommandable par ses
grâces, par son naturel, et à qui peut-être il n'a
manqué que de la mémoire pour être le premier
des acteurs comiques.

D'après ce succès qui m'encouragea, d'après une
chute qui m'éclaira[1], je voulus donner à mes comédies un but de morale et d'utilité. Cette idée
n'avait rien de neuf; car toutes les bonnes comédies sont ou doivent être morales. Mais, avec le
personnage que j'avais choisi, je ne pouvais pas
développer de grands sujets, ni prétendre à corriger
les hommes en attaquant de grands vices : j'essayai
du moins de les exciter à la vertu, en leur rappe-

---

[1] *Arlequin roi, dame et valet*, tombé le 5 novembre 1779,
et jeté au feu le 6 du même mois.

lant combien elle donne de vrais plaisirs. Je voulus surtout présenter le tableau de ces vertus familières, de ces vertus de tous les jours, les plus utiles peut-être, les plus nécessaires au bonheur ; car ce ne sont pas, ce me semble, les grands préceptes de la morale et de la philosophie que l'on trouve à mettre en pratiqué le plus souvent. On est rarement dans le cas de sacrifier à son devoir, à la patrie, à l'honneur, son repos, sa fortune, sa vie ; mais on est obligé à tous les instans d'être un bon fils, un bon époux, un bon père.

Voilà les modèles que je résolus de tracer. J'avais déjà peint le désintéressement du véritable amour ; je tentai de peindre le bonheur de deux époux bien unis, et de prouver qu'il ne faut jamais soupçonner un cœur que l'on connaît vertueux. Je voulus ensuite esquisser le tableau d'un père qui adore sa fille, et qui voit sa tendresse récompensée par la confiance la plus entière ; celui d'une mère sage qui se sacrifie elle-même pour rendre sa fille au bonheur ; enfin celui d'un fils vertueux et sensible qui immole sa passion à sa mère.

Tels sont les sujets des *Deux Billets*, du *bon Ménage*, du *Bon Père*, de *la Bonne Mère*, et du *Bon Fils*. Les trois premières pièces forment, pour ainsi dire, le roman de mon Arlequin mis en

action dans les trois états de la vie les plus intéressans : ceux d'amant, d'époux et de père. En
lui conservant toujours son caractère original, je
l'ai fait parler différemment dans ces trois comédies, parce que ses affections et son âge sont différens.

Dans *les Deux Billets*, Arlequin est très-jeune
et amoureux. Il a plus d'esprit que dans les deux
autres pièces, par la raison qu'il est amoureux, et
que l'amour, qui ôte souvent l'esprit à ceux qui
en ont, en donne infiniment à ceux qui, comme
Arlequin, ne savent jamais qu'ils ont de l'esprit.
Quant à sa façon d'aimer, elle est peinte dans la
pièce. Le succès qu'elle a eu ne m'a point aveuglé
sur le défaut du dénoûment. Le billet de loterie
devrait rentrer dans les mains de son vrai maître
par un moyen plus ingénieux que celui dont se
sert Argentine : je le sais, et j'avoue en toute hu-
milité que je n'ai pu en trouver un autre.

Dans *le Bon Ménage*, Arlequin est marié depuis long-temps. Il adore sa femme ; mais cet
amour, le meilleur de tous, fondé sur l'estime et
la confiance, doit être aussi tendre et moins galant
que celui des *Deux Billets*. Aussi ai-je fait mes
efforts pour exprimer cette nuance, pour rendre
le dialogue plus simple et plus naturel. Arlequin
joue avec ses enfans, et cause avec sa femme ; l'es-

prit n'a rien à faire là. Deux époux bien unis, bien
sûrs l'un de l'autre, ne font pas des madrigaux ;
ils sont mutuellemet, et sans avoir besoin de s'en
avertir, l'objet constant de toutes leurs actions, de
toutes leurs pensées : mais ils ne parlent point d'a-
mour, cela va sans dire ; ils s'aiment puisqu'ils
existent.

Quelques personnes ont trouvé mauvais qu'Arlequin pardonnât à sa femme avant qu'elle ait
prouvé son innocence. Si c'est un défaut, on doit
d'autant plus me le reprocher que c'est pour ce
défaut-là que j'ai fait la pièce.

Le Bon Père est écrit d'un style plus élevé que
celui des deux autres comédies ; j'ai peut-être à
m'en justifier. Arlequin est devenu riche ; il vit
à Paris dans la bonne compagnie : un homme de
condition veut épouser sa fille ; il est impossible
qu'il n'ait pas pris un peu du ton de ceux qui
l'entourent. Il n'a plus son habit, il n'a que son
masque : j'ai tâché de ne lui conserver de son ancien langage qu'en proportion de ce qui lui restait
d'Arlequin.

Le grand défaut de ce petit ouvrage, c'est
qu'Arlequin ne fasse point d'action principale qui
caractérise précisément *le Bon Père*. Il pourrait
s'appeler tout aussi bien *l'Honnête Homme ;* et le
dénoûment justifierait mieux ce dernier titre. J'en

conviens; et j'ai réparé, autant qu'il était en moi, cette faute en multipliant les détails de tendresse paternelle, en représentant un père toujours occupé de sa fille, ne parlant que de sa fille, ne pouvant être heureux que du bonheur de sa fille. Je n'ose pas ajouter qu'un grand sacrifice, un beau trait d'amour paternel est peut-être moins difficile, et caractérise moins un bon père que cette habitude continuelle de sollicitude et de tendresse.

Le rôle d'Arlequin dans *la Bonne Mère* est bien moins considérable que ceux dont je viens de parler. J'ai craint qu'il n'attirât trop l'attention qui doit se porter sur la bonne mère. J'ai été un peu gêné dans les détails de tendresse que j'ai donnés à cette bonne mère, parce que j'avais déjà fait le bon père, et que la ressemblance des deux caractères en devait mettre nécessairement dans l'expression de leurs sentimens. Aussi ai-je bien senti que Mathurine n'a pas, dans ses scènes avec Lucette, autant d'amour, de douceur, d'épanchemens tendres, que le bon père avec Nisida. Cette imperfection est peut-être rachetée par la belle action de Mathurine; de sorte qu'elle ne fait qu'agir, et le bon père ne fait que parler. Chacun des deux ouvrages a son défaut, que l'on verra bien sans que je le dise; mais j'aime mieux le dire le premier.

Dans *le Bon Fils* il n'y a point d'Arlequin, parce que la situation du bon fils, obligé de choisir entre sa mère et sa maîtresse, forcé de sacrifier l'une à l'autre, semble exclure de son rôle toute espèce de comique. Non-seulement il ne faut pas que le bon fils rie, mais il ne faut pas qu'il fasse rire un moment. L'intérêt est, ce me semble, trop vif, trop important, pour admettre le moindre comique. Dès lors il est nécessaire de bannir toute idée d'Arlequin, qui, dans quelque situation qu'on le place, doit toujours au moins faire sourire.

J'avoue que le grand défaut du *Bon Fils* est ce manque de comique : j'ai tâché d'y suppléer par le rôle de Thibaut. J'avoue encore que je me suis consolé d'avoir fait, sans Arlequin, une comédie en trois actes, où j'ai présenté un modèle de la première vertu que l'on met en usage dans le monde. J'y ai trouvé le plaisir de rassurer quelques personnes qui, me voyant toujours faire des pièces avec un Arlequin, craignaient (par amitié pour moi) que je ne pusse jamais faire autre chose. Un intérêt si tendre méritait bien que je prisse la peine de leur offrir une comédie sans Arlequin. J'aurais eu d'autant plus mauvaise grâce à me refuser à cette complaisance, que *le Bon Fils* est de tous mes ouvrages celui qui m'a le moins coûté.

Afin de compléter ce petit cours de morale, j'ai voulu faire une pièce pour des enfans. J'ai pris mon sujet dans M. Gessner; et le nom de cet aimable auteur m'a rendu ce sujet plus cher que si je l'avais inventé. J'ai eu grand soin de faire imprimer à la tête de ma pastorale la charmante idylle qui me l'a fournie. J'ai été fier de mêler dans mes ouvrages un ouvrage du chantre d'Abel. Il m'a semblé que cette idylle porterait bonheur à mon recueil, et qu'une simple fleur du jardin de M. Gessner suffirait pour parfumer tout mon bosquet.

J'ai encore un autre espoir. Je me suis flatté que dans ces familles bien unies que j'ai toujours en vue lorsque je travaille, les enfans de la maison joueraient *Myrtil et Chloé* à la fête de leur mère, à la convalescence de leur père. Cette idée m'a réjoui, parce que j'aime les enfans et les fêtes de famille. Je suis sûr d'avance que le jeu de ces aimables acteurs, la circonstance, l'émotion d'un cœur paternel, effaceront tous les défauts de mon petit ouvrage; et la certitude qu'il fera couler des larmes a suffi pour m'attacher à cette bagatelle, qui ne vaut pas la peine d'être examinée.

La ressemblance parfaite de deux Arlequins m'avait toujours semblé un joli sujet de comédie. L'ancienne pièce des Deux Arlequins, de Le No-

ble, m'encourageait à la faire; mais les Ménechmes m'effrayaient. Je pris le parti de réduire ma
comédie à un acte, pour éviter toutes les situations
qui se trouvent dans les Ménechmes. J'observai
scrupuleusement de couper toutes les scènes qui
pouvaient ressembler à celles de Regnard, et cela
n'a pas empêché de dire que j'avais copié les Ménechmes.

Ce n'est point là le défaut de cette petite comédie, qui pèche plutôt par le manque d'intrigue.
Comme ce reproche est grave, je ne veux point en
trop parler. D'ailleurs, de toutes mes pièces, celle
des *Jumeaux de Bergame* a le plus réussi; et je
n'ai garde d'appeler du jugement du public.

Jeannot et Colin fut un de mes premiers ouvrages. Si je le faisais aujourd'hui, ce ne serait point
Colin et Colette qui parleraient les premiers pour
annoncer Jeannot; ce serait au contraire Jeannot
qui annoncerait Colin et Colette, parce que ces
derniers sont les plus intéressans, et que leur
arrivée, qui ne fait point d'effet puisqu'on ne les
connaît pas, en ferait beaucoup si l'on avait parlé
d'eux. J'amènerais sur la scène tous les personnages, tous les tableaux dont ce sujet est susceptible;
j'essaierais de peindre les faux amis, les flatteurs,
les parvenus; enfin je suivrais mieux le conte dont
je me suis trop écarté. Mais, dans le temps où j'ai

fait cette pièce, je n'y voyais que Colin et Colette ; je regardais comme inutiles toutes les scènes où je ne parlerais pas d'amour ou d'amitié. Au lieu d'une bonne comédie, qu'un homme plus instruit que moi aurait faite, je ne voulais écrire qu'un petit drame touchant. Heureusement je pleurais en travaillant ; quelques spectateurs ont pleuré à la représentation, et ma pièce a été sauvée. L'attachement qu'on a toujours pour ses premiers essais m'a empêché d'y retoucher. Je n'en applaudirais pas moins à celui qui traiterait ce sujet d'une manière plus digne du conte.

J'ai voulu faire un mélodrame ; et je crois avoir bien choisi le sujet d'*Héro et Léandre*. Ovide m'a fourni plusieurs traits ; c'est le seul mérite de cette bagatelle.

Je ne détaillerai point les défauts du *Baiser* et de *Blanche et Vermeille*, parce qu'on leur en a trouvé beaucoup. La féerie et la pastorale ne sont plus de mode, et l'on a raison de rejeter un genre trop éloigné de la nature. Plus j'ai senti le défaut de ce genre, plus je me suis attaché à le soutenir par le style. Le temps et le travail n'y ont pas été épargnés. Ces deux pièces n'en sont peut-être pas meilleures ; mais je les joins à ce recueil, parce que l'enfant que l'on chérit le mieux est toujours celui qui a pensé mourir.

Les ouvrages dont je viens de parler composent tout mon petit théâtre. Le rôle d'Arlequin le rend plus difficile qu'un autre à représenter dans les provinces, où presque toujours les troupes manquent d'Arlequin. Quoique ce rôle perde beaucoup sans l'habit et sans le masque, on peut cependant le remplacer par un Lubin semblable à celui de *la Seconde Surprise de l'Amour*. C'est à peu près même caractère ; et l'épreuve en a été faite en plusieurs villes, où tous mes Arlequins ont été joués avec succès par des Lubins. On aurait encore moins de peine à faire du bon père un bourgeois qui s'appellerait monsieur Mondor.

C'est à ce court recueil que je borne ma carrière dramatique : je la trouve trop difficile pour mon faible talent. J'ai fait de mon mieux : je n'ai pas trop bien fait ; c'est une raison de plus pour me reposer. Je me suis hasardé sur une mer orageuse avec une petite nacelle ; c'était une imprudence. Heureusement ma nacelle, après deux ou trois coups de vent, est rentrée saine et sauve dans le port ; j'en remercie le ciel, et je n'ai rien de mieux à faire que d'offrir mon petit bateau en action de grâces au dieu qui m'a sauvé : ce dieu est le public, ce recueil est ma nacelle.

LES DEUX BILLETS,

COMÉDIE

EN UN ACTE ET EN PROSE,

Représentée pour la première fois sur le théâtre italien , le
mardi 9 février 1779.

PERSONNAGES.

ARLEQUIN, amant d'Argentine.
ARGENTINE.
SCAPIN, rival d'Arlequin.

La scène est à Paris, dans une place publique, où l'on voit la maison où demeure Argentine.

LES DEUX BILLETS,

COMÉDIE.

SCÈNE PREMIÈRE.

ARLEQUIN seul, un billet à la main.

Voici la première fois que je suis bien aise de
savoir lire. Quel bonheur ! elle m'aime. J'en suis
sûr à présent ; elle l'a dit, elle l'a écrit, et Argentine
ne peut pas mentir : elle a la bouche trop jolie et
la main trop blanche pour tromper. Relisons encore son billet. (Il lit.) « Sois tranquille, mon bon
« ami, ton rival ne doit te donner aucune inquié-
« tude. Je t'aime... » Je t'aime !... Je n'ose pas
baiser ce mot-là, de peur de l'effacer. (Il continue de lire.)
« Mon cœur est à toi pour toujours : tu auras ma
« main quand tu voudras. » Quand je voudrai ! Je
ne fais que le vouloir depuis que je la connais. Ma
chère lettre ! ma bonne lettre ! (Il la baise.) Allons,
plus d'inquiétude. Ce coquin de Scapin m'offus-
quait. Il fait semblant d'aimer mon Argentine ; et
souvent ces amoureux menteurs ont de l'avantage
sur les amoureux qui parlent vrai. Heureusement
Argentine n'est pas de cet avis-là. Allons la remercier, et prendre jour pour notre mariage. Ah !

comme il fera beau ce jour-là. (Il va et revient.) Il y a pourtant quelque chose qui me chagrine : Argentine a du bien ; je n'ai rien, moi : je voudrais être riche, ou qu'elle fût pauvre. Quand il y a, comme cela, de l'argent d'un côté, et qu'il n'y a que de l'amour de l'autre, je ne sais pas, mais cela ne va jamais si bien que lorsque tout est égal et qu'il y a amour contre amour. J'ai beau faire, je ne peux pas devenir riche : tous les mois je mets mes gages à la loterie ; mes numéros restent toujours au fond du sac. J'en ai encore pris trois pour ce tirage-ci ; les voilà (il tire un billet de loterie) : 7, 19, 48. J'ai mis six francs sur ce terne-là : s'il sort, ma fortune est faite, et je l'offre à ma chère Argentine ; s'il ne sort pas, au premier tirage je prendrai tous les numéros, nous verrons s'il en sortira un. En attendant, allons trouver Argentine... Mais voici Scapin, cachons ma lettre, et attendons qu'il soit parti.

(Arlequin met ses deux billets dans la même poche.)

SCÈNE II.

ARLEQUIN, SCAPIN.

SCAPIN.

Bonjour, Arlequin.

ARLEQUIN.

Serviteur, monsieur.

SCAPIN.

Comment, *Monsieur!* Tu me parles toujours comme si tu étais fâché. Je ne te ressemble pas, moi ; et...

ARLEQUIN.

Oh ! je sais fort bien que nous ne nous ressemblons guère.

SCAPIN.

Mais tu n'y penses pas, mon ami : parce que nous aimons tous deux la même personne, faut-il que nous nous détestions ? Une femme ne vaut pas la peine que deux honnêtes gens se brouillent.

ARLEQUIN.

D'abord, pour que deux honnêtes gens puissent se brouiller, il faut qu'ils soient tous deux honnêtes gens, et...

SCAPIN.

Ah ! monsieur Arlequin...

ARLEQUIN.

Monsieur Arlequin ne vous aime pas : je vous le dis franchement. Tout mon bonheur dépend d'Argentine ; je ne sais rien, je ne veux rien, je ne peux rien que l'aimer : et vous, qui voudriez épouser son argent, vous faites semblant de désirer sa personne. Vous lui plairez peut-être plutôt que moi : car un homme qui n'est point amoureux a toute sa tête pour plaire, au lieu que moi je n'ai rien. Tout cela me tracasse; je voudrais vous savoir loin d'ici.

SCAPIN.

Mon cher Arlequin, il faut pourtant t'accoutumer aux rivaux : tu es un beau garçon, sans doute; mais il y a des gens courageux que cela n'effraie pas. Il faudrait bien prendre ton parti, si Argentine ne rendait pas justice à ton mérite.

ARLEQUIN.

Je le prendrai, soyez tranquille. Bonsoir.

SCAPIN.

Où vas-tu donc ?

ARLEQUIN.

Je vais voir tirer la loterie.

SCAPIN.

Elle est tirée, il y a plus d'une demi-heure. J'ai la liste dans ma poche ; voici les numéros : 7, 20, 48, 12, 19.

ARLEQUIN.

Que dis-tu? Attends. (Il tire son billet de loterie.) 7 en est-il?

SCAPIN.

Oui.

ARLEQUIN.

19 aussi.

SCAPIN.

Oui.

ARLEQUIN.

Et 48 aussi?

SCAPIN.

48 aussi.

ARLEQUIN.

Ah! tu badines?

SCAPIN.

Non, ma foi; regarde toi-même.

ARLEQUIN.

Ma fortune est faite, mon terne est venu. Que d'argent je vais avoir! C'est bon, mon mariage sera tout d'amour.

SCAPIN.

Comment! (Il regarde le billet d'Arlequin.) Il a, ma foi, raison. Ce drôle-là est bien heureux!

ARLEQUIN.

Il y avait long-temps que je guettais ce terne-là; je suis sûr que j'ai passé près de lui plus de trente fois : à la fin je l'ai attrapé.
(Il remet son billet dans la même poche.)

SCAPIN, à part.

Si je pouvais accrocher ce billet-là!

ARLEQUIN.

Adieu, je vais me faire payer; car je dois placer tout de suite cet argent, non pas sur ma tête, mais sous les plus jolis petits pieds du monde.

SCAPIN.

Attends donc, tu ne sais seulement pas où il faut aller pour te faire payer.

ARLEQUIN.

Non.

SCAPIN.

Écoute : je vais t'indiquer où demeure celui qui paie. (Pendant tout le reste de la scène, Scapin cherche à voler le billet d'Arlequin, et celui-ci le dérange toujours.) Tu sais bien où est le Luxembourg ?

ARLEQUIN.

Oui.

SCAPIN.

Eh bien ! c'est là que l'on paie.

ARLEQUIN.

Au Luxembourg ?

SCAPIN.

Oui... c'est-à-dire... non... Avant d'y entrer, à droite, tu verras une porte cochère... Tiens... voilà le Luxembourg, là... à droite, il y a une porte cochère... jaune.

ARLEQUIN.

Une porte jaune ?

SCAPIN , vite.

Oui ; tu la reconnaîtras tout de suite. Tu frapperas, l'on t'ouvrira ; tu entres, tu vois un escalier à gauche, tu montes ; tu trouves au premier une

petite porte grise, une sonnette avec un pied de
biche ; tu sonnes ; vient un domestique : Je demande à parler à M. le directeur. — Donnez-vous
la peine d'entrer. On te mène à son bureau, tu lui
montres ton billet : Vite de l'argent à Monsieur,
trente sacs de mille francs. — Les voilà, Monsieur.
Voulez-vous bien vous donner la peine de regarder si le compte y est ? On peut se tromper ; voyez,
voyez... (Arlequin se baisse et regarde par terre; Scapin vole le billet.)
On te prend ton billet ; et tout est fini.

ARLEQUIN.

Oh ! c'est clair. Vis-à-vis, porte jaune, porte
grise, pied de biche, domestique, l'escalier, trente
sacs de mille francs, voyez si le compte y est...
C'est clair. J'y cours tout de suite. Pardi ! sans toi
j'aurais été bien embarrassé, je te remercie.

SCAPIN.

Il n'y a pas de quoi. Bonsoir, mon ami ; n'oublie pas la porte jaune.

ARLEQUIN.

Oh ! je la trouverai bien. (Il sort.)

SCÈNE III.

SCAPIN , seul.

Si nous n'avions pas le soin d'y mettre ordre, il
n'y aurait que ces imbéciles-là d'heureux. On a
bien raison de dire que la fortune n'est que pour

les bêtes : j'ai mis cent fois à la loterie, jamais je n'ai pu attraper un lot; voici le premier. De quel bureau est-il? (Il déplie le billet). Ah ciel! je me suis trompé : il faut être bien malheureux! Comment! je ne peux pas gagner à la loterie, même en volant les billets qui ont gagné! celui-ci n'est plus qu'une lettre. (Il lit.) « Sois tranquille, mon bon ami, ton « rival ne doit te donner aucune inquiétude. Je « t'aime; mon cœur est à toi pour toujours : tu « auras ma main quand tu voudras. » Voilà qui est clair : ce billet est d'Argentine. Ah! il aura sa main quand il voudra! Cela n'est pas si sûr : je vais tirer parti de ma gaucherie, et puisque j'ai manqué le billet de loterie, je ferai valoir celui-ci. (Il frappe à la porte d'Argentine.) Mademoiselle Argentine?

SCÈNE IV.

ARGENTINE, SCAPIN.

ARGENTINE.

Ah! c'est vous, monsieur Scapin?

SCAPIN.

Oui, Mademoiselle, toujours le même...

ARGENTINE.

Tant pis pour vous.

SCAPIN.

Toujours malheureux, et ne vous en adorant pas moins.

ARGENTINE.

Vous êtes bien bon, car je ne vous en aime pas
davantage.

SCAPIN.

Je ne le sais que trop, Mademoiselle, et j'en suis
d'autant plus affligé, que ce sort-là n'est pas commun à tous vos amans. Il en est un que votre
cœur a choisi, à qui vous écrivez des lettres bien
tendres.

ARGENTINE.

Comment! que voulez-vous dire? Monsieur
Scapin, vous avez grand tort de sortir de votre
personnage ordinaire; il vaut encore mieux être
ennuyeux qu'impertinent.

SCAPIN.

Pardon, Mademoiselle; je voulais vous parler
d'une certaine lettre qui court le monde, et que
les méchans prétendent que vous avez écrite à
monsieur Arlequin. Je l'ai, cette lettre; je vous la
rapportais : mais je me garderai bien de rien dire,
puisque ce serait manquer au respect que je vous
dois.

ARGENTINE.

Vous me la rapportez? Ah! mon cher Scapin,
expliquez-vous, je vous supplie : s'il est vrai que
vous m'aimez, vous jugez bien...

SCAPIN.

Sûrement je vous aime, et j'espère qu'aujour-
d'hui vous reconnaîtrez vos injustices à mon égard.
Vous connaissez mademoiselle Violette, qui demeure ici près? Monsieur Arlequin en est amoureux ; et, pour lui donner une preuve certaine de
son attachement, il lui a sacrifié un billet qu'il a
dit être de vous. Le voici.

ARGENTINE.

Ah ciel !

SCAPIN.

Mademoiselle Violette, qui ne vous aime pas,
parce qu'elle n'est pas aussi jolie que vous, n'a rien
eu de plus pressé que de confier ce billet à tous ses
amis. Ce matin, en traversant le Palais-Royal,
j'ai entendu des éclats de rire, et j'ai vu du monde
attroupé : c'étaient M. Mezzetin, M. Trivelin,
M. Pascariel, qui se passaient votre billet. L'un
faisait une épigramme, l'autre disait un bon mot.
J'avoue que je n'ai pas été le maître de ma colère ;
vous me le pardonnerez bien : je m'en suis pris à
tous les trois, surtout à Trivelin, qui était le possesseur du billet ; je l'ai menacé, il a eu peur, et
me l'a rendu. Je vous le rapportais ; et, pour prix
de mon zèle, vous savez la manière dont vous m'a-
vez reçu.

ARGENTINE.

Je n'ose vous faire des excuses, ni vous remercier : j'ai trop à rougir de ce que je vous dois, et de ce que j'ai fait pour un autre.

SCAPIN.

Mademoiselle, le bonheur de ma vie aurait été de devoir votre cœur à vous-même, et non pas au désir de vous venger : mais je suis trop amoureux pour être si délicat; et je serai encore le plus heureux des hommes si la perfidie d'Arlequin...

ARGENTINE.

Ah ! ne me parlez pas de lui; son nom seul me met en fureur. Si vous saviez jusqu'à quel point il a poussé la fausseté..... Non, il n'est pas possible de l'imaginer. Et moi, qui croyais si bien le connaître.... Jamais je ne me le pardonnerai, et je m'en souviendrai toujours pour le haïr davantage.

SCAPIN.

Contenez-vous, car je l'entends.

ARGENTINE.

Je ne veux pas le voir.

SCAPIN.

Au contraire, restez pour le bien humilier et le punir comme il le mérite.

ARGENTINE.

Jamais je n'y parviendrai.

SCÈNE V.

ARGENTINE, ARLEQUIN, SCAPIN.

ARLEQUIN, sans voir Argentine.

Le diable t'emporte avec ta porte jaune ! J'ai frappé à toutes les portes jaunes et à toutes les portes à droite, jamais je n'ai pu trouver un directeur. Viens me conduire toi-même...

(Il aperçoit Argentine.) Ah ! vous voilà ! Que j'en suis bien aise ! je suis déjà venu vous chercher ; en m'en allant je vous cherchais encore ; partout je vous cherche toujours. J'ai tant de choses à vous dire ! mais, quand je vous vois, je ne m'en souviens plus ; quand je suis loin de vous, elles reviennent si vite, que cela m'étouffe ; je crois que je n'aurai qu'un moyen de m'en souvenir, c'est de vous regarder les yeux fermés ; car autrement il m'est impossible de penser à une autre chose qu'à vous voir. (Argentine ne répond rien. Arlequin, après un long silence, se retourne vers Scapin :) Va-t'en, toi ; tu nous gênes.

ARGENTINE.

Non, il peut rester, il ne me gênera pas.

SCAPIN.

Après la manière dont mademoiselle s'est expliquée sur ton compte, après les assurances par écrit qu'elle t'a données de sa tendresse, il me semble que rien ne doit te gêner.

ARLEQUIN, bas à Argentine.

Vous lui avez donc tout conté?.... Hé!.... vous lui avez tout dit?... (Scapin rit.) Il a l'air de se douter de quelque chose. Monsieur Scapin, expliquons-nous, je vous en prie : vous aimez mademoiselle Argentine, n'est-il pas vrai?

SCAPIN.

Sans doute, je l'aime, elle le sait bien.

ARLEQUIN.

Eh bien ! moi, je l'aime aussi ; et je n'aime pas qu'on l'aime. Ainsi, puisque nous voilà devant elle, elle va nous dire quel est celui de nous deux qui lui a le plus plu, à condition que l'autre se retirera sans bruit, et ne traversera plus l'heureux qu'elle aura choisi : y consentez-vous, monsieur Scapin?

SCAPIN.

Touchez là, monsieur Arlequin. Souvenez-vous de ce que vous dites : mademoiselle va choisir, et celui qu'elle refusera n'aura plus la moindre prétention.

ARLEQUIN.

De tout mon cœur..... (Il rit.) Oh qu'il est bête !

SCAPIN.

Allons, mademoiselle, vous venez d'entendre nos conventions; c'est à vous à nous juger.

ARLEQUIN.

Oui; c'est à vous à nous juger. (A part.) Oh la bestiasse !

ARGENTINE, à part.

Je serai malheureuse; mais je veux me venger.

SCAPIN.

Hé bien, mademoiselle?

ARGENTINE.

Hé bien, je vais m'expliquer. Mon choix est fait depuis long-temps; je l'ai même écrit à celui que j'ai choisi : celui de vous deux qui a un billet de moi n'a qu'à me le montrer, je lui donne ma main.

ARLEQUIN.

C'est clair, cela. (Scapin fouille dans sa poche.) Oui, cherche, cherche, tu le trouveras... Le voici, ce billet, (Il tire le billet de loterie.) le voici : ainsi, monsieur Scapin, adieu, on n'aura plus l'honneur de vous revoir.

ARGENTINE, vivement.

Voyons... C'est un billet de loterie.

ARLEQUIN.

Ah! oui. Vous ne savez pas, le bonheur m'a écrasé aujourd'hui; j'ai gagné... Mais où ai-je

donc mis mon autre billet ? Celui-là n'est pas le
meilleur. L'aurais-je perdu ?

SCAPIN.

C'est peut-être moi qui l'ai trouvé. Tenez, mademoiselle, voilà un billet que je crois de vous.

ARGENTINE lit.

« Sois tranquille, mon bon ami. »

ARLEQUIN.

Ah ! c'est le mien qu'on ma volé.

ARGENTINE.

Qu'on t'a volé ! Tu crois donc m'abuser jusqu'au
dernier moment ? Non, traitre, je te connais. Va
chez Violette, va lui porter mes lettres, lui dire
que tu me sacrifies à elle ; et reviens ensuite me
jurer que tu m'adores : ose y revenir, me parler,
me regarder seulement. Traitre, scélérat, tu m'as
trompée ; mais tu ne m'abuseras plus, et ma vengeance ne s'en tiendra pas là. Et vous, Scapin,
gardez ce billet ; j'ai promis ma main à celui qui
en serait possesseur, je tiendrai ma parole, vous
pouvez y compter.

(Elle sort.)

SCÈNE VI.
ARLEQUIN, SCAPIN.
(Ils se regardent sans rien dire.)

ARLEQUIN.

QUE veut dire tout ceci ? D'où vient que je n'ai

pas mon billet ; que tu l'as, toi, et qu'à propos de rien Argentine me traite comme cela ?

SCAPIN.

Je n'en sais rien, mon ami. Argentine m'a donné elle-même ce billet, en me disant que c'était moi qu'elle voulait épouser.

ARLEQUIN.

Mais ce billet est à moi ; je le reconnais bien : il est presque tout effacé, tant nous nous étions embrassés. Comment Argentine a-t-elle pu l'avoir ? Elle m'a fait entendre que j'aimais Violette, moi qui n'ai jamais rien aimé dans le monde qu'Argentine ? Suis-je assez malheureux ! Ah ! je le disais bien ce matin, que j'étais trop heureux ; cela ne pouvait pas durer. Tu vas donc l'épouser, toi ?

SCAPIN.

Mais oui, puisqu'elle le veut.

ARLEQUIN.

Tiens, je te conseille de t'en aller ; car je pourrais fort bien te rosser de manière à retarder ton mariage. Tout ceci n'est peut-être qu'une friponnerie de ta part : je l'avais dans ma poche, ce billet ; et tu me l'auras volé.

SCAPIN.

Ah ! mon ami, que tu me connais mal ! Tu avais dans la même poche un billet de loterie qui vaut dix mille écus ; assurément, si j'avais pu te voler, tu sens bien que je l'aurais pris de préférence.

ARLEQUIN.

Plût à Dieu qu'on me l'eût pris, et qu'on m'eût laissé ma lettre ! Que deviendrai-je à présent ? Elle ne m'aime plus, elle va en épouser un autre. (Il pleure.) Ah ! Ah ! je vais être tout seul dans le monde. Allons, il faut tâcher de mourir avant que le mariage soit fait. (Il pleure.)

SCAPIN.

Tu me fais pitié, mon ami ; et mon attachement pour toi l'emporte sur mon amour. Écoute : Argentine a promis d'épouser celui qui lui raporterait son billet : je l'ai, ce billet ; je te le donnerai, si tu veux me donner celui de la loterie.

ARLEQUIN.

Donne, donne vite ; tiens, le voilà : de ma vie je n'ai fait une si bonne affaire.

SCAPIN.

Ni moi non plus.

(Ils changent de billet.)

ARLEQUIN, s'adressant à celui d'Argentine.

Ah ! vous voilà donc, monsieur ! et pourquoi m'avez-vous quitté ? Petit ingrat, petit étourdi, parlez, irez-vous encore courir le monde? Irez-vous encore vous mettre prisonnier chez les Arabes afin que je paie votre rançon ? Ne vous en avisez plus, car je n'ai plus rien. Allons, je veux bien

vous pardonner vos fredaines ; embrassons-nous,
(il le baise) et que tout soit fini.

SCAPIN.

Ah ça, le billet est à moi ?

ARLEQUIN.

Eh ! sans doute : c'est dit, cela. Je t'ai donné
un billet au porteur, tu m'as donné un billet au
porteur ; je souhaite seulement que le mien soit
payé aussi aisément que le tien. Mais j'ai peur
que ce drôle-là ne décampe encore, je vais le reporter à sa maîtresse. Va-t'en, je t'en prie, car je
voudrais lui parler seul.

SCAPIN.

Oh ! cela est juste. Adieu, mon ami : en vérité,
je suis charmé de t'avoir fait plaisir. Voilà comme
je suis, moi, j'ai le cœur tendre ; jamais je n'ai pu
résister à des larmes.

ARLEQUIN.

Va, va te faire payer ; ton cœur est à cette porte
jaune où l'on donne de l'argent.

SCAPIN, à part.

Cachons-nous au coin de la rue pour voir comment il sera reçu.

SCÈNE VII.

ARLEQUIN, ARGENTINE, SCAPIN, caché.

ARLEQUIN, frappe.

Qui est là ?

ARGENTINE, à la fenêtre.

Comment ! c'est vous ! Vous osez encore regarder ma maison ! Vous espérez peut-être y entrer ? Vous croyez...

ARLEQUIN.

Non, je ne demande pas d'entrer, vous êtes trop en colère ; je ne veux vous dire que quatre mots : donnez-vous la peine de descendre, et...

ARGENTINE.

Je ne veux rien entendre : laissez-moi en repos, et délivrez-moi de votre odieux visage.
(Elle ferme la fenêtre.)

SCAPIN, à part.

Bon ; je vais me faire payer, et je reviens trouver Argentine : j'espère bien l'épouser et avoir les dix mille écus.

SCÈNE VIII.

ARLEQUIN, seul.

Je suis bien malheureux ! je ne pourrai seulement pas lui montrer mon billet ! Si je perds ce moment-ci, tout est perdu ; car ce coquin de

Scapin va revenir, et il sera toujours ici. Allons, du courage ; je sens que j'étouffe, que je crève de chagrin : mais il faut remettre ma mort à ce soir. Voyons encore... (Il frappe.) — Qui est là ?

SCÈNE IX.

ARLEQUIN ARGENTINE, à la fenêtre.

ARGENTINE.

Encore vous !

ARLEQUIN.

Ne vous fâchez pas : je ne demande plus de causer avec vous, puisque vous ne le voulez pas : mais je vous prie seulement de reprendre votre billet.

ARGENTINE.

Mon billet ! Comment ! c'est vous qui l'avez ? Mais ce malheureux billet court le monde ! Attendez, je descends.

ARLEQUIN.

Ah ! je commence à reprendre un peu d'espoir. Je n'ai rien à me reprocher ; je l'aime, je l'ai toujours aimée, elle m'a aimé : quand on consent à écouter quelqu'un qu'on a aimé et qui nous aime, c'est qu'on a envie de le croire... La voilà.

ARGENTINE.

Souvenez-vous que je ne veux point d'explica-

tion sur le passé. Dites-moi seulement comment
il se fait que vous ayez mon billet.

ARLEQUIN.

Tenez, le voilà : il est bien à moi, il fait toute
mon espérance et tout mon bonheur : mais comme
le bonheur ne vaut rien quand on est heureux
sans votre permission, je vous le rendrai, si vous
ne consentez pas que je le garde.

ARGENTINE.

Non ; assurément, je n'y consentirai pas.
(Elle prend le billet.) Vous en avez usé d'une manière
si indigne ! aller sacrifier mon billet à une autre
femme !

ARLEQUIN.

Une autre femme ! Ah ! mon cœur m'est témoin qu'il n'y a pour moi qu'une femme dans le
monde ; et quand je prends mon cœur à témoin,
c'est tout comme si je vous prenais vous-même.

ARGENTINE.

Mais enfin, hier je vous envoyai ce billet, et
aujourd'hui Scapin me l'a rapporté.

ARLEQUIN.

Scapin vous l'a rapporté ? Voyez le coquin ! il
m'a dit que c'était vous qui le lui aviez donné. Je
suis sûr à présent qu'il me l'a volé.

ARGENTINE, à part.

Scapin en est bien capable. Ah ! que je voudrais qu'il dît vrai !

ARLEQUIN.

Mais songez donc qu'il y a deux ans que je vous aime ; que vous m'avez toujours vu le même . Croyez-vous que j'aurais pu me déguiser si long-temps ? Ma bonne amie.. . (Argentine le regarde sévèrement.) Mademoiselle, pardonnez-moi d'avoir été volé.

ARGENTINE.

Mais comment se fait-il que vous avez ce billet ? Qui vous l'a donné ?

ARLEQUIN.

La loterie.

ARGENTINE.

La loterie ! Est-ce que l'on a mis mon billet à la loterie ? Scapin l'avait tout-à-l'heure ; il vous l'a donc rendu ?

ARLEQUIN.

Non pas rendu, mais vendu.

ARGENTINE.

Expliquez-vous.

ARLEQUIN.

Tenez, il faut tout vous dire : j'avais gagné ce matin un terne de six francs à la loterie...

ARGENTINE.

Un terne de six francs ! cela fait une somme prodigieuse.

ARLEQUIN.

Oui, ils disent que cela fait beaucoup d'argent. Heureusement je n'étais pas encore payé. Scapin, voyant que je me désolais, m'a proposé de troquer mon billet de loterie contre votre billet.

ARGENTINE, vivément.

Et tu l'as fait ?

ARLEQUIN.

J'aurais encore donné du retour s'il m'en avait demandé.

ARGENTINE l'embrasse.

Mon cher ami, va, tu es innocent ; je t'aimerai toute ma vie : ce dernier trait me fait sentir tout ce que tu vaux.

ARLEQUIN.

Comment diable ! Vous estimez donc bien les gens qui font des bons marchés ?

ARGENTINE.

Je te demande pardon de ne pas t'avoir connu : garde mon billet ; je te répète, je te jure que je t'aime, que je n'aimerai jamais que toi, et dès ce soir nous serons époux.

ARLEQUIN.

Vous me r'aimez ! Ah ! quelle joie ! (Il lui baise la main.)

Tiens, ma bonne amie, ne me le répète plus, il m'arriverait encore quelque malheur. Laisse-moi te regarder, je le verrai bien sans que tu me le dises.

ARGENTINE.

Va, ton bonheur est certain, du moins tant que mon cœur suffira.

ARLEQUIN.

Ah ! comme il y a long-temps que tu n'as parlé comme cela ! Écoute, fais-moi le plaisir de me dire comment il y a là.

(Il lui montre la lettre.)

ARGENTINE lit.

« Je t'aime. »

ARLEQUIN. (Lazzi.)

Hé ! comment dis-tu ?

ARGENTINE.

« Je t'aime. »

ARLEQUIN.

Voyons, que je lise aussi, moi. Je je (Il épelle.) ta ta, i me, aime, t'aime, je t'aime, je t'aime... Ce mot là est trop court; je voudrais qu'il tînt tout l'alphabet.

ARGENTINE.

Je te le dirai toute ma vie. Mais laisse-moi m'occuper de te faire rendre le billet qu'il t'a volé.

ARLEQUIN.

Quoi? quel billet?

ARGENTINE.

Ton billet de loterie.

ARLEQUIN.

Oh! non, ma bonne amie, le marché est fait ;
tiens, n'en parlons plus : il voudrait peut-être revenir là-dessus et ravoir celui-ci. Non, non, tout
est fini : tu m'aimes... ma fortune est faite.

ARGENTINE.

St... j'entends Scapin. Cache-toi dans notre
maison, et n'en sors que quand je t'appellerai.

ARLEQUIN, entrant dans la maison.

Appelle-moi donc bien vite.

ARGENTINE.

Oui, oui ; laisse-moi faire.

ARLEQUIN, revenant.

M'as-tu appelé?

ARGENTINE.

Eh! non, mon ami ; cache-toi donc, le voici :
le fripon tient encore le billet.

SCÈNE X.

ARGENTINE, SCAPIN.

SCAPIN, le billet à la main.

Ces diables de directeurs vous renvoient toujours

au lendemain... (Il aperçoit Argentine, et met le billet dans sa poche.) Ah ! j'allais chez vous, ma belle Argentine.

ARGENTINE.

Je suis aussi bien aise de vous rencontrer. Vous ne savez pas ce qui s'est passé pendant votre absence.

SCAPIN.

Non : qu'est-il arrivé ?

ARGENTINE.

Ce malheureux Arlequin a eu l'insolence de se présenter chez moi : je l'ai reçu de manière à lui ôter l'envie de revenir.

SCAPIN, riant.

J'ai vu tout cela, Mademoiselle : j'étais au coin de la rue lorsque vous avez fermé votre fenêtre sans vouloir l'entendre. Mais parlons de quelque chose qui m'intéresse davantage : vous savez bien la promesse que vous m'avez faite tantôt.

ARGENTINE, à part.

Bon ! (Haut.) Oui, je vous tiendrai parole ; mais je suis bien aise de m'expliquer auparavant avec vous. Je prends un époux pour être aimée ; ainsi, mon cher Scapin, si vos sentimens pour moi sont bien sincères, j'espère que vous ferez mon bonheur. Grâce aux bontés de ma jeune maîtresse, mademoiselle Rosalba, je suis riche, et je n'exige pas que mon époux le soit ; je veux lui donner mon cœur et tout mon bien, et je ne lui demande que son amour. Dites-moi donc bien franchement si vous m'aimez, et si vous m'aimez uniquement.

SCAPIN.

Ah! Mademoiselle, je voudrais savoir tous les sermens possibles pour vous jurer que toute ma vie...

ARGENTINE.

Écoutez. Je suis méfiante : en venant ici, vous aviez un papier à la main, que vous avez caché avec soin; je suis sûre que c'est une lettre de femme.

SCAPIN.

Une lettre de femme! moi! Je peux vous répondre...

ARGENTINE.

Je veux que vous me la donniez, je l'exige; autrement il faut renoncer à moi. Mademoiselle Violette a bien trouvé un amant qui lui sacrifiait mes billets; je veux être aussi heureuse que mademoiselle Violette.

SCAPIN.

Il me sera difficile de vous satisfaire; car, dans tout le cours de ma vie, jamais femme ne m'a écrit.

ARGENTINE.

Ceci est un détour pour ne pas me montrer le

papier que vous teniez à la main; et votre refus me confirme ce que je pensais.

SCAPIN.

Assurément je voudrais que vous missiez mon amour à des épreuves plus difficiles. Vous allez être bien étonnée quand vous verrez que ce n'est qu'un billet de loterie.

(Argentine s'en saisit.)

ARGENTINE.

Je le tiens donc, et j'ai trompé le plus fourbe des hommes! Arlequin! Arlequin!

SCÈNE XI.

ARLEQUIN, ARGENTINE, SCAPIN.

ARLEQUIN.

Quoi ? Qu'y a-t-il ? Vous a-t-il volé quelque chose ?

ARGENTINE.

Non, mon ami; j'ai au contraire rattrapé ton billet. Le voilà : tu es à présent le plus riche de nous deux, et c'est moi dont tu fais la fortune. Et vous, monsieur Scapin, qui me croyiez votre dupe et qui êtes la mienne, je vous exhorte à faire toujours d'aussi bons marchés que celui que vous aviez fait. Mais il faut apprendre à mieux conserver le fruit de votre habileté. Adieu : nous allons nous marier, et jouir de nos richesses.

ARLEQUIN.

Ce pauvre diable ! il me fait pitié. Écoute, Scapin, Madame a besoin d'un laquais ; si tu veux,
nous te donnerons la préférence.

ARGENTINE.

Ah ! pour cela non : il n'est pas assez fidèle.
Adieu, monsieur Scapin. Monsieur Pandolfe, le
père de ma maîtresse, retourne à Bergame dans
peu de jours ; Arlequin et moi nous l'y suivrons.
Si vous avez quelque commission à nous donner
pour ce pays-là, nous nous en chargerons volontiers : mais si vous voulez réussir dans celui-ci,
souvenez-vous bien qu'il ne faut jamais brouiller
deux amans, parce qu'ils se raccommodent toujours aux dépens de celui qui les a brouillés.

(Ils sortent.)

SCÈNE XII.

SCAPIN, seul.

Ce qui me console, c'est que je n'ai rien risqué
du mien ; et je pouvais beaucoup gagner.

FIN DES DEUX BILLETS.

LE BON MÉNAGE,

ou

LA SUITE DES DEUX BILLETS,

COMÉDIE

EN UN ACTE ET EN PROSE,

Représentée devant leurs Majestés, par les comédiens Français et Italiens ordinaires du Roi, le samedi 28 décembre 1782.

PERSONNAGES.

———

ARLEQUIN, bourgeois de Bergame.

ARGENTINE, femme d'Arlequin.

DEUX ENFANS d'Arlequin et d'Argentine, de l'âge de
six à sept ans

   L'AINÉ,

   LE CADET.

ROSALBA.

MEZZETIN.

La scène est à Bergame, dans la maison d'Arlequin.

LE BON MÉNAGE,

COMÉDIE.

~~~~~~

SCÈNE PREMIÈRE.

(Le théâtre représente une chambre meublée très-simplement, où l'on voit
les portraits d'Arlequin et d'Argentine. Argentine, assise, festonne ; ses
deux enfans, sur des tabourets, sont à ses côtés : l'un feuillette un livre
pour en voir les estampes ; l'autre joue avec un jeu de cartes.)

ARGENTINE, SES DEUX ENFANS.

LE CADET , montrant à sa mère un château de cartes.

MAMAN, regardez donc.

ARGENTINE.

Cela est fort joli, mon ami.

L'AÎNÉ.

Voyons, (Il souffle dessus et le renverse, puis il rit.) Ah,
ah, ah !

LE CADET.

Maman, dites donc à mon frère de me laisser
tranquille : il faut que je recommence tout.

ARGENTINE.

Pourquoi tourmenter votre frère ? Vous ne voulez pas qu'il s'amuse ?

L'AÎNÉ.

Bah ! c'est un enfant ; il s'amuse à des bêtises.

ARGENTINE.

Effectivement, vous avez un an de plus que lui, et vous êtes un habile garçon !

L'AÎNÉ.

Je m'instruis, moi ; je regarde des images. Quelle est celle-là, maman, où une femme présente à un aveugle un petit monsieur habillé comme un chevreau ?

ARGENTINE.

C'est une mère qui se sert d'une ruse pour faire donner l'héritage à son fils cadet, parce qu'il était plus doux et plus aimable que l'aîné.

LE CADET , voulant voir l'estampe.

Ah ! voyons donc, mon frère : elle est bien jolie cette image-là.

L'AÎNÉ , tournant le feuillet.

Non, elle n'est pas jolie.

LE CADET.

Maman, où est donc mon papa ?

ARGENTINE.

Il est sorti pour des affaires.

LE CADET.

Je suis bien sûr qu'il nous rapportera des joujoux.

L'AÎNÉ.

Oui, pour moi.

LE CADET.

Pour moi aussi.

L'AÎNÉ.

Oh ! savoir.

LE CADET.

Oh ! c'est tout su.

L'AÎNÉ.

J'entends quelqu'un ; c'est peut-être lui. (Ils courent et reviennent.) Non, c'est mademoiselle Rosalba. (Argentine se lève, et va au-devant d'elle.)

SCÈNE II.

ARGENTINE, ROSALBA, LES ENFANS.

ARGENTINE.

C'est vous, Mademoiselle ! vous avez la bonté...

ROSALBA.

Es-tu seule, ma chère amie ?

ARGENTINE.

Oui, mon mari vient de sortir. Avez-vous quelque chose à me dire ?

ROSALBA.

Assurément : fais retirer tes enfans, je t'en prie.

ARGENTINE.

Allez-vous-en tous deux dans l'autre chambre, et ne vous battez pas. (Ils s'en vont.)

SCÈNE III.

ROSALBA, ARGENTINE.

ROSALBA.

Lélio est de retour ; il est dans la ville.

ARGENTINE.

Comment le savez-vous?

ROSALBA.

Par la dernière lettre qu'il m'a écrite sous ton adresse, et que tu m'as remise hier, il m'annonce qu'il doit arriver aujourd'hui à Bergame : et je n'oserai le voir ! Ah ma chère Argentine, qu'il est affreux pour une femme sensible de ne pouvoir pas voler au-devant de son mari, après trois mois d'absence !

ARGENTINE.

Cela n'est que trop simple, lorsque l'on s'est mariée à l'insu de son père.

ROSALBA.

Ah ! tu sais que c'est ma tante qui a tout fait. Elle a connu le mérite de Lélio ; elle a été touchée de notre amour. Après avoir fait inutilement tous les efforts possibles pour obtenir le

consentement de mon père, elle a pris sur elle
de m'unir secrètement au seul homme que je
pouvais aimer.

ARGENTINE.

Je sais tout cela, Mademoiselle : mais madame
votre tante est morte, et monsieur votre père ignore
toujours votre mariage. Je suis la seule, à présent,
chargée de ce grand secret, et je n'ose vous dire
combien je suis fâchée d'être la seule. Ma chère
maîtresse, je vous dois tout : élevée auprès de vous
dans la maison de monsieur votre père, vous m'a-
vez dotée, vous m'avez mariée à un époux qui fait
le bonheur de ma vie; je tiens tout de vous seule,
et je suis obligée de faire aveuglément tout ce
que vous désirez : jusqu'à présent, vous avez reçu
sous mon adresse, les lettres de M. Lélio ; je n'ai
jamais osé confier à mon mari que je vous rendais
ce service : mais enfin...

ROSALBA.

Garde-t'en bien, ma chère Argentine. Arlequin
n'a point de raisons pour m'être attaché, il en a
mille pour l'être à mon père : c'est mon père qu'il
a servi ; et son respect pour son ancien maître lui
ferait trahir mon secret. D'ailleurs je connais ton
mari : aussi babillard qu'honnête homme, il n'i-
magine pas que l'on puisse cacher quelque chose.
Tout serait perdu s'il était instruit. Je te supplie

donc, ma chère Argentine, par la tendre amitié
que j'ai toujours eue pour toi, de me jurer ici de
nouveau que, quelque chose qui puisse arriver, tu
ne révéleras jamais mon secret à ton mari.

ARGENTINE.

Je vous en donne ma parole, quoi qu'il m'en
coûte pour vous la donner. Votre cœur doit comprendre aisément combien il est douloureux de cacher la moindre chose à un époux que l'on aime :
c'est une espèce de mensonge qui fait rougir et
souffrir. Je vous conjure, ma chère maîtresse, de
faire cesser la peine et l'inquiétude où je suis.
Vous ne doutez pas de mon zèle, vous connaissez
ma tendresse pour vous... passez-moi ce terme,
on n'offense personne en l'aimant : vous êtes bien
certaine que je ferai toujours tout ce qui pourra
vous plaire ; mais cela même vous oblige d'être
prudente pour nous deux.

ROSALBA.

Je le serai, ma chère amie, et j'ai grand besoin
de l'être ; car enfin il faut t'avouer que je porte
dans mon sein un gage de mon amour.

ARGENTINE.

Je n'ose m'en réjouir ; mais si tout le monde le
savait, j'en pleurerais de joie.

ROSALBA.

Je te demande un dernier service. Lélio doit

être arrivé ; je suis sûre que son impatience va
lui faire tout hasarder pour me voir : va le trouver, va lui dire que je le supplie, que je lui ordon-
ne de ne pas sortir de chez lui avant qu'il ait reçu
de mes nouvelles. Cela est important pour le succès
de mes projets. Tu lui diras que je souffre autant
que lui de ne pas le voir ; que je l'aime plus que
ma vie ; que...

ARGENTINE.

Oui, oui Mademoiselle ; avant de lui dire ce que
vous voulez qu'il sache, je lui dirai tout ce qu'il
sait. Je comprends cela à merveille. Dès que mon
mari sera rentré, j'irai parler à M. Lélio.

ROSALBA.

J'ai encore une prière à te faire. Mon père est
dans l'usage de me donner, pour en disposer à
ma volonté, le vingtième de tous les profits un
peu considérables qu'il fait dans son commerce.
Il vient de gagner cent mille écus ; et ce matin
il m'a apporté quinze mille francs dont je suis
maîtresse absolue. Tu ne devines pas ce que j'en
veux faire ?

ARGENTINE.

Non.

ROSALBA.

Si je ne te devais pas tant, je serais bien plus
hardie à te les offrir.

ARGENTINE.

A moi ?

ROSALBA.

Oui, ma bonne amie : ajoute ce plaisir à tous ceux que je te dois ; souffre que cette bagatelle soit mise en rente viagère sur ta tête : j'ai déjà donné des ordres à mon notaire, et je t'enverrai ce soir ton contrat.

ARGENTINE.

Ma chère maîtresse, je n'ose ni accepter ni refuser vos bienfaits ; mais...

ROSALBA.

Si tu me refuses, je ne veux plus de tes services.

ARGENTINE.

Écoutez. Je suis heureuse, je ne manque de rien, et j'ai déjà, grâce à vous, assuré le sort de mes enfans. Si mon mari venait à me perdre, il ne serait pas à son aise ; que ce soit lui qui profite de vos bienfaits : mon cœur et ma délicatesse y trouveront mieux leur compte.

ROSALBA.

A la bonne heure : je vais dès ce moment tout arranger selon tes intentions. Adieu, ma chère Argentine : c'est aujourd'hui que j'ai reçu de toi la plus grande marque d'amitié.

SCÈNE IV.

ARGENTINE seule.

Je donnerais ma vie pour la voir heureuse ; mais nous ne le serons jamais tant que son père ne saura pas tout. Mes enfans, revenez.

(Les deux enfans reviennent.)

SCÈNE V.

ARGENTINE, LES ENFANS.

ARGENTINE.

Avez-vous été bien sages ?

L'AÎNÉ.

Oh ! oui, maman ; car nous nous sommes bien ennuyés.

LE CADET.

Mon papa tarde aujourd'hui bien long-temps.

ARGENTINE.

Il va rentrer.

L'AÎNÉ.

Ah ! pour le coup, maman, c'est lui ; je l'entends.

SCÈNE VI.

ARLEQUIN, ARGENTINE, LES DEUX ENFANS.

(Arlequin arrive avec un petit tambour d'enfant à la ceinture, sur lequel il bat d'une main ; de l'autre il joue d'une petite trompette de bois. Il fait deux ou trois fois le tour du théâtre.)

LES DEUX ENFANS, courant après lui.

Ah ! papa, papa, c'est pour nous ?

ARLEQUIN, à sa femme.

Veux-tu danser une contre-danse à quatre ?

ARGENTINE.

Non, mon ami.

ARLEQUIN, à son aîné.

Tiens, le tambour est pour toi ; la trompette pour ton frère.

LES DEUX ENFANS, l'embrassant.

Bien obligé, mon papa.

(Ils se retirent au fond du théâtre, où ils ont l'air de troquer leurs joujoux, tant qu'Arlequin cause avec sa femme.)

ARLEQUIN, à sa femme, en lui donnant un sac d'argent.

Tiens, voilà pour toi : car il faut bien t'apporter aussi quelque chose ; tu es le plus grand enfant de la maison.

ARGENTINE.

Qu'est-ce que cela, mon ami ?

ARLEQUIN.

Ce sont les cinquante écus que nous prêtâmes à

ce pauvre homme que l'on allait arrêter pour ses dettes : il a travaillé pour gagner cet argent-là pendant le temps qu'il aurait passé en prison à ne rien faire ; de sorte qu'il est quitte avec nous, avec son créancier : nous avons fait une bonne action et personne n'y a rien perdu que le geôlier.

ARGENTINE, prenant le sac.

A te dire vrai, je n'y comptais guère.

ARLEQUIN.

En ce cas-là, serre-les pour les prêter à un autre. J'ai encore été chez.... (Les enfans font du bruit avec leur tambour.) Taisez-vous donc, vous autres ; on ne s'entend pas. J'ai été chez ta cousine : elle se plaint de toi ; elle dit qu'on ne te voit jamais, que tu es toujours renfermée avec tes enfans ou ton mari, que tu ne penses à rien dans le monde qu'à tes enfans et à ton mari : il faut convenir qu'elle a raison ; je suis juste, moi. (Le bruit redouble.) Mais voilà des enfans bien bruyans !

ARGENTINE.

Pardi ! pour les faire jouer doucement, tu leur apportes un tambour et une trompette.

(Les enfans continuent.)

ARLEQUIN, aux enfans.

Allez-vous-en battre la générale de l'autre côté.

(Les enfans s'en vont.)

SCÈNE VII.

ARLEQUIN, ARGENTINE.

ARGENTINE.

Vas-tu rester ici, mon ami?

ARLEQUIN.

Oui; pourquoi cela?

ARGENTINE.

C'est que j'ai à sortir.

ARLEQUIN.

Où vas-tu?

ARGENTINE.

Faire une commission pour mademoiselle Rosalba.

ARLEQUIN.

Qu'est-ce que c'est que cette commission?

ARGENTINE.

Je ne peux pas te le dire, elle me l'a défendu.

ARLEQUIN.

Voilà, par exemple, un de tes avantages sur moi : tu sais garder un secret; moi, je ne le sais pas. Aussi je te confie tous les miens pour qu'ils soient en sûreté.

ARGENTINE.

Mon bon ami, tout ce que je pense t'appartient ; mais tu n'ignores pas les obligations que j'ai à mademoiselle Rosalba : c'est elle qui nous a mariés. Il me semble qu'après un tel bienfait je suis obligée de faire tout ce qu'elle exige, même de te cacher quelque chose.

ARLEQUIN.

Ah! je me doute de ce que c'est. J'ai vu ce matin M. Pandolfe; il m'a dit qu'il avait donné quinze mille livres à sa fille pour en faire ce qu'elle voudrait. Mademoiselle Rosalba a le meilleur cœur du monde; et quand on a un bon cœur et de l'argent mignon, on a toujours de petites choses à faire en cachette.

ARGENTINE, à part.

Hélas! (Haut.) Mon ami, ne parlons plus de cela, je t'en prie. Quand bien même tu devinerais, je serais obligée de te mentir; et tu ne voudrais pas que ma reconnaissance pour mademoiselle Rosalba me coûtât si cher.

ARLEQUIN.

Allons, va-t'en; je resterai avec les enfans. Les as-tu fait lire aujourd'hui?

ARGENTINE.

Oui.

ARLEQUIN.

C'est bon; je les ferai jouer, moi. Allons, va-t'en donc.

ARGENTINE.

Adieu, mon ami.

ARLEQUIN.

Allez-vous-en, madame; et reviens vite, au moins. Quand je cours la ville, je me passe de toi; mais je ne peux plus m'en passer dès que je ne cours plus : entends-tu ?

(Il l'embrasse. Elle sort.)

SCÈNE VIII.

ARLEQUIN, seul.

Cette mademoiselle Rosalba lu donne souvent des commissions, et elle ne m'en donne jamais, à moi. Cependant elle sait bien avec quel plaisir je trotterais pour elle... Ah ! c'est qu'elle aime mieux ma femme que moi : elle a raison, j'en fais bien autant... Ho ! Arlequinet, venez-vous-en ici me tenir compagnie; mais laissez votre tambour.

SCÈNE IX.

ARLEQUIN, LES DEUX ENFANS.

ARLEQUIN.

Avez-vous bien lu, ce matin ?

L'AÎNÉ.

Oh ! oui, mon papa.

ARLEQUIN.

Votre maman a-t-elle été contente de vous ?

LE CADET.

Elle a dit que oui, mon papa.

ARLEQUIN.

Vous ne l'avez pas fait enrager ? elle ne vous a point grondés ni l'un ni l'autre ?

L'AÎNÉ.

Au contraire, mon papa, elle nous a bien baisés.

ARLEQUIN , les embrassant avec tendresse.

Cela étant, venez me baiser aussi. (Arlequin, pendant tout ce couplet, a son visage tout près et au milieu de ceux de ses enfans ; il les baise presque à chaque parole.) Quand vous voudrez me rendre bien heureux, vous n'avez qu'à rendre votre mère bien contente. Elle en sait plus que nous trois, voyez-vous ; ainsi nous ne devons être occupés que de faire tout ce qu'elle veut. Nous y trouverons son plaisir d'abord, et puis notre bien ; c'est tout ce qu'il nous faut : n'est-il pas vrai ?

L'AÎNÉ.

Oui, mon papa. Mais, puisque nous avons été bien sages, vous devriez bien nous conter quelqu'un de ces beaux contes que vous savez.

LE CADET.

Ah ! oui, mon papa.

ARLEQUIN.

Volontiers : aussi-bien nous nous ennuyons quand elle nous laisse seuls; cela nous fera passer le temps. Allons, asseyons-nous. (Il s'assied par terre, et fait asseoir un enfant sur chacune de ses jambes; les deux petits garçons écoutent attentivement.) Il y avait une fois un roi et une reine qui s'aimaient beaucoup, et que tout le monde aimait... Ceci n'est pas un conte, au moins.

LE CADET.

Oh ! nous vous croyons bien, mon papa.

L'AÎNÉ.

Nous vous croyons comme si nous le voyions.

ARLEQUIN.

La reine était aussi belle que le roi était bon ; mais ils n'avaient point d'enfans, et cela leur faisait du chagrin. Un jour que la reine était toute seule dans sa chambre, elle entendit du bruit dans la cheminée. (Les enfans se serrent contre leur papa, qui retire aussi ses jambes, et continue avec la voix moins assurée.) La reine eut un peu peur : elle regarde, et voit descendre un beau petit carrosse, traîné par six petits épagneuls verts avec les oreilles lilas. Dans le petit carrosse était une petite vieille fée qui n'avait pas un pied de haut, et qui dit à la reine : Madame la reine, vous aurez un enfant si vous voulez consentir à devenir laide et vieille. Pourvu que mon mari m'aime toujours, répondit la reine, j'y consens de tout mon cœur. Je suis contente de vous, répondit la petite fée ; non-seulement vous aurez un enfant, mais vous en aurez deux, et vous n'en serez que plus belle. Après cette parole, les six petits épagneuls verts remontèrent la cheminée ventre à terre ; et la reine eut effectivement un beau petit prince et une belle petite princesse, qui furent charmans, parce qu'ils ressemblèrent à leur mère.

L'AÎNÉ.

Ah ! mon papa, voilà une bien jolie histoire ; mais elle est bien courte : vous devriez nous en raconter une autre.

LE CADET.

Oh ! oui, mon papa ; encore une, s'il vous plaît.

ARLEQUIN.

Un moment. Je vous ai donné, il n'y a pas long-temps, un petit livre tout rempli d'histoires : vous m'aviez promis d'en apprendre quelqu'une par cœur ; m'avez-vous tenu parole ?

L'AÎNÉ.

Oui, mon papa : j'en ai appris une bien belle.

ARLEQUIN.

Je crois que tu mens, car tu rougis.

L'AÎNÉ.

Non, mon papa ; et je vais vous la raconter si vous voulez.

ARLEQUIN.

A la bonne heure. Tant que vous serez des enfans, mon métier est de vous amuser : mais quand
la vieillesse m'aura rendu enfant aussi, il faudra
que vous m'amusiez à votre tour. Voilà pourquoi
vous devez vous y accoutumer de bonne heure.
Voyons cette histoire.

L'AÎNÉ.

Écoutez bien, mon frère. Il y avait une fois deux
petits garçons, jolis, jolis comme...

ARLEQUIN.

Comme vous deux.

L'AÎNÉ.

Encore plus jolis que nous.

ARLEQUIN.

C'est un peu fort.

L'AÎNÉ.

Ces deux petits garçons avaient une bonne mère,
mais ils n'avaient pas un bon père, et ce n'était pas
comme nous. (Arlequin le baise.) La mère de ces deux
petits garçons était très-pauvre. Un jour qu'ils
étaient allés ramasser du bois pour leur mère, ils
trouvèrent une vieille femme qui était tombée dans
un fossé, et qui ne pouvait pas s'en retirer. Sur
le bord du fossé était une belle poule blanche qui
cloquetait, cloquetait, comme pour demander du
secours pour la vieille : les deux petits garçons se

jettent dans le fossé, et en retirent la bonne femme.
Aussitôt la poule blanche s'en va pondre dans les
chapeaux des deux petits garçons un bel œuf d'or.
La vieille, qui était une fée, leur dit : Mes enfans,
pour vous récompenser de ce que vous venez de
faire, ma poule vous a déjà donné un œuf d'or; mais
moi, je veux vous donner ma poule, à une condition, cependant : c'est que celui de vous deux qui
l'aura ne pourra pas donner de ses œufs à l'autre.
L'aîné lui répondit : Madame, je ne veux point
d'un trésor que je ne peux pas partager avec mon
frère. Le cadet dit : Ni moi non plus, Madame.
Mais il y a manière de nous arranger : donnez la
poule à ma mère; comme cela, nous l'aurons tous
deux. Alors la bonne fée... (L'on entend frapper.)

LE CADET.

Mon papa, on frappe.

ARLEQUIN.

Je vais ouvrir. Allez dans votre chambre.

(Les enfans s'en vont.)

SCÈNE X.

ARLEQUIN, MEZZETIN.

MEZZETIN.

N'est-ce pas ici, Monsieur, que demeure une
madame Argentine ?

ARLEQUIN.

Oui , Monsieur.

MEZZETIN.

Est-elle chez elle, Monsieur ?

ARLEQUIN.

Non , Monsieur.

MEZZETIN.

Peut-on l'attendre, Monsieur ?

ARLEQUIN.

Non , Monsieur.

MÉZZETIN.

Vous êtes son domestique ; Monsieur ?

ARLEQUIN.

Oui, Monsieur ; son premier domestique.

MEZZETIN.

Vous voudrez donc bien lui donner cette lettre
de la part de M. Lélio , et vous prendrez le moment où elle sera seule. Vous entendez bien?

ARLEQUIN.

Non, monsieur.

MEZZETIN.

Je vous dis qu'il faut donner cette lettre à votre
maîtresse, le plus secrètement que vous pourrez ,
parce que, entre nous, je crois que c'est une lettre
d'amour ; et peut-être que madame Argentine a
quelque père ou quelque frère... Je n'en sais rien,

moi ; je ne suis à M. Lélio que depuis huit jours :
mais vous , vous devez être au fait.

ARLEQUIN , surpris.

Au fait !

MEZZETIN.

Oui, sans doute. Vous m'entendez ? Prenez donc
des précautions pour... Enfin, vous me comprenez?

ARLEQUIN.

Je commence à vous comprendre.

MEZZETIN.

Ah ça ! n'allez pas faire quelque étourderie : je
vous ai tout confié, parce que vous savez bien
qu'entre nous autres nous n'avons rien de caché ,
et que le secret de nos maîtres appartient toujours
à toute la compagnie.

ARLEQUIN.

Sans doute.

MEZZETIN s'en va et revient.

Je pense à une chose : allons attendre au caba-
ret le retour de madame Argentine.

ARLEQUIN.

Je vous suis obligé ; je n'ai pas soif.

MEZZETIN.

Ce sera donc pour une autre fois. Adieu, mon
camarade. (Il s'en va.)

ARLEQUIN , le rappelant.

Écoutez donc , Monsieur.

MEZZETIN.

Quoi ?

ARLEQUIN.

Êtes-vous marié ?

MEZZETIN.

Oui, depuis long-temps.

ARLEQUIN.

Et votre femme est jolie ?

MEZZETIN.

Très-jolie. Pourquoi cela ?

ARLEQUIN.

Pour rien. (Il le salue.) Adieu, mon camarade.
(Mezzetin sort.)

SCÈNE XI.

ARLEQUIN seul.

Ce domestique-là est sûrement menteur comme
un laquais. Mais pourquoi M. Lélio écrit-il à ma
femme ? Voilà bien l'adresse : A madame, madame
Argentine. J'ai bien envie de la décacheter... Non,
ce serait manquer de respect à ma femme. D'ailleurs, si je n'y trouvais rien, je serais fâché de l'a-
voir décachetée ; et si j'y trouvais quelque chose,
j'en serais encore plus fâché. Il n'y a que du chagrin à gagner. Cependant... Non... Il faut être plus
que sûr avant de faire voir à sa femme qu'on la

soupçonne. Attendons-la ; je lui donnerai cette lettre, et nous verrons ce qu'elle me dira... Nous verrons... La voici.

SCÈNE XII.

ARGENTINE, ARLEQUIN.

ARGENTINE.

Je n'ai pas été long-temps, mon bon ami ; du moins j'ai fait ce que j'ai pu pour revenir tout de suite. Où sont nos enfans ?

ARLEQUIN.

Ils sont de l'autre côté.

ARGENTINE.

Comme tu es sérieux ! Que t'est-il arrivé ?

ARLEQUIN.

Je ne sais pas encore ce qui m'est arrivé.

ARGENTINE.

As-tu reçu de mauvaises nouvelles ? Est-il venu quelqu'un ?

ARLEQUIN.

Oui, il est venu un domestique qui m'a laissé une lettre pour vous.

ARGENTINE.

Pour moi ? Et que dit cette lettre ?

ARLEQUIN.

Je n'en sais rien : la voilà.

ARGENTINE , regardant.

Ah !...

ARLEQUIN.

Reconnaissez-vous l'écriture ?

ARGENTINE.

Oui.

ARLEQUIN.

De qui est-elle ?

ARGENTINE.

Elle est... (à part.) Que lui dirai-je ?

ARLEQUIN.

Eh bien !... cela vous embarrasse.

ARGENTINE.

Mon ami, me crois-tu capable de te tromper ?

ARLEQUIN.

Répondez-moi d'abord ; de qui est cette lettre ?

ARGENTINE.

Je la crois de M. Lélio.

ARLEQUIN.

Je le crois de même. Ouvrez-la. La main vous tremble.

(Argentine ouvre la lettre et la lit avec beaucoup d'émotion.)

Eh bien !

ARGENTINE , lui donnant la lettre.

Tenez, vous allez me croire coupable, vous aurez le droit de le penser ; et cependant le ciel m'est

témoin que c'est la vertu la plus pure, le sentiment le plus honnête, qui m'empêche de me
justifier.

ARLEQUIN.

Voyons. (Il prend la lettre en tremblant.) Cette lettre donne
le frisson à tout le monde. (Il la lit d'une voix altérée, jetant
de temps en temps des regards sur sa femme.) « Ma chère amie,
« j'arrive, et j'ai besoin de toute ma raison pour ne
« pas voler dans tes bras. Si je ne craignais que de
« me perdre, rien ne me retiendrait : mais je pour-
« rais te compromettre ; et mon amour même est
« moins fort que cette crainte. Il est si important
« pour nous de tromper celui qui détruirait notre
« bonheur ! Le nom sacré qui l'attache à toi suffit
« à peine pour modérer ma haine. J'espère qu'un
« jour viendra, et ce jour n'est pas loin, où nous
« pourrons nous livrer publiquement à notre
« amour, et dévoiler à tous les yeux les liens qui
« nous attachent l'un à l'autre. Adieu ; tâche de
« venir me voir, si tu peux échapper aux yeux
« du barbare qui te veille : je t'attends. Tu sais si
« je t'aime. LÉLIO. »

Et moi je ne sais si je dors ou si je veille : mais
si je dors, je fais un vilain rêve ; et si je suis
éveillé... Oh ! je le suis. (Il relit l'adresse.) A madame
Argentine. (Il se frotte les yeux.) A madame Argentine.
Tenez, madame.

ARGENTINE.

Mon ami...

ARLEQUIN.

Je ne le suis plus votre ami : vous m'avez
trompé; et c'est d'autant plus affreux, que je ne
vivais que pour vous croire. Comment! vous qui
me parliez toujours de votre tendresse pour moi,
vous qui étiez toujours pendue à mon bras ou à
mon cou, vous faisiez semblant de m'aimer pour
mieux me trahir! vous m'embrassiez pour m'empêcher d'y voir clair! Voilà ce qui m'indigne le
plus; car je ne parle pas de mariage, ce n'est rien
cela auprès de l'amour.

ARGENTINE.

Eh bien!... (à part.) Non, je serai fidèle à ma
bienfaitrice. (haut.) Je vous demande, je vous supplie de suspendre votre colère; je me justifierai,
soyez en sûr, et vous serez alors...

ARLEQUIN, avec colère.

Comment vous serait-il possible de vous justifier?
Vous sortez sans vouloir me dire où vous allez;
un domestique apporte cette lettre; il me recommande de vous la donner en secret... Vous venez
de l'entendre, cette lettre, elle est claire; il n'y a
pas une seule phrase, pas un seul mot qui ne dise
intelligiblement que vous êtes une infidèle. Elle
est bien pour vous, cette lettre; voilà votre nom,

le voilà; je le vois, je le lis; je n'ai pas le bonheur
d'être aveugle. M. Lélio vous y donne un rendez-
vous, où vous avez couru, même avant de le recevoir; car vous venez de chez M. Lélio, j'en
suis sûr, je le sais, je l'ai vu, je vous ai suivie.
Osez m'assurer que vous ne venez pas de chez
M. Lélio.

ARGENTINE.

Je ne veux pas mentir; il est vrai, je viens de
parler à M. Lélio : mais...

ARLEQUIN, au désespoir.

Et pourquoi me le dire? Je n'en étais pas sûr.

ARGENTINE.

Écoutez-moi.

ARLEQUIN, furieux.

Je ne veux rien entendre; je veux m'en aller;
je veux vous quitter... Mon parti est pris; ma colère est passée. Je n'en ai plus, de colère, parce
que je n'ai plus d'amour; je suis de sang froid...
Mais, comme je me sens le plus fort désir de
meurtrir ce visage-là, qui est la cause de tous mes
chagrins, vous sentez bien qu'il faut que je m'en
aille... Vous sentez bien... (Argentine effrayée s'éloigne; il
la prend par le bras et la ramène fortement à lui.) N'ayez pas peur,
je sais me posséder... Je ne suis plus votre mari,
je suis votre ami, votre meilleur ami, et je vous
parle comme un ami... Je vous abhorre, je vous

déteste, je vous méprise ; je ne peux plus vous regarder sans me dire : Voilà une femme qui en aimait deux, et qui leur faisait croire qu'ils étaient
un. Séparons-nous dès ce moment. Restez ici,
gardez vos enfans ; je ne pourrais jamais les embrasser sans vous pleurer ; j'aime encore mieux
renoncer à les embrasser. Gardez tout le bien, il
vient de vous ; il me serait odieux. Je n'ai besoin
de rien, je ne veux rien, je n'emporterai rien que
mon cœur ; et comme, si je vous parlais plus long-
temps, je vous le laisserais peut-être, je vous quitte
pour jamais.

ARGENTINE, courant après.

Mon ami...

ARLEQUIN, la repoussant.

Laissez-moi ; je ne vous crois plus.

SCÈNE XIII.

ARGENTINE, seule.

Malheureuse ! Que devenir ? que faire ? Il me
croit coupable ; et je ne puis... Courons nous jeter
aux pieds de mademoiselle Rosalba ; elle aura pitié
des maux qu'elle me cause ; elle ira me justifier
elle-même aux yeux de mon mari ; c'est à elle...
Mais la voici.

SCÈNE XIV.

ARGENTINE, ROSALBA.

ARGENTINE.

Mademoiselle...

ROSALBA.

Je viens de rencontrer ton mari.

ARGENTINE.

Où allait-il ?

ROSALBA.

Chez mon père. Je lui ai donné moi-même ce petit contrat que j'ai fait faire pour lui, selon tes intentions. Mais à peine m'a-t-il regardée ; il a pris le papier d'un air égaré, et a poursuivi son chemin sans me parler. Eh quoi !... tu pleures, ma chère Argentine ! Qu'est-il donc arrivé ? réponds-moi vite.

ARGENTINE.

Le plus affreux des malheurs. M. Lélio vous a écrit, comme à l'ordinaire, sous mon adresse. Mon mari a reçu la lettre ; il me croit coupable ; il m'abandonne : et je n'ai pas trahi votre secret.

ROSALBA.

O ciel ! que me dis-tu? Arlequin va chez mon père ; je le connais, il lui dira tout; et mon père

V. OEUVRES DE FLORIAN.   6

sera plus irrité que jamais contre Lélio. Peut-être même soupçonnera-t-il la vérité, et rien alors ne pourra le fléchir... Ma chère amie, pardon ; pardon, mille fois, mon amie. Je ressens toute ta douleur ; et je me perdrai, s'il le faut, afin de te justifier : mais je te supplie, je te conjure d'attendre ici que je revienne te parler. (Elle sort précipitamment.)

SCÈNE XV.

ARGENTINE seule.

Et lui... reviendra-t-il ? irai-je le chercher ?... Il reviendra, j'en suis sûre ; mon cœur me le dit, et mon cœur ne m'a jamais trompée toutes les fois qu'il m'a parlé de lui... Attendons... Je suis au supplice... Mes enfans, revenez ; mes pauvres enfans, venez embrasser et consoler votre mère. (Les deux enfans reviennent.)

SCÈNE XVI.

ARGENTINE, LES DEUX ENFANS.

LE CADET.

Ah ! maman, qu'avez-vous donc ? Vous pleurez comme quand j'ai été malade.

L'AÎNÉ.

Ma chère maman, avez-vous du chagrin ?

ARGENTINE, pleurant.

Non mes enfans; non, mes bons enfans : ce n'est rien ; cela se passera.

L'AÎNÉ.

Nous avons entendu mon papa qui grondait bien fort. Est-ce lui qui vous fait pleurer comme cela ?

(Ici Arlequin entre, et Argentine continue sans le voir)

SCÈNE XVII.

ARLEQUIN, ARGENTINE, LES DEUX ENFANS.

ARGENTINE.

Vous savez bien que jamais aucun chagrin ne peut me venir par votre papa ; au contraire, c'est toujours lui qui les dissipe.

LE CADET.

Ah ! le voilà. (Il court à lui.) Venez donc vite, mon papa ; maman pleure, et elle dit que vous seul pouvez la consoler.

ARLEQUIN, les repoussant doucement.

Laissez-moi, laissez-moi.

L'AÎNÉ.

Ah ! mon frère, comme il a du chagrin ! (Ils se retirent tous deux au fond du théâtre, et y restent pendant toute la scène d'Arlequin et de sa femme)

ARLEQUIN.

Madame, vous êtes fâchée de me revoir ; je le

suis plus que vous : mais, comme j'ai le projet de vous oublier entièrement, je viens vous rendre tout ce qui pourrait me rappeler que nous nous sommes aimés. (Il déboutonne son habit, et ouvre un petit sac qui lui pend au cou.) Tout est dans ce petit sac, je l'avais mis là (il montre son cœur), pour que tout ce que nous nous étions donné fût ensemble. Je vais vider le sac devant vous, afin que vous n'imaginiez pas que je garde quelque chose. (Il tire un portrait.) Voici d'abord votre portrait. Il n'a pas changé comme vous ; il est toujours joli ; il vous ressemblait encore ce matin, mais il ne vous ressemble plus. Le voilà, Madame. (Il le pose sur une table, et tire un papier plié.) Voici le premier billet que vous m'avez écrit, que Scapin me vola, et que j'eus le bonheur de rattraper. Le voilà, Madame, je vous le rends ; je n'aime pas à vivre avec les menteurs. (Il tire un bouquet flétri.) Voici encore un vieux bouquet de violettes que je vous donnai le premier jour où je vous fis ma déclaration. Après l'avoir porté toute la journée; vous le jetâtes le soir ; j'allai le ramasser... Tenez, il sent encore bon... Je n'aurais jamais cru que ces violettes-là dureraient plus que votre amour. Les voilà, Madame. (Il lui montre le sac.) Il n'y a plus rien ; regardez. Ce petit sac, qui avait été des années à se remplir, s'est vidé dans une minute. J'ai tout rendu. Ah ! j'oubliais ce qui doit vous être le plus cher... la lettre de M. Lélio, et puis encore un contrat que mademoiselle Rosalba vient de me donner ; car c'est sûrement pour vous, ce contrat-là.

ARGENTINE.

Non ; il est à vous.

ARLEQUIN.

A moi ! Qu'est-ce que cela veut dire ?

ARGENTINE.

Je vais vous l'expliquer, quoique ce ne soit pas le moment. Mademoiselle Rosalba a voulu me donner ce matin quinze mille francs ; je lui ai demandé que ce don fût pour vous seul : c'est le contrat que vous tenez.

ARLEQUIN, jetant le contrat.

Je n'en veux point. Avez-vous imaginé que je recevais d'une main les lettres de M. Lélio, et de l'autre des présens pour me consoler ? Avez-vous cru me dédommager, avec de l'argent, de votre cœur que vous m'avez ôté ? Non, Madame, non ; personne n'est assez riche pour me payer ce que vous m'avez volé.

ARGENTINE.

Mon cœur est toujours à vous ; il n'a pas cessé d'être à vous. Je ne peux pas en dire davantage ; mais vous devriez me deviner.

ARLEQUIN.

Vous deviner ! cela était bon quand nous nous aimions : ce n'est que dans ce temps-là qu'on se devine.

ARGENTINE.

Voulez-vous m'écouter un seul moment ?

ARLEQUIN.

Oh ! parlez ; votre ami, M. Lélio, s'est donné la peine d'écrire ma réponse à tout ce que vous direz.

ARGENTINE.

Une femme assez malheureuse pour tromper son mari n'en vient pas au dernier crime sans lui avoir donné des sujets de plaintes moins graves : ce n'est qu'à force de négliger ses devoirs qu'elle parvient à les oublier. Si j'étais capable de vous avoir trahi, avant d'en aimer un autre j'aurais cessé de t'aimer toi-même, j'aurais repoussé ta tendresse, j'aurais cherché à te refroidir. Et, réponds-moi, as-tu jamais remarqué la moindre diminution dans mon amour pour toi, dans mon désir de te plaire, dans mon chagrin de te quitter, dans mon plaisir de te revoir ? Rappelle-toi tous les instans de ma vie ; en ai-je été un seul sans te dire, sans te répéter, sans te prouver que je t'adore ? ton cœur peut-il m'accuser ?

ARLEQUIN.

Il n'est pas question de mon cœur, il ne vous ac-
cusera jamais. La vieille habitude qu'il a de vous
croire fait qu'il me parle toujours de vous... Mais
je ne l'écoute pas. Voilà la lettre qui vous con-
damne ; cette lettre est de M. Lélio ; M. Lélio vous
aime ; vous vous cachez de moi pour aller voir M.
Lélio ; tout cela est clair... Et, tenez, M. Pandolfe
lui-même, à qui je viens de tout raconter, parce
que je ne veux pas garder mes chagrins, moi, M.
Pandolfe a été plus affligé que surpris ; il m'a dit
que M. Lélio s'amusait à être l'amoureux de toutes
les femmes qu'il voyait. Car il ne faut pas que vous
vous imaginiez être la seule que M. Lélio adore.
Il se moque de vous, tout comme des autres. Il en
aime peut-être dix dans ce moment-ci ; et cette
lettre-là a servi pour une douzaine. Sans aller plus
loin, M. Pandolfe m'a dit qu'il avait un peu tourné
la tête à mademoiselle Rosalba.

ARGENTINE.

Et vous pensez que j'aurais été capable d'enlever un amant à mademoiselle Rosalba, à ma
bienfaitrice, à celle à qui je dois tout ! Vous ima-
ginez que j'aurais sacrifié ma tendresse pour toi,
mon bonheur, mon repos, pour avoir le plaisir de
chagriner mademoiselle Rosalba ! Non, mon ami,
l'amitié seule m'aurait défendue : mais je l'étais assez

par mon amour, qui est aussi vif, aussi tendre,
qu'au premier jour de notre mariage. Il est possible qu'une femme trompe son époux, mais elle
ne peut pas tromper son amant : l'amour est une
sauve-garde encore plus sûre que la vertu. Mon
ami, je suis innocente, puisque je t'aime, puisque
je t'adore, puisque je préfère la mort à ton indifférence... Réponds-moi... A quoi penses-tu?

ARLEQUIN, la regardant.

Je pense qu'il serait bien dommage que la fausseté eût ce visage-là.

ARGENTINE.

Livre-toi au mouvement de ton cœur; reviens à
moi, reviens à celle qui n'a pas cessé d'être à toi.
Je ne me relève pas que tu ne m'aies pardonné.
(Elle tombe à ses genoux ; les deux enfans accourent, et se mettent aussi à
ses genoux.)

LES ENFANS.

Ah! mon papa, pardonnez à notre maman.
(Arlequin, ému, relève sa femme et se met à ses genoux.)

ARLEQUIN.

C'est à toi de me pardonner d'avoir pu te croire
coupable.

LES ENFANS, à leur mère.

Ah! maman, pardonnez à notre papa.

ARGENTINE, l'embrassant.

Enfin me voilà heureuse. Mon ami, je te promets

qu'il ne te restera pas le moindre nuage; je te jure
que tout sera éclairci.

ARLEQUIN.

Tout l'est, puisque tu m'as embrassé. (Il remet dans
son sac tout ce qu'il en avait ôté.)

ARGENTINE.

Non, mon ami; j'exige de toi que tu ne me
quittes pas une seule minute jusqu'au moment de
ma justification... Mais voici mademoiselle Rosalba.
Comme elle est agitée! Hé! Mademoiselle, qu'allez-
vous nous apprendre?

SCÈNE XVIII.

ROSALBA, ARLEQUIN, ARGENTINE, LES DEUX
ENFANS.

ROSALBA.

Qu'il ne manque plus rien à mon bonheur.
Laisse-moi reprendre haleine; je ne me possède
pas de joie.

ARGENTINE.

Je brûle d'apprendre...

ROSALBA.

Ma tendresse pour toi pouvait seule me donner
le courage que je viens d'avoir. En te quittant, j'ai
couru chez mon père; Arlequin sortait: il lui
avait tout dit, car mon père irrité donnait à Lélio

des noms qu'il est loin de mériter. Je me suis précipitée à ses pieds : C'est moi, me suis-je écriée, c'est moi qui l'ai épousé; je suis sa femme... La femme de qui? a-t-il dit en me repoussant... La femme de Lélio. A cette parole mes forces m'ont abandonnée, mais non pas mon père; il m'a relevée avec fureur et tendresse, ses mains tremblaient et n'osaient pas presser les miennes; il semblait avoir peur de me pardonner. J'ai profité de l'instant, j'ai tout avoué; je lui ai dit que je portais dans mon sein le gage de notre union, que cet enfant était le sien, et qu'il lui demandait, par ma voix, la permission de naître pour l'aimer. Mon amie, cette idée a fait évanouir sa colère; il est resté un moment incertain sur ce qu'il allait dire. Mes yeux étaient fixés sur les siens, mon cœur battait de toute sa force; je le regardais sans parler, il me regardait de même : enfin ce silence a fini par un torrent de larmes qu'il retenait depuis long-temps. Dès que je l'ai vu pleurer, j'ai senti qu'il allait pardonner : je me suis élancée à son cou; et les premiers mots que sa bouche a prononcés, en se pressant sur mon visage, ont été : Ma fille, je te pardonne.

ARGENTINE, *embrassant Rosalba avec transport.*

Ah! rien ne manque à mon bonheur

ROSALBA.

Venez, mes amis, venez avec moi : je cours chercher Lélio ; je vais le conduire aux pieds de mon
père. Soyez les témoins d'une félicité que je dois à
ma chère Argentine.

ARLEQUIN.

Mais je n'entends pas bien tout cela. M. Lélio
est donc le mari de mademoiselle Rosalba?

ARGENTINE.

Voilà ce grand secret que j'avais promis de te
cacher. De peur qu'il ne fût découvert, je recevais
sous mon adresse les lettres de M. Lélio pour sa
femme. Celle d'aujourd'hui...

ARLEQUIN.

Chut, chut, je comprends toute ma méprise ;
je ne me le pardonnerais pas si j'avais eu besoin
d'explication pour me raccommoder avec toi.
(Il embrasse Argentine, et puis il prend par la main ses deux enfans.)
Mes enfans, vous vous marierez un de ces jours ; si
vous avez le bonheur, comme moi, de trouver une
honnête femme, souvenez-vous qu'il faut toujours
la croire plus que vos propres yeux. Sans cela,
point de bon ménage.

FIN DU BON MÉNAGE.

LE BON PÈRE,

ou

LA SUITE DU BON MÉNAGE,

COMÉDIE

EN UN ACTE ET EN PROSE,

Représentée pour la première fois sur le théâtre italien, au mois de mars 1790.

PERSONNAGES.

ARLEQUIN, père de Nisida.
NISIDA.
CLÉANTE, amant de Nisida.
NÉRINE, suivante de Nisida.

La scène est à Paris, dans la maison d'Arlequin.

LE BON PÈRE,

COMÉDIE

~~~~~~

SCÈNE PREMIÈRE.

(Le théâtre représente un salon.)

CLÉANTE, NÉRINE.

NÉRINE.

Je ne vous comprends pas, monsieur Cléante ;
quand toute la maison est dans la joie, quand nous
sommes tous occupés de la fête que monsieur Ar—
lequin notre maître donne à sa fille, mademoiselle
Nisida, vous, que votre esprit et vos talens peu—
vent si bien servir dans cette occasion, vous pa—
raissez plus triste que jamais.

CLÉANTE.

J'ai sujet de l'être, ma chère Nérine ; je viens
de recevoir des nouvelles très-affligeantes.

NÉRINE.

De qui ?

CLÉANTE.

De mon régiment.

NÉRINE.

Mais contez-moi donc tout cela. Ne suis-je plus

votre confidente ? Avez-vous oublié que c'est moi
seule qui vous ai fait entrer dans cette maison ?
que sans moi vous n'auriez jamais pu parler à
mademoiselle Nisida ? Ce n'est pas pour vous reprocher mes bienfaits que je vous les rappelle ;
mais, puisque je n'ai rien négligé pour votre bonheur, j'ai le droit de partager vos peines.

CLÉANTE.

J'ai toujours présent à ma mémoire tout ce que
tu fis pour moi. Sans ton amitié, sans ton adresse,
je n'aurais pas revu Nisida depuis le jour où, pour
la première fois, je l'aperçus à la promenade. Ce
seul moment lui livra mon cœur. Tous mes efforts, toutes mes tentatives pour m'introduire ici,
furent inutiles : toi seule eus pitié de moi ; tu dai-
gnas protéger cet amour si tendre, si pur, qui ne
finira qu'avec mes jours ; tu fus la première à
me travestir et à me présenter pour secrétaire à
ton maître, monsieur Arlequin. Depuis six mois
je jouis du bonheur inexprimable de vivre, de respirer auprès de celle que j'adore, de la voir tous les
jours, de lui parler quelquefois. Elle ne se doute
pas que je l'aime et que je suis digne de l'aimer :
n'importe, j'étais heureux, je bénissais mon sort ;
une lettre que je reçois de mon colonel vient détruire cette illusion.

NÉRINE.

Que vous écrit ce colonel ?

CLÉANTE.

Tu sais que depuis trois mois j'ai reçu l'ordre
de retourner à mon régiment ; je n'ai pu m'y résoudre : et mon colonel, qui s'intéresse vérita-
ment à moi, a découvert, je ne sais comment, que
j'étais dans la maison de monsieur Arlequin sur
le pied d'un secrétaire, d'un domestique, tran-
chons le mot, et que j'oubliais tous mes devoirs
pour un fol amour qui ne peut être heureux. Il
vient de m'écrire, avec toute la sévérité d'un chef
et toute la vivacité d'un ami, que si je n'ai pas
rejoint dans huit jours, il fera nommer à ma compagnie.

NÉRINE.

Eh bien ! qu'il y nomme. Votre compagnie la
plus chère, c'est nous : et votre premier colonel,
c'est mademoiselle Nisida. Je ne m'y connais pas,
moi ; mais il me semble qu'il vaut bien autant
être le mari d'une demoiselle jeune, charmante,
riche, aimable, que d'être capitaine de cavalerie.

CLÉANTE.

Tu parles toujours de mariage, Nérine, et tu ne
veux pas comprendre qu'il est presque impossible
que j'épouse mademoiselle Nisida.

NÉRINE.

La raison, s'il vous plaît ? On épouse tout le monde, excepté sa sœur.

CLÉANTE.

Je te l'ai dit cent fois. Nisida est jeune, belle, aimable, fille unique d'un père très-riche : et moi, militaire obscur, sans fortune, presque sans nom, car le sort, qui m'a poursuivi dès le berceau, me défend d'oser porter le nom de mon père ; moi, destiné à vieillir dans un régiment, ou à trouver la mort à la guerre, j'ose aimer Nisida, je me travestis, je me dégrade, je vais perdre pour elle le seul bien que je possède, le seul qui me fait vivre, mon état : et quand il ne me restera plus rien dans le monde que mon amour, comment oser le déclarer à celle qui pourrait croire que c'est sa fortune que j'aime?

NÉRINE.

J'approuve cette délicatesse, sans voir les choses comme vous les voyez. Mademoiselle Nisida est assurément tout ce que vous avez dit ; mais vous, monsieur Cléante, vous n'êtes pas si fort au-dessous d'elle. D'abord, pour les qualités et les agrémens, sans vous flatter, vous vous ressemblez beaucoup. Je sais que ce petit article, qui fait tout dans le mariage, est compté pour rien dans le contrat ; mais monsieur Arlequin, le père de mademoiselle Nisida, convient lui-même qu'il n'est qu'un simple bourgeois d'une petite ville d'Italie, et qui ne possède ses richesses que par un hasard singulier. Vous êtes un homme de condition, capitaine de cavalerie à vingt ans, aimé, considéré de tous ceux qui vous connaissent ; jamais votre réputation n'a été effleurée par la moindre étourderie...

CLÉANTE.

A cela je n'ai point de mérite : quand on est pauvre, on n'a que la ressource d'être sage.

NÉRINE.

Cela peut être ; mais bien des gens ignorent leurs ressources. La fortune est donc la seule qui ne vous ait pas bien traité. C'est un malheur pour vous, et un bonheur pour celle qui vous épousera : car vous lui devrez tout ; et il me semble qu'il faut bien estimer quelqu'un pour consentir à lui devoir tout.

CLÉANTE.

Ces réflexions-là ne me sont pas permises.

NÉRINE.

Écoutez-moi, Monsieur ; j'ai toujours eu une manière de me conduire qui m'a réussi. Mon grand principe, c'est qu'il faut céder à son cœur toutes les fois qu'il est plus fort que notre raison. Examinez-vous bien. Si vous croyez pouvoir oublier

mademoiselle Nisida, il faut retourner à votre régiment, suivre le service, et reprendre par votre
mérite la place que le sort vous a ôtée : s'il vous
est impossible de vivre sans mademoiselle Nisida,
ma foi, il faut rester ici plutôt que de mourir ;
il faut lui parler, lui découvrir qui vous êtes, lui
dire que vous l'aimez...

CLÉANTE.

Oh ! jamais je n'oserai, Nérine...

NÉRINE.

Oh ! si la peur vous prend, tout est perdu. Met-
tez-vous donc bien dans la tête que, depuis que
le monde est monde, il n'y a jamais eu d'homme
étranglé par une femme, pour lui avoir dit qu'il
l'aimait. De tous les tours qu'on peut nous jouer,
c'est celui-là que nous pardonnons le plus aisément :
je vous dis le secret du corps, moi ; c'est à vous
d'en profiter.

CLÉANTE.

Mais...

NÉRINE.

Mais j'en sais plus que vous, et votre bonheur
m'est aussi cher que le mien ; car je ne sais pas
pourquoi l'on s'intéresse toujours à ceux qui ne sont
bons qu'à nous donner du chagrin : croyez-moi,
suivez mes avis, vous réussirez.

CLÉANTE.

Je ne demande pas mieux : que faut-il faire ?

NÉRINE.

Commencez par aller écrire à votre colonel, et demandez un mois de délai. Pendant ce temps, je me charge de vous faire expliquer, vous et mademoiselle Nisida. (Cléante la regarde et ne sort point.) Allez donc, ne perdez pas de temps. Faut-il que ce soit moi qui écrive à votre colonel ?

CLÉANTE.

Comme tu es vive ! Attends un moment...

NÉRINE.

Il n'y a point à attendre, allez écrire ; reposez-vous sur moi du reste, et reprenez cette gaieté charmante qui vous fait aimer de tout le monde. Songez que c'est aujourd'hui la fête de votre maîtresse ; occupez-vous du bouquet, du compliment que vous devez lui faire. Je veux bien me charger de tout ce que vous trouvez de difficile ; mais j'exige que vous soyez très-aimable, parce que cela vous est fort aisé.

CLÉANTE.

Je ne le serai jamais tant que toi ; mais du moins je t'obeirai aveuglément. (Il lui baise la main et sort.)

(Arlequin paraît et voit Cléante baiser la main de Nérine. Il doit être en habit de velours noir, veste de drap d'or, perruque à trois marteaux, culotte et masque d'Arlequin.)

SCÈNE II.

ARLEQUIN, NÉRINE.

ARLEQUIN.

Fort bien ; je ne m'étonne plus, Nérine, si tu me fais si souvent l'éloge de Cléante.

NÉRINE..

Je vous assure, Monsieur, que ce qui nous lie le plus, monsieur Cléante et moi, c'est notre extrême attachement pour vous et pour mademoiselle votre fille.

ARLEQUIN.

Je ne te demande pas ton secret : vous êtes libres tous deux, vous vous convenez, vous avez raison de vous aimer; c'est une des plus douces consolations de la vie. Où est ma fille?

NÉRINE.

Elle est renfermée dans son cabinet; depuis quelque temps elle aime beaucoup à être seule.

ARLEQUIN.

Il ne faut pas la déranger. Crois-tu qu'elle se doute de la petite fête que je lui prépare pour ce soir ?

NÉRINE.

Je ne le crois pas, Monsieur.

ARLEQUIN.

Nos musiciens viendront-ils ?

NÉRINE.

Ils doivent être ici de bonne heure, et je les ferai cacher dans le petit salon, pour que mademoiselle Nisida ne puisse pas les voir.

ARLEQUIN.

C'est bien. L'important est que ma fille ne s'attende à rien, et qu'en sortant de table elle trouve le salon tout en fleurs, tout en lumières, avec une musique terrible, et son nom écrit partout en guirlandes. Ensuite les marchands entreront, et tu auras soin de faire porter dans la chambre de Nisida tout ce qui aura l'air de lui plaire. Je paierai tout : je suis riche, et je ne trouve bien employé que l'argent dépensé pour ma fille. Avoue que j'ai raison, et que ma Nisida est charmante.

NÉRINE.

Tout le monde n'a qu'un avis là-dessus.

ARLEQUIN.

C'est qu'elle ressemble à sa mère, ma pauvre Argentine, que j'ai tant pleurée. Hélas ! après vingt ans de mariage, je l'ai perdue au moment où je fis ma grande fortune. Nous n'avions jamais eu qu'une seule querelle, encore était-ce moi qui avais tort. Tiens, voilà son portrait, voilà tout ce qui m'en reste... Ah ! Nérine, ne te marie jamais ; il est si affreux de s'aimer et de mourir l'un après l'autre !

NÉRINE.

Allons, Monsieur, pourquoi vous affliger?...

ARLÉQUIN, pleurant.

Ce n'est pas s'affliger que de pleurer ceux que
l'on regrette ; au contraire, Nérine, j'ai du plaisir
à me rappeler ma femme et mes deux petits garçons. Comme j'étais heureux quand ils vivaient!
Nous n'étions pas riches, mais nous avions la paix,
la joie et l'amour : avec cela on ne manque pas de
grand'chose. Hélas! ils ont tout emporté.

NÉRINE.

Comment pouvez-vous oublier ce qui vous reste ?
L'estime générale, une grande fortune, des amis,
une fille unique dont vous devez être fier, tout
vous assure une vieillesse douce et honorable.
Mademoiselle Nisida ne tardera guère à se marier :
elle sera heureuse, car vous êtes assez riche pour
lui laisser choisir un époux selon son cœur. Votre
gendre, votre fille, vos petits enfans, vous béni-
ront, vous soigneront; vous serez au milieu d'eux
le point de réunion de leur bonheur et de leur
tendresse. Allez, allez, Monsieur, c'est peut-être
le plus doux moment de la vie; et je crois qu'un
vieillard, entouré de ceux qu'il a comblés de biens,
a cent fois plus de vrais plaisirs que le plus heureux jeune homme.

ARLEQUIN.

J'espère que tu as raison : d'ailleurs je me dis
tous les jours que les pleurs ne servent de rien.
Aujourd'hui il ne m'est pas permis d'être triste ;
parlons de ma fille. Je voudrais bien pouvoir trouver quelque joli couplet que je lui chanterais ce
soir : mais je n'ai jamais fait de vers, et il ne suffit
pas de bien penser pour bien dire.

NÉRINE.

Pardonnez-moi, cela suffit quand c'est pour sa
fille que l'on travaille.

ARLEQUIN.

Depuis hier soir je rumine ce projet-là ; mais ces
diables de rimes ne viennent point : voilà tout ce
qui m'embarasse ; car, sans la rime, je ferais des
vers comme de la prose... Écoute, appelle Cléante
pour qu'il vienne écrire sous ma dictée, et va-t'en ;
oui, va-t'en ; je crois que je suis dans un bon
moment.

NÉRINE.

Dépêchez-vous d'en profiter ; je vais vous envoyer monsieur Cléante. (Elle sort.)

SCÈNE III.

ARLEQUIN seul.

Voyons donc si je ne pourrai pas faire un ma-

drigal, quand il ne serait que de quatre vers... Il
y a tant de jolies choses à dire de ma fille ! Voyons...
(Il se met à son bureau, et rêve.) C'est le commencement qui
est toujours le plus difficile... Il faut pourtant
bien commencer... O ma fille... Cela n'est pas
mal. O ma fille, c'est fort bien... (Il écrit.) Cependant, O ma fille, c'est trop grand, trop poétique ;
je vais ôter l'O. Ma fille c'est beaucoup mieux,
c'est plus simple et plus doux : Ma fille, voilà comme
mon cœur l'appelle ; il ne l'appelle pas ô ma fille.
Ma fille, c'est clair et charmant. Oui : mais cela ne
suffit pas ; il faudrait encore quelque chose. Ma fille,
c'est une belle pensée, mais c'est trop court... Où
est donc ce Cléante ? Depuis six mois que j'ai un secrétaire, voici la première fois que j'en ai besoin, et
il n'est pas là. C'est bien la peine... Ah ! le voici.

SCÈNE IV.

ARLEQUIN, CLÉANTE.

ARLEQUIN.

Arrive donc, mon ami ; j'ai tout plein de choses
à te dicter. Mets-toi là , et écris ce que je vais te
dire.

CLÉANTE, s'asseyant.

Quand vous voudrez, Monsieur.

ARLEQUIN.

Mon ami, ce sont des couplets que j'ai faits pour

la fête de ce soir. Ils ne sont pas encore finis ; mais il faut toujours les écrire, parce que je n'ai point de mémoire, et mes vers m'échappent... avant d'être faits. Allons, prends du grand papier, le plus grand, et écris : Couplets à ma fille, le jour de sa fête.

CLÉANTE, écrivant.

Le jour de sa fête.

ARLEQUIN.

Ma fille...

CLÉANTE.

Ne faut-il pas écrire d'abord sur quel air vous les avez faits ?

ARLEQUIN.

Sur quel air ?

CLÉANTE.

Oui, Monsieur.

ARLEQUIN.

L'air ne me regarde pas ; je ne me charge que des paroles.

CLÉANTE.

Mais puisque vous voulez que ces paroles se chantent, vous les avez faites sur un air.

ARLEQUIN.

Non, en vérité ; je n'y ai pas songé.

CLÉANTE.

Cela est pourtant nécessaire.

ARLEQUIN.

Oh bien ! tu feras l'air, toi, quand j'aurai fait les paroles. Je ne peux pas tout faire.

CLÉANTE.

Couplets à ma fille, le jour de sa fête.

ARLEQUIN.

Fort bien. Écris à présent : Ma fille...

CLÉANTE.

Ma fille...

ARLEQUIN.

As-tu mis ?

CLÉANTE.

Oui, Monsieur.

ARLEQUIN.

Un moment... Tu as mis ma fille ?

CLÉANTE.

Oui, Monsieur.

ARLEQUIN, rêvant.

C'est très-bien... Mets à présent...

CLÉANTE, après un silence.

Quoi, Monsieur ?

ARLEQUIN.

Une virgule.

CLÉANTE.

J'entends, Monsieur.

ARLEQUIN.

Moi aussi.

CLÉANTE.

Comment !

ARLEQUIN.

Sans doute, je n'ai fait que cela encore.

CLÉANTE.

Vous n'êtes pas très-avancé.

ARLEQUIN.

J'ai toujours mon commencement.... Tu devrais bien m'aider un peu.

CLÉANTE.

Vous avez trop de sensibilité, vous aimez trop mademoiselle Nisida, pour avoir besoin d'un aide : il est si facile de la louer ! Dites-moi ce que vous pensez pour elle, je l'écrirai : les vers s'arrangeront d'eux-mêmes.

ARLEQUIN.

Je crois que tu dis vrai : voyons ; je voudrais lui faire un petit compliment sur sa figure, ses qualités, son esprit... que cela fût tourné... d'une manière gentille, avec un peu... Charge-toi de mettre des rimes à ces vers-là.

CLÉANTE, rêvant.

Je vous entends bien.

ARLEQUIN.

Tu entends bien : voilà mon premier couplet.

CLÉANTE écrit.

Il est écrit.

ARLEQUIN.

Fort bien ; à présent je vais faire le second.

Écris ces vers-ci. Oh ! ceux-là sont tout faits. Écris que ce n'est pas à son père à la louer, mais que tout le monde parlerait comme son père... et rime toujours, au moins.

CLÉANTE.

Il le faut bien. (Il rêve et écrit.) C'est écrit, Monsieur.

ARLEQUIN.

Me conseilles-tu d'en faire encore un ?

CLÉANTE.

Il me semble que deux suffisent.

ARLEQUIN.

Tu n'as qu'à dire, je suis en train ; mais je crois qu'en voilà bien assez. Prends cette mandoline, et chante-moi les couplets que je viens de faire, pour que je corrige.

CLÉANTE.

(Il chante en s'accompagnant de la mandoline.)

Ma fille unit aux grâces de son âge
Des dons plus sûrs pour fixer le bonheur ;
Et l'on ne sait que chérir davantge ,
De sa beauté, son esprit, ou son cœur.

ARLEQUIN.

C'est mot à mot ce que j'ai dit ; je croyais cela plus difficile. Voyons l'autre couplet..

CLÉANTE, chantant.

Je peux flatter une fille si chère,
Mais l'on pardonne à ce doux sentiment :

Si je la vois avec les yeux d'un père,
Tout autre aura les yeux d'un tendre amant.

ARLEQUIN, *surpris.*

C'est moi qui ai fait celui-là ?

CLÉANTE.

Vous venez de me le dicter.

ARLEQUIN.

Cela est vrai ; mais il n'avait pas l'air si joli quand
je l'ai fait. C'est fort bien, fort bien ; je ne vois
rien là à corriger. Sans me flatter, conviens qu'ils
ne sont pas mal.

SCÈNE V.

ARLEQUIN , CLÉANTE, NÉRINE.

NÉRINE.

Monsieur, on vous demande.

ARLEQUIN.

Comment ! je ne peux pas travailler une minute
en repos ! Il faut toujours qu'on me dérange. Qui
me demande ?

NÉRINE.

C'est ce monsieur habillé de noir qui est venu
hier matin.

ARLEQUIN.

Ah ! c'est différent : cette affaire-là est plus in-

téressante que toutes les miennes, elle regarde ma
fille.

NÉRINE.

Il vous attend dans votre cabinet.

ARLEQUIN.

J'y vais. (à Cléante.) Mon ami, je suis on ne peut
pas plus content de moi et de toi aussi ; et je te
prépare quelque chose qui te prouvera mon amitié :
laisse-moi faire, sois tranquille. Ce petit couplet
de l'amant qui est le père ; le père, l'amant ; c'est
très-joli, très-joli. (Il s'en va en chantant les couplets.)

SCÈNE VI.

CLÉANTE, NÉRINE.

NÉRINE.

Monsieur Arlequin paraît enchanté de vous ; tant
mieux : continuez à vous en faire aimer. Ou je me
trompe fort, ou sa fille pourrait bien lui en donner
l'exemple.

CLÉANTE.

Et sur quoi juges-tu… ?

NÉRINE.

Sur ce que je viens de voir. Vous souvenez-vous
de cette chanson si tendre que vous fîtes il y a un
mois, que M. Arlequin trouva charmante, et sur
laquelle mademoiselle Nisida ne dit pas un seul
mot ?

CLÉANTE.

Oui : hé bien?

NÉRINE

Tout-à-l'heure j'ai été, par hasard, jusqu'à la porte du cabinet de mademoiselle Nisida ; elle y était enfermée. J'ai entendu sa guitare, j'ai écouté : elle chantait votre chanson, tout doucement, à demi-voix, mais avec un accent bien tendre, et qui prouvait qu'elle y prenait plaisir. Monsieur, quand les auteurs nous sont indifférens, on n'a pas peur de louer leurs ouvrages, et l'on ne va pas s'enfermer pour chanter tout bas leurs chansons.

CLÉANTE.

Voilà une belle preuve !

NÉRINE.

Plus claire que vous ne pensez... Mais la voici : allons tâchez de lui parler, de lui faire entendre que vous l'aimez. Vous avez de l'esprit avec tout le monde, excepté avec elle.

CLÉANTE.

C'est que je n'ai de l'amour que pour elle.

NÉRINE.

La voilà : du courage; je vous aiderai tant que je pourrai.

SCÈNE VII.

NISIDA, CLÉANTE, NÉRINE.

NISIDA.

Je croyais mon père ici, Nérine.

CLÉANTE.

Il y était tout-à-l'heure, Mademoiselle ; mais il est enfermé avec un homme d'affaires.

NÉRINE.

Il nous a même dit que c'était pour quelque chose qui vous regardait.

NISIDA.

Il est toujours occupé de mes plaisirs ou de mon bonheur.

NÉRINE.

Que sait-on ? Peut-être songe-t-il à se donner un aide pour vous rendre heureuse.

NISIDA.

Que veux-tu dire ?

NÉRINE.

Je veux dire qu'il s'occupe sans doute de vous chercher un mari.

NISIDA, vivement.

Ah ! j'espère que non.

NERINE.

Cela vous ferait du chagrin ?

NISIDA , froidement.

Tout changement à mon sort ne pourrait que
m'être désagréable. Je suis heureuse avec mon
père, je n'aime que lui, je ne veux aimer que lui;
il ne respire que pour moi. Ce sentiment suffit à
mon cœur comme à ma félicité.

CLÉANTE.

Ajoutez à tant de raisons la certitude de ne jamais trouver un époux digne de vous. Quand même
sa fortune et son rang seraient au-dessus des
vôtres, quand même il serait le plus aimable des
hommes, vous feriez encore un mariage inégal.

NISIDA.

Vous me louez toujours, Cléante; j'en suis
fâchée, car j'aime à causer avec vous, et cela m'en
empêche.

NÉRINE, bas à Cléante.

Allez donc... Oh! le poltron! (Haut.) Moi qui
ne vous loue point, Mademoiselle, et qui ne vous
en suis pas moins attachée, je n'approuve pas cet
éloignement pour le mariage. Vous êtes faite pour
vous marier; mais je veux que ce soit avec un
homme dont l'âge et les qualités vous conviennent.
Monsieur votre père est trop vieux pour le chercher, vous êtes trop jeune pour le choisir; si vous
voulez, je le trouverai, moi, je m'en charge.

NISIDA.

Tu es folle, Nérine.

NÉRINE.

Non, je parle très-sérieusement ; je vois d'ici ce
qu'il vous faut. Dites un seul mot, et je vous
amène un jeune homme bien fait, d'une jolie figure,
d'un caractère doux et sensible, d'un esprit fin et
aimable ; en un mot, un époux rempli d'honneur,
de grâce et d'amour. Si cela vous convient, vous
n'avez qu'à parler.

NISIDA.

Et tu répondras de toutes ces qualités, même
de l'amour qu'il aura pour moi ?

NÉRINE.

Oh ! c'est justement ce que je garantis le
plus.

CLÉANTE.

C'est pourtant le plus difficile à prouver. Quand
on est la fille unique d'un homme opulent, on a
le droit malheureux de ne jamais se croire aimée.
La fortune fait payer ses bienfaits même à l'amour-
propre : vous avez beau être jeune, belle, charmante ; vous êtes riche, ce mot seul arrêtera tout
amant tendre et délicat. Il doit être bien difficile
de ne pas vous aimer ; mais il est impossible d'oser
dire que l'on vous aime.

NISIDA.

Ce n'est pas à mon âge que l'on fait de si tristes réflexions; et si jamais...

CLÉANTE, vivement.

Si jamais...

SCÈNE VIII.

NISIDA, CLÉANTE, NÉRINE, ARLEQUIN.

ARLEQUIN.

Bon jour, ma chère enfant; je te souhaite une bonne fête : mais tu n'auras ton bouquet que ce soir, parce que je veux te surprendre. Je t'ai fait des couplets; nous aurons de la musique, feu d'artifice, illumination : tu verras, tu verras quelque chose à quoi tu ne t'attends pas.

NISIDA.

Comment ! mon père, vous avez la bonté...

ARLEQUIN.

Ne me questionne point, parce que je ne veux pas que tu saches un seul mot de tout cela. D'ailleurs j'ai à te parler d'affaires plus importantes, que, grâce au ciel, je viens de terminer. Cléante et Nérine y sont pour quelque chose, ainsi je peux m'expliquer devant eux. Tu connais bien ce jeune marquis d'Yrville, dont tout le monde dit du bien, que tu m'as souvent vanté toi-même, et qui te fait un peu la cour depuis quelques mois ?

NISIDA.

Hé bien ! mon père ?

ARLEQUIN.

Eh bien ! ma chère amie, je viens d'arrêter ton mariage avec lui.

CLÉANTE, à part.

O ciel !

NISIDA.

Avec le marquis d'Yrville.

ARLEQUIN.

Oui, mon enfant : j'ai eu de la peine à en venir à bout ; mais, pour aplanir les difficultés je te donne, le jour du mariage, tout ce que je possède.

NISIDA.

Et vous, mon père ?

ARLEQUIN.

Oh ! moi, la plus sûre manière pour que je ne manque de rien, c'est que tu aies tout. D'ailleurs tu me rendras service ; car, si tu veux que je te parle franchement, mon argent m'ennuie : c'est toujours la même chose, il faut passer sa vie à compter. Si l'on n'avait pas quelquefois le plaisir de donner, cela serait insupportable.

NÉRINE.

Mais êtes-vous sûr, Monsieur, que mademoiselle votre fille...?

ARLEQUIN.

Quant à toi, Nérine, je ne t'ai pas oubliée : j'ai remarqué depuis long-temps l'amitié qui règne entre Cléante et toi; j'ai profité de l'occasion pour faire votre bonheur à tous deux. Je t'assure une dot fort honnête, et tu épouseras Cléante le jour même du mariage de ma fille.

NÉRINE.

J'épouserai monsieur Cléante, moi!

ARLEQUIN.

Oui; tu ne t'y attendais pas, n'est-il pas vrai? J'ai voulu vous surprendre, parce que les choses qu'on désire font cent fois plus de plaisir quand elles viennent sans qu'on y pense. Eh bien!... vous voilà tous interdits... Vous ne me remerciez seulement pas... Qu'as-tu donc, Cléante? Je ne t'ai jamais vu comme te voilà.

NÉRINE.

Il faut lui pardonner, Monsieur; c'est l'amour... la joie... Ce pauvre garçon ne s'attendait pas à m'épouser si promptement.

ARLEQUIN.

Ma chère Nisida, tu n'as pas l'air d'être contente de ce que je viens de t'apprendre. Écoute donc, je

désire vivement de te voir la femme du marquis
d'Yrville, et je t'en dirai les raisons; mais si cela
ne te convient pas, tu me diras les tiennes, qui
seront les meilleures.

NISIDA.

Mon père, je suis pénétrée de reconnaissance et
d'amour pour vous... Mais je voudrais vous parler
sans témoin.

ARLEQUIN.

Tu m'inquiètes, ma fille. (A Cléante et Nérine.) Elle
dit qu'elle veut me parler sans témoin; je crois qu'il
faut que vous vous en alliez.

CLÉANTE, en sortant.

Nérine, que devenir?

NÉRINE.

Rien n'est encore perdu.

SCÈNE IX.

ARLEQUIN, NISIDA.

ARLEQUIN.

J'avais cru te faire plaisir en arrangeant ce mariage; me serais-je trompé? N'aimes-tu pas le
marquis?

NISIDA.

Je ne l'ai jamais aimé. Il s'est occupé de moi, et

j'ai rendu justice à ses qualités estimables : mais qu'il y a loin de l'estime à l'amour !

ARLEQUIN.

Ma foi, je me suis donc trompé. Tu m'en as toujours dit du bien ; je le vois te chercher dans toutes les maisons où nous allons ; quand il cause avec toi, tu as un air contraint et embarrassé : j'avais pris tout cela pour de l'amour. Il n'en est rien ; je retirerai ma parole, parce que la première condition était que le mariage te conviendrait. Pardonne-moi, je t'en prie, le petit moment de chagrin que je t'ai causé ; j'en suis plus fâché que toi-même. (Il lui tend la main, que Nisida baise avec tendresse.)

NISIDA.

Ah ! mon père !

ARLEQUIN.

Je te promets que je ne ferai plus pareille étourderie. Dorénavant je te rendrai compte tous les matins de ceux qui t'auront demandée en mariage la veille, et je ne ferai les réponses que sous ta dictée.

NISIDA.

Mais pourquoi vous occuper de m'établir ? Je suis si heureuse avec vous ! Je n'ai pas un désir, je ne forme pas un souhait que vous ne l'accomplissiez. Laissez-moi dans cette douce position : je ne connais pas le bonheur d'une femme, et celui

de la plus heureuse des filles me suffit. Oui, quand
bien même, ce qui est impossible, vous me don-
neriez un époux qui vaudrait mon père, je serais
fâchée de partager mon cœur : je ne veux aimer
que vous, je ne veux rien devoir qu'à vous.

ARLEQUIN.

Ma chère enfant, tu n'as pas besoin de m'attendrir pour faire de moi tout ce que tu voudras.
D'abord, mariée ou non mariée, tu ne me quitte-
ras jamais ; j'en mourrais tout de suite ; et je veux
vivre encore quelques années, si cela se peut.
Quant à ta répugnance pour prendre un époux,
tu conviendras peut-être qu'il est nécessaire de la
surmonter, si tu savais l'histoire de ma fortune.
Écoute-la d'abord ; ensuite nous raisonnerons ensemble comme deux bons amis qui n'ont qu'un
même intérêt. Je conseillerai, et tu décideras.

NISIDA.

Ah ! mon père !... Je vous écoute. (Ils s'asseyent.)

ARLEQUIN.

Ma chère amie, j'ai toujours été un honnête
homme, mais je n'ai pas toujours été de ceux que
l'on appelle les honnêtes gens ; car les gens riches
sont convenus de s'appeler ainsi exclusivement.
J'étais pauvre, moi, et j'habitais avec ta mère la
petite ville de Bergame. Tu n'étais pas encore née,
lorsqu'un seigneur français, nommé le comte de

Valcour, vint s'établir dans notre ville, et acheta la maison où nous avions un appartement : il nous le conserva. Il me fit amitié ; je le lui rendis du meilleur de mon cœur ; au bout de six mois il ne pouvait plus se passer de moi. Ce comte de Valcour était un fort bon homme, mais il avait épousé secrètement en France une fort mauvaise femme qui se conduisait très-mal. Un beau matin le comte s'en alla, en laissant à cette femme la moitié de sa fortune pour elle et pour un fils de six mois qu'elle avait, et dont le comte n'a jamais voulu entendre parler. J'ai demeuré douze ans avec ce monsieur de Valcour dans la plus tendre intimité ; il y en a onze qu'il est mort, et qu'il m'a fait héritier de tout le bien qu'il avait apporté en Italie.

NISIDA.

Je n'en suis pas étonnée.

ARLEQUIN.

Tant que j'avais été pauvre, j'avais été heureux ; sitôt que je fus riche, les chagrins vinrent : je perdis ta pauvre mère et tes deux frères. Tout cela me fit prendre mon pays en aversion : je réalisai mon bien, et je vins m'établir à Paris avec toi, qui n'avais pas alors plus de six ans. Je plaçai bien mon argent ; mes fonds sont à peu près doublés depuis dix ans : de sorte, ma chère fille, que j'ai, ou, pour mieux dire, tu as soixante mille livres de rente qui ne doivent rien à personne. Cela est fort joli. Mais si je venais à mourir, tu te trouverais seule, étrangère, sans famille, sans appui, dans la ville la plus dangereuse du monde, et dans un âge où la plus légère étourderie ferait le malheur du reste de tes jours. Voilà pourquoi, ma chère fille, je voudrais te voir mariée à un homme estimable, considéré, comme le marquis d'Yrville, qui ne sera occupé que de te rendre heureuse, et remplacera du moins ton pauvre père, qui se fait déjà bien vieux. Voilà mes raisons, ma chère amie; et si tu n'as pas de répugnance pour le marquis, je te demande comme une grâce d'assurer ton bonheur après moi... Tu pleures ! tu ne me réponds pas !

NISIDA.

Ah ! mon père, je ferai ce que vous voudrez : mais si vous pouviez lire dans mon cœur, si j'avais la force de vous dire...

ARLEQUIN.

Quoi ! ma fille, as-tu quelque secret pour moi ? Cela ne serait pas juste; je n'en eus jamais pour ma Nisida.

NISIDA.

Jamais, jamais : je le sais bien ; mais...

ARLEQUIN.

Est-ce ma qualité de père qui te fait peur ? Oh !

tu peux en sûreté me confier ce que tu voudras ;
je te réponds que ton père n'en saura rien.

NISIDA.

Non, je ferai mon devoir ; j'en aurai la force :
moins vous ordonnez, plus je veux vous obéir.
Mais j'ai deux grâces à vous demander ; elles sont
importantes, elles sont nécessaires au repos de ma
vie : c'est de différer ce mariage, et de me mettre
au couvent.

ARLEQUIN.

Au couvent ! (Ils se lèvent.)

NISIDA.

Oui, mon père, j'en ai besoin ; j'ai besoin de
solitude et de réflexion.

ARLEQUIN.

Tu n'y songes pas, Nisida ; toi, au couvent !
cela est bon pour les filles que leurs pères n'ont
pas le temps d'aimer. Eh ! que deviendrais-je
quand je ne te verrais plus ? Ma chère enfant,
d'où peut te venir une résolution si cruelle pour
moi ? Ton cœur s'est-il donné ? aimes-tu quelqu'un ?

NISIDA, se cachant le visage.

Oui... mon père.

ARLEQUIN.

Eh bien ! voilà un grand malheur ! tu n'as qu'à
me le nommer, je vais l'aimer aussi, moi.

NISIDA.

Ah ! il m'est impossible de le nommer sans rougir.

ARLEQUIN.

Tu ne peux pas rougir avec moi : ne suis-je pas ton père ? ton honneur n'est-il pas le mien ? Ouvre-moi ton cœur, ma fille ; peut-être, à nous deux, nous viendrons à bout de te rendre heureuse.

NISIDA.

Eh bien ! mon père, apprenez ce que j'ai voulu cent fois me cacher à moi-même ; guérissez-moi d'une passion que je combats sans cesse, et qui renaît toujours plus violente. J'aime... J'aime...

ARLEQUIN.

Qui donc ?

NISIDA.

Cléante.

ARLEQUIN.

Mon secrétaire !

NISIDA.

Il n'est pas fait pour l'être, j'en suis sûre ; mais je n'en sens pas moins tout le malheur de mon choix. Je ne vous demande que de me secourir, et j'ose vous répondre que je surmonterai cet invincible penchant. Éloignez-moi de Cléante ; j'espère tout de mon courage, du temps, et surtout de de l'absence.

ARLEQUIN, après un silence.

As-tu confié ce secret à quelqu'un ?

NISIDA.

Comment pouvez-vous le penser, puisque vous ne le saviez pas?

ARLEQUIN.

Il est vrai, j'ai tort. Écoute-moi ; je n'ai pas oublié que je ne vaux pas mieux que Cléante; et si j'étais encore en Italie, où tout le monde sait qui je suis, je n'hésiterais pas à te le donner : mais ici, où, par amour pour toi, j'ai fait la sottise d'avoir de la vanité, cela devient plus difficile. Cependant...

NISIDA.

Non, mon père, non ; c'est à moi de mettre des bornes à votre excessive bonté. Plus vous faites pour moi, plus je dois faire pour vous. Je surmonterai ma passion, je l'immolerai au bonheur de votre vieillesse. Éloignez-moi de Cléante, je vous le demande, je vous en supplie; donnez-moi du temps... et j'épouserai le marquis d'Yrville.

ARLEQUIN.

Tu n'épouseras point le marquis d'Yrville; mais il faut essayer de te guérir. Tu es bien malade, mon enfant, je serai ton médecin ; et si les remèdes te font trop de mal, nous les cesserons tout de suite : c'est t'en dire assez. Adieu ; laisse-moi, et viens m'embrasser encore.

NISIDA , l'embrassant.

Ah ! je ne le verrai plus. (Elle sort en pleurant.)

SCÈNE X.

ARLEQUIN seul.

Je suis bien malheureux, je vais affliger ma fille : mais il faut pourtant bien la sauver. Holà , quelqu'un ! (Nérine paraît.)

SCÈNE XI.

ARLEQUIN , NÉRINE.

ARLEQUIN.

Dites à Cléante que je veux lui parler.

NÉRINE.

Est-ce pour le gronder , Monsieur ?

ARLEQUIN.

Faites ce que je vous dis.

NÉRINE.

C'est que vous avez un air...

ARLEQUIN.

Allons , je vois bien que vous ne voulez pas y aller ; je vais l'appeler moi-même.

NÉRINE.

J'y vais, j'y vais, Monsieur. (A part.) Jamais je ne l'ai vu si en colère.

SCÈNE XII.

ARLEQUIN seul.

Je n'aurai jamais la force de lui donner son congé : cependant il est nécessaire qu'il s'en aille ; cela est impossible autrement. Ce pauvre garçon ! C'est ma faute aussi d'avoir pris chez moi un jeune homme charmant, qui doit tourner la tête à toutes les femmes qui le verront. Je ne sais comment il arrive qu'avec la meilleure intention du monde je fais toujours tout de travers. Le voici ; je n'oserai jamais le prier de s'en aller.

SCÈNE XIII.

ARLEQUIN, CLÉANTE, NÉRINE.

CLÉANTE.
Vous m'avez demandé, Monsieur ?

ARLEQUIN.
Oui, mon ami ; j'ai à te parler : il faut même que nous soyons seuls. Laisse-nous, Nérine.

NÉRINE, à part.
Que signifie tout ceci ? (Elle reste.)

ARLEQUIN.
Mon ami, je suis fort embarrassé... (à Nérine.) Je t'ai déjà dit de t'en aller, Nérine.

NÉRINE.

Je le sais bien, Monsieur.

ARLEQUIN.

Hé bien ! que fais-tu là ?

NÉRINE.

Vous le voyez bien , Monsieur, je m'en vais.

(Elle sort.)

SCÈNE XIV.

ARLEQUIN, CLÉANTE.

ARLEQUIN.

Mon cher ami, je ne sais comment t'apprendre une nouvelle qui te fera de la peine, et qui m'afflige beaucoup aussi.

CLÉANTE.

Je n'ai jamais été gâté par la fortune, aucun revers ne peut m'étonner.

ARLEQUIN.

J'avais espéré que nous ne nous quitterions jamais , et que ton mariage avec Nérine te fixerait dans ma maison pour toujours : mais tout est changé.

CLÉANTE.

S'il n'y a que ce mariage de rompu, je suis trop vrai pour cacher qu'il ne pouvait avoir lieu.

ARLEQUIN.

Hélas! je me suis donc trompé dans cela comme dans bien d'autres choses. Mais ce qui me coûte le plus à te dire, ce qui me cause le plus de chagrin, c'est que je suis forcé de te demander un service.

CLÉANTE.

Ah! Monsieur, ordonnez, parlez; que faut-il faire?

ARLEQUIN.

J'en suis bien fâché, j'en suis désespéré, mais il faut que tu aies la bonté de t'en aller.

CLÉANTE.

De quitter votre maison?

ARLEQUIN.

Oui, mon cher ami.

CLÉANTE.

Ai-je eu le malheur de vous déplaire?

ARLEQUIN.

Au contraire, je t'ai voué la plus tendre amitié; je ne sais comment je ferai pour me passer de ta société : ton esprit, ton travail, me sont agréables et nécessaires; je t'estime, je t'aime, je sens mieux que personne tout ce que tu vaux; mais, quoi qu'il puisse m'en coûter, il faut, mon cher ami, que tu t'en ailles.

CLÉANTE.

Ai-je offensé quelqu'un dans votre maison? vous
a-t-on fait quelque plainte?

ARLEQUIN.

Pour cela, il s'en faut bien; tu es doux, serviable,
toujours prêt à obliger; tu n'as de querelle avec
personne que pour leur éviter de la peine; aussi
tout le monde s'intéresse à toi, tout le monde t'estime et te chérit : hélas! c'est à cause de cela qu'il
faut, mon cher ami, que tu t'en ailles.

CLÉANTE.

Permettez-moi de vous représenter, Monsieur,
que tout ce que vous me dites a l'air de la plus
cruelle ironie. Vous êtes le maître de me faire
quitter votre maison; mais pourquoi m'insulter
en me rendant malheureux? Mon respect, ma
tendresse pour vous, ne méritaient pas ce traite-
ment, et je ne devais pas m'attendre...

ARLEQUIN.

Moi, t'insulter! mon cher ami, comment peux-
tu l'imaginer? Je te répète que je t'estime comme
moi-même; que je donnerais la moitié de mon
bien pour passer ma vie avec toi; que tu m'as
inspiré, dès le premier jour que je t'ai vu, une
amitié, un attachement, qui m'arrachent des larmes dans ce moment-ci, parce qu'enfin il faut que
tu t'en ailles, vois-tu... il le faut absolument. J'en

pleure, mais il le faut. Laisse-moi t'embrasser pour la dernière fois. (Il l'embrasse en sanglotant.) Adieu, mon ami, mon bon ami ; je te regretterai toute ma vie : mais va-t'en le plus tôt que tu pourras. Adieu, adieu : compte sur moi pour toujours ; mais que je ne te revoie plus.

(Il sort en pleurant.)

SCÈNE XV.

CLÉANTE seul.

Que signifient ces pleurs et ce congé, ces protestations de tendresse et l'ordre de quitter sa maison ? Suis-je découvert ? me suis-je perdu ? Ah ! je ne sais rien, si ce n'est que je suis le plus malheureux des hommes.

SCÈNE XVI.

CLÉANTE, NÉRINE.

NÉRINE.

Que s'est-il donc passé ? Monsieur Arlequin vient de rentrer chez lui tout en larmes, et il m'a dit de venir vous consoler.

CLÉANTE.

Il m'a ordonné de quitter sa maison dès ce moment ; il m'a embrassé, m'a juré une éternelle amitié, et m'a défendu de reparaître ici

NÉRINE.

Je n'y comprends rien. Et qu'allez-vous faire ?

CLÉANTE.

Obéir, Nérine. Je n'y survivrai pas, mais je
partirai. Ah! du moins, puis-je compter que tu
parleras quelquefois de moi à ta maîtresse ? Tu
connais mon cœur, tu pourras lui répondre que
jamais on ne l'aimera comme je l'aime ; tu lui ra-
conteras tout ce que j'ai fait, tout ce que j'ai pensé,
tout ce que j'ai souffert pour elle, peut-être don-
nera-t-elle quelques larmes à mon sort.

NÉRINE, pleurant.

Hélas ! que nous sommes malheureux ! D'abord
vous pouvez compter sur moi jusqu'à la mort.

CLÉANTE.

Tu es la seule dans le monde qui se soit inté-
ressée à moi. Un de mes plus grands malheurs,
c'est de ne pouvoir reconnaître ton amitié : prends
du moins ce diamant ; c'est le seul bien que m'a
laissé ma mère, le seul dont je puisse disposer ;
jamais il ne m'a été si cher que dans ce moment
où je peux te l'offrir.

NÉRINE.

Eh ! Monsieur, je n'ai pas besoin de diamant,
et j'ai besoin de vous voir heureux. Ne vous en
allez pas ; dites qui vous êtes : que risquez-vous ?
Tout est perdu, vous n'avez rien à ménager.

CLÉANTE.

Si je me découvre, Nérine, crois-tu que Nisida
et son père me pardonnent de m'être introduit
ici ? Ils m'accableront de leur colère, au lieu que
j'emporte peut-être leur pitié. Cependant...

SCÈNE XVII.

ARLEQUIN, CLÉANTE, NÉRINE.

ARLEQUIN, un papier à la main.

Je te demande pardon, mon cher ami, de venir
te tourmenter encore ; mais la douleur de te perdre
m'avait tellement troublé la cervelle, que je n'ai
pas songé à t'offrir une légère marque d'amitié.
Prends ce billet, mon pauvre Cléante, et regarde-
le, non comme la récompense de tes services,
mais comme le bienfait de ton ami.

CLÉANTE.

Eh quoi ! Monsieur, vous me mettez au désespoir en m'assurant que vous m'aimez ; vous me
punissez en disant que je suis innocent : et vous
venez m'offrir des secours ! Non, Monsieur, je ne
peux pas les accepter.

ARLEQUIN.

Ah ! Cléante, ce n'est pas bien, et je ne mérite
pas ce refus.

CLÉANTE.

Il m'est affreux de vous déplaire; le ciel m'est témoin que rien au monde ne m'est cher au prix de votre amitié : mais une raison invincible me défend d'accepter vos bienfaits.

ARLEQUIN.

Quelle est cette raison? il ne peut pas y en avoir de bonnes pour affliger les gens qui nous aiment.

NÉRINE.

Allons, Monsieur, parlez; voilà le moment.

ARLEQUIN.

Que dis-tu , Nérine?

NÉRINE.

Je l'exhorte à vous ouvrir son cœur : votre franchise, votre bonté, doivent l'encourager. D'ailleurs vous avez trop bien aimé madame Argentine pour ne pas pardonner les fautes que fait commettre l'amour.

ARLEQUIN.

L'amour !

CLÉANTE.

Oui, Monsieur, apprenez tout. Je ne suis point ce que vous me croyez. Une passion violente, profonde, pour mademoiselle votre fille, s'est emparée de moi depuis plus d'un an : désespérant de m'in-

troduire chez vous, je me suis présenté pour être
votre secrétaire. Voilà mes crimes, punissez-moi.

ARLEQUIN.

Comment! vous avez abusé de ma crédulité,
pour venir séduire ma fille, pour oser...

NÉRINE.

Ah! Monsieur, je suis témoin qu'il ne lui a jamais parlé d'amour.

ARLEQUIN.

En a-t-il moins risqué de la perdre de réputation? Si l'on sait, [comme il est impossible que
l'on ne le sache pas, que vous avez passé six mois
dans ma maison, avec la liberté de voir, de parler
à ma fille à toute heure, qui voudra croire au respect que vous avez eu pour elle? Ma pauvre Nisida
sera punie de la faute que vous avez seul commise.
Et voilà le prix de l'amitié que j'avais pour vous ;
vous déshonorez ma vieillesse, vous rendez ma
fille malheureuse, vous empoisonnez mes derniers
jours, tandis que je ne m'occupais que de rendre
les vôtres heureux !

CLÉANTE.

L'amour seul est mon excuse ; et cet amour...

ARLEQUIN.

Ingrat que vous êtes! pourquoi ne pas me le
dire? pourquoi préférer la peine de me tromper
au plaisir de m'ouvrir votre cœur?

CLÉANTE.

Vous ne m'auriez pas permis de l'aimer.

ARLEQUIN.

Quel était donc votre espoir ?

CLÉANTE.

De vous plaire en vivant avec vous, de m'attirer votre estime et vos bontés, d'attendre, en vous aimant, que votre cœur me jugeât digne d'être aimé ; et quand, à force de respect et de tendresse, j'aurais été certain d'un peu d'amitié, alors je n'aurais pas craint de vous découvrir mes sentimens ; alors ma pauvreté, mes malheurs, tout ce qui m'empêchait de parler, serait devenu un motif d'espérance : je vous aurais raconté mes chagrins, votre âme sensible se serait émue, vous auriez écouté l'aveu de mon amour, non comme le père de Nisida, mais comme l'ami d'un malheureux.

ARLEQUIN.

Qui êtes-vous donc ? Parlez, expliquez-vous.

CLÉANTE.

Je suis le fils d'un homme de qualité, et j'ai payé bien cher ce funeste avantage. Abandonné par mon père dès les premiers jours de ma vie, victime des fautes d'une mère qui dissipa tout le bien qu'on lui avait laissé pour moi, je me suis trouvé dans le monde, à l'âge où l'on a tant besoin de ses parens, sans fortune, sans guide, sans ap-

pui, seul, isolé dans la nature, n'ayant pour tout
bien que la connaissance de mes malheurs, et n'o-
sant pas même porter le nom d'un père qui m'a-
vait ôté sa tendresse avant que j'eusse vu le jour.

NÉRINE.

Monsieur, vous vous attendrissez...

ARLEQUIN.

Point du tout, Mademoiselle... Hé bien ?

CLÉANTE.

Ce n'est pas tout. A l'instant où un ancien ami
de mon père était prêt à s'employer auprès de lui
pour m'obtenir la permission de l'aller embrasser,
et c'eût été la première fois de ma vie, nous apprî-
mes que mon père était mort en Italie, et qu'il avait
laissé toute sa fortune à un étranger.

ARLEQUIN.

A un étranger !... Quel soupçon !...

CLÉANTE.

Voilà sur quoi je fondais l'espérance de vous
intéresser un jour. Cette fatale illusion m'empêcha
de sentir que je vous offensais. Ah ! du moins ne
me refusez pas mon pardon ; c'est à vos genoux
que je le demande. (Il se met à genoux.)

ARLEQUIN, ému.

Répondez-moi. Comment s'appelait votre père?

CLÉANTE.

Le comte de Valcour !

ARLEQUIN.

Le comte de Valcour !

CLÉANTE.

Oui, Monsieur : j'ai les preuves...

ARLEQUIN.

O ciel ! vous êtes le fils de mon bienfaiteur !...
Ah ! relevez-vous, Monsieur, relevez-vous ; c'est
moi qui vous dois du respect.

CLÉANTE.

Quoi ! vous l'avez connu ?

ARLEQUIN.

Si je l'ai connu ! Et vous êtes son fils ! Ah ! mon
ami, (il embrasse Cléante.) mon cher ami, je dois tout à
votre père, je l'ai aimé pendant quinze ans ; c'est
moi qu'il a fait héritier de toute sa fortune. Grâce
au ciel ! c'est moi qui ai tout votre bien : et c'est
fort heureux pour vous, mon cher ami, car je vais
vous le rendre : il est à vous, votre père n'a pu me
le donner. (Nisida arrive.)

SCÈNE XVIII.

ARLEQUIN, CLÉANTE, NISIDA, NÉRINE.

ARLEQUIN.

Viens, ma fille. Voilà le fils de celui qui nous
avait laissé sa fortune ; voilà celui à qui appartient
tout ce que nous possédons. Nous étions riches ce
matin, mon enfant ; nous allons être pauvres :
mais il le faut bien, car sans cela nous ne serions
plus honnêtes gens.

CLÉANTE.

Comment ! que dites-vous ? Je n'ai rien à prétendre : le mariage de mon père ne fut jamais déclaré ; et la loi...

ARLEQUIN.

Que me fait la loi, quand mon cœur parle ? Vous voyez bien qu'il me crie que votre bien n'est pas à moi. Comment ! je serais riche, et le fils de mon bienfaiteur serait pauvre ! Non, mon ami ; non, Monsieur : je vais tout vous rendre. Mais je vous supplie d'assurer de quoi vivre à ma fille ; je mourrais de douleur si je la laissais dans l'indigence ; et, puisque vous êtes le fils du comte de Valcour, vous ne le souffrirez pas.

CLÉANTE.

Votre fille ! ô ciel ! Eh bien ! oui, je reprends ma fortune, mais c'est pour la mettre à ses pieds. Et vous, digne et vertueux homme, qui n'hésitez pas à vous dépouiller de vos biens, dans la crainte de me voir malheureux, je le serai toute ma vie, et vous n'aurez rien fait pour moi, si vous me refusez votre fille.

ARLEQUIN.

Quoi ! vous voudriez...?

CLÉANTE.

Je veux retrouver mon père ; vous seul pouvez le remplacer.

ARLEQUIN.

Mais je ne demande pas mieux ; et je vais même te dire un secret qui te fera plus de plaisir que d'avoir retrouvé ta fortune ; (à voix basse) c'est que je ne te renvoyais de chez moi que parce qu'elle m'a avoué qu'elle était folle de toi. Ne lui dis pas que je te l'ai répété.

CLÉANTE.

Ah ! Nisida, vous m'aimez donc ?

NISIDA.

Heureusement je l'ai dit ce matin.

NÉRINE.

Grâce au ciel, tout est arrangé ; et j'en pleure de joie.

ARLEQUIN.

Ma chère Nérine, tu vois bien que je ne peux plus te donner Cléante, selon mes premiers projets ; mais tu nous permettras de doubler la dot que je te destinais, et tu resteras avec nous pour être la bonne amie de la famille. Quant à vous, mes enfans, vous allez être unis, et vous serez sans doute heureux : mais souvenez-vous bien qu'aucun plaisir dans le monde ne vaut celui de faire son devoir d'honnête homme et de bon père.

FIN DU BON PÈRE.

JEANNOT ET COLIN,

COMÉDIE

EN TROIS ACTES ET EN PROSE,

Représentée pour la première fois sur le théâtre italien, le **14** novembre **1780**.

PERSONNAGES.

JEANNOT, marquis.

COLIN, bourgeois.

COLETTE, sœur de Colin.

LA MÈRE DE JEANNOT, marquise.

LA COMTESSE D'ORVILLE.

DURVAL, gouverneur du marquis.

L'ÉPINE, valet du marquis.

UN MAÎTRE-D'HÔTEL.

La scène est à Paris dans le salon de la marquise.

JEANNOT ET COLIN,

COMÉDIE.

ACTE PREMIER.

SCÈNE PREMIÈRE.

COLIN, COLETTE, L'ÉPINE.

L'ÉPINE.

Il est à peine jour chez madame la marquise ;
attendez dans ce salon : je vous avertirai lorsque
vous pourrez voir madame.

COLIN.

Vous voudrez bien dire que ce sont deux personnes pour qui elle avait de l'amitié dans le temps
qu'elle demeurait en Auvergne. Si elle vous demande leurs noms, vous direz que c'est Colin et
Colette : elle s'en souviendra sûrement.

L'ÉPINE.

Monsieur Colin et mademoiselle Colette, qu'elle
a connus en Auvergne : cela suffit.
(Il sort.)

SCÈNE II.

COLIN, COLETTE.

COLETTE.

Comment tout ceci est magnifique ! Jeannot ne nous reconnaîtra plus ; il est devenu trop riche pour se souvenir de ceux qui l'ont vu pauvre.

COLIN.

Il serait donc bien changé, ma sœur : il était si bon, si sensible, lorsque nous habitions ensemble notre petite ville ! A peine y a-t-il un an qu'il nous a quittés ; il faut plus d'un an pour corrompre un cœur honnête.

COLETTE.

L'amour aurait dû préserver le sien : mais il ne m'aime plus, j'en suis sûre. Te souviens-tu de la manière dont il me quitta lorsque sa mère l'envoya chercher en Auvergne ? Comme il fut enivré de sa nouvelle fortune, et d'entendre ses domestiques l'appeler monsieur le marquis ! Il nous dit adieu presque sans pleurer ; il monta dans sa brillante voiture sans retourner la tête vers moi, que tu soutenais avec peine, et dont les yeux le suivirent... même quand je ne le vis plus. Mon

frère, il a oublié la malheureuse Colette ! il ne
pense plus aux sermens que nous nous sommes
faits de n'être jamais que l'un à l'autre; sermens
qu'il a écrits, que je conserve, et que je lui rendrai : ces écritures-là perdent tout leur prix quand
on ne les lit plus ensemble.

SCÈNE III.

COLIN, COLETTE, L'ÉPINE.

L'ÉPINE.

Madame la marquise s'habille ; elle vous fait dire
que, si vous voulez la voir, vous preniez la peine
d'attendre.

COLIN.

Nous attendrons. Monsieur le marquis son fils
est-il chez lui ?

L'ÉPINE.

Non : il est sorti de grand matin.

COLIN.

A quelle heure pourrions-nous le trouver ?

L'ÉPINE.

Il n'est pas habillé : ainsi, revenez à une heure,
vous pourrez peut-être lui parler.

COLIN.

Nous reviendrons sûrement.

COLETTE.

Monsieur, c'est un bien grand seigneur, que
monsieur le marquis ?

L'ÉPINE.

Sûrement, Mademoiselle ; c'est mon maître.
Sans vanité, c'est l'homme le plus aimable de
Paris : toutes les jolies femmes se le disputent et ne
sont occupées que de lui plaire ; je ne doute pas
qu'un de ces jours il ne fasse un très-grand mariage, et que...

COLIN.

Vous voudrez bien nous avertir lorsque nous
pourrons voir Madame.

L'ÉPINE.

Oui, oui ; soyez tranquilles. (Il sort.)

SCÈNE IV.

COLIN, COLETTE.

COLIN.

Du courage, ma sœur ! Tu as voulu me suivre
à Paris, pour t'assurer par toi-même de l'infidélité
de Jeannot : nous allons le voir, nous allons le
juger ; s'il a cessé de t'aimer, ton mépris pour lui
doit te rendre à toi-même et à la raison.

COLETTE.

Ah ! mon frère, si vous saviez combien il en coûte
pour mépriser celui qu'on aime !

COLIN.

Il m'en coûterait autant qu'à toi ; mon amitié
pour Jeannot est aussi vive que ton amour. Je ne
me dissimule pas ses torts : depuis six mois ses
lettres sont devenues plus rares et moins tendres :
mais il est bien jeune, il a été transporté tout d'un
coup, d'une vie simple et paisible, dans le tour-
billon du monde et de ses plaisirs ; il peut s'être
laissé enivrer malgré lui ; ne le jugeons pas sans
l'avoir vu. Plus nous l'aimons, plus nous avons besoin de preuves pour cesser de l'estimer.

COLETTE.

Il est vrai qu'il sera toujours assez temps de le
haïr.

COLIN.

Sa mère m'inquiète plus que lui : elle ignore les
engagemens de son fils avec toi ; et l'on dit que
son immense fortune lui a donné un orgueil insupportable.

COLETTE.

Mais comprends-tu cette fortune acquise en si peu
de temps ? A peine y a-t-il quatre ans que la mère
de Jeannot habitait notre petite ville. Elle était alors
une simple bourgeoise bien moins riche que nous ;

mon père ne trouvait pas son fils un assez bon parti
pour moi. Madame la marquise n'était pas marquise alors ; et quand nous allions la voir, elle ne
nous faisait pas attendre.

COLIN.

Que veux-tu, Colette ! elle a fait fortune. Il n'y
a rien à répondre à ce mot-là.

COLETTE.

Explique-moi ce que c'est que faire fortune.
Comment des gens qui n'ont rien parviennent-ils
à avoir quelque chose ? Ils prennent donc à ceux
qui en ont ?

COLIN.

Pas toujours. Ce matin j'ai vu quelqu'un de
notre ville établi ici depuis long-temps ; il m'a
raconté comment la mère de Jeannot avait acquis
ses richesses. Tu te souviens qu'elle fut obligée de
venir à Paris pour des affaires ; elle y trouva un de
ses parens immensément riche qui la prit en amitié, et la fit jouir de sa fortune : ce parent est
mort il y a six mois, et lui a laissé tout son bien.

COLETTE.

Ce parent avait bien affaire de lui laisser son
bien ! il est cause que j'ai perdu le mien.

COLIN.

La voici.

SCÈNE V.

COLIN, COLETTE, LA MARQUISE.

LA MARQUISE.

Eh! bon jour, mes enfans; je ne m'attendais guère à votre visite. Par quel hasard êtes-vous à Paris?

COLIN.

Les affaires de mon commerce m'y ont appelé, Madame; ma sœur a voulu être du voyage. Nous sommes ici pour bien peu de temps, mais nous n'en partirons point sans avoir vu notre bon ami Jean... monsieur le marquis.

LA MARQUISE, à part.

Son bon ami! l'impertinent! (Haut.) Mon fils est sorti, je crois.

COLIN.

Oui, Madame; on nous l'a dit : nous ne sommes pas fâchés que notre première visite soit pour vous toute seule.

LA MARQUISE.

Comment! Colin, tu me fais des complimens! Mais dis-moi ce que tu viens faire ici. Je m'en doute; tu as compté sur ma protection : si je le peux, je te rendrai service. Et ton vieux père, comment se porte-t-il?

COLIN.

J'ai eu le malheur de le perdre, Madame ; je suis
à présent à la tête de sa manufacture ; et mes
affaires vont assez bien pour que je ne sois venu
chercher dans votre maison que le plaisir de vous
voir.

LA MARQUISE.

Tant mieux pour toi, mon enfant. Ta sœur a
l'air bien triste. Paris ne la réjouit pas ?

COLETTE.

Non, Madame : j'espère le quitter bientôt.

LA MARQUISE.

Vous ferez bien ; cette ville-ci est dangereuse à
votre âge. Adieu : je ne me gêne pas avec vous,
j'ai besoin d'être seule ; nous causerons plus long-
temps une autre fois.

(Colin et Colette la saluent : elle leur fait un signe de tête.)

COLIN, à part.

Dieu veuille que son fils ne lui ressemble pas !
(Ils sortent.)

SCÈNE VI.

LA MARQUISE seule.

L'importance de monsieur Colin est plaisante !...
Holà ! quelqu'un.

SCÈNE VII.

LA MARQUISE, L'ÉPINE.

LA MARQUISE.

Allez savoir des nouvelles de madame la comtesse d'Orville : vous lui demanderez si elle nous fera l'honneur de venir dîner avec nous ; vous lui direz que nous serons seuls pour pouvoir parler d'affaires. Sachez auparavant si le gouverneur de mon fils est ici.

L'ÉPINE.

Le voilà, Madame. (Il sort.)

SCÈNE VIII.

LA MARQUISE, DURVAL.

LA MARQUISE.

Je vous croyais sorti, monsieur Durval.

DURVAL.

Je n'ai pas voulu suivre monsieur le marquis, de peur que Madame n'eût besoin de moi pendant ce temps-là.

LA MARQUISE.

J'ai toujours besoin de vos conseils, vous le savez bien : depuis que je vous ai confié l'éducation de mon fils, je n'ai rien fait sans votre avis, heureusement pour moi.

DURVAL.

Mon zèle et mon attachement m'ont tenu lieu de lumières.

LA MARQUISE.

J'ai un grand secret à vous confier. Je vais marier le marquis. Vous savez combien je suis liée avec la comtesse d'Orville ; c'est une veuve, jeune, jolie, et d'une des premières maisons du royaume ; elle est cousine du ministre. Madame d'Orville, par amitié pour moi, et pour achever de liquider ses biens, épouse le marquis, et lui apporte pour dot la promesse d'un régiment. J'ai conclu hier ce mariage. Vous ne pensez pas que mon fils y ait la moindre répugnance ?

DURVAL.

Madame, je craindrais que le mot de mariage n'effrayât son goût trop vif pour l'indépendance et la dissipation : mais le plaisir d'être colonel l'emportera sur tout.

LA MARQUISE.

Je l'espère, monsieur Durval. Ce n'est pas la seule affaire qui m'occupe : avez-vous été chez mon avocat ?

DURVAL.

Oui, Madame ; votre procès est sur le point

d'être jugé : mais il m'a chargé de vous répéter que vous n'aviez rien à craindre.

LA MARQUISE.

Je suis tranquille : quoique ce procès soit important, je n'ai pas voulu en parler à madame d'Orville, par la certitude où je suis de le gagner.

DURVAL.

Je reconnais bien là Madame la marquise; son amitié prudente sait épargner des alarmes inutiles.

LA MARQUISE.

Je suis bien aise que vous pensiez comme moi. Sans vous, monsieur Durval, je ne serais jamais sûre de rien. Voici mon fils, je vais lui faire part de tous mes projets.

SCÈNE IX.

LA MARQUISE, LE MARQUIS, DURVAL.

LE MARQUIS.

Bon jour, ma mère. Je viens d'acheter le plus joli cabriolet du monde : s'il m'était resté de l'argent, j'aurais pu avoir le plus beau cheval de Paris ; mais les barbares n'ont pas voulu me faire crédit.

LA MARQUISE.

Mon ami, j'ai à te parler d'affaires sérieuses.

LE MARQUIS, riant.

Vous m'effrayez, ma mère.

LA MARQUISE.

Serais-tu bien aise d'être colonel?

LE MARQUIS.

Colonel! Ce serait le bonheur de ma vie. J'aurais tant de plaisir à rejoindre mon régiment! Le manége, les manœuvres, tout cela doit être charmant. On passe l'été dans une ville de guerre; l'hiver, on revient à Paris jouir des plaisirs de la capitale : on a l'air de se reposer; et l'on s'est toujours diverti.

LA MARQUISE.

Eh bien! tu connais la comtesse d'Orville; j'ai arrêté ton mariage avec elle. (Le marquis rêve.) Elle se charge de t'avoir une compagnie de dragons dès aujourd'hui, et la promesse d'un régiment aussitôt que tu auras l'âge. Voilà nos conditions; j'ai répondu de ton aveu.

DURVAL.

Ah! quelle mère vous avez, monsieur le marquis!

LA MARQUISE.

A quoi pensez-vous donc, mon fils?

LE MARQUIS.

A tout ce que je vous dois, ma mère; chaque événement heureux qui m'arrive est toujours un bienfait de vous. J'aurais désiré ne pas me marier encore...

LA MARQUISE.

Mon ami, c'est à ce mariage que tu devras ta fortune : le mérite n'est rien sans protection. D'ailleurs, ma parole est donnée, tout est arrangé, et j'ai déjà commandé tes habits de noces.

SCÈNE X.

LE MARQUIS, LA MARQUISE, DURVAL, L'ÉPINE.

L'ÉPINE.

Madame la comtesse d'Orville remercie Madame ; elle aura l'honneur de venir dîner avec elle aujourd'hui.

LA MARQUISE.

C'est bon. (L'Épine sort.)

SCÈNE XI.

LE MARQUIS, LA MARQUISE, DURVAL.

LA MARQUISE.

C'est pour dîner avec toi, et pour causer de nos affaires : afin de n'être point dérangés, je vais faire fermer ma porte... A propos, j'oubliais de te parler d'une visite que je viens d'avoir, et que tu auras sûrement.

LE MARQUIS.

Qui donc ?

LA MARQUISE.

Devine.

LE MARQUIS.

Comment voulez-vous que je devine ? Ce ne sont pas encore les officiers du régiment que j'aurai ?

LA MARQUISE.

Non : c'est Colin et Colette.

LE MARQUIS, ému.

Colette ?

LA MARQUISE.

Oui, Colin et Colette, d'Auvergne, cette petite Colette dont tu me parlais tant dans les commence- mens de ton séjour ici.

LE MARQUIS.

Ils sont à Paris ?

LA MARQUISE.

Eh ! oui : je les ai vus. Quel air as-tu donc ? Cela t'attriste ?

LE MARQUIS.

Non, ma mère. Vous ont-ils parlé de moi ?

LA MARQUISE.

Beaucoup : ils t'appellent leur cher ami !

DURVAL.

Oserai-je demander à madame la marquise ce que c'est que ce Colin et cette Colette ?

LA MARQUISE.

Colin est un petit bourgeois qui venait profiter des maîtres de mon fils lorsque nous habitions l'Auvergne... Mais madame d'Orville arrivera de bonne heure; il est temps de vous habiller, mon fils : je vous laisse. Monsieur Durval, voulez-vous me rendre un service? J'ai des papiers intéressans que mon procureur devait venir prendre : allez le voir, je vous en prie; vous les lui porterez. Je vous demande pardon si...

DURVAL.

Madame, en m'employant pour vous, c'est m'obliger à la reconnaissance. (Ils sortent.)

SCÈNE XII.

LE MARQUIS seul.

Colette est ici! je vais la revoir, Colette que j'ai tant aimée... qui m'aime encore; j'en suis sûr! Et dans quel moment revient-elle! Je ne la verrai point; je ne pourrais soutenir ses reproches : tout mon amour renaîtrait peut-être, et je serais le plus malheureux des hommes... Que dirait ma mère, ma mère à qui je dois tout ?... je la ferais mourir de douleur. Non, Colette, non, je ne vous verrai point : l'émotion que votre nom seul m'a causée me fait trop sentir qu'il ne faut pas vous revoir.

SCÈNE XIII.

LE MARQUIS, L'ÉPINE.

L'ÉPINE.

Monsieur le marquis veut-il s'habiller ?

LE MARQUIS.

Écoute, l'Épine : as-tu vu ce jeune homme qui est venu ce matin avec sa sœur ?

L'ÉPINE.

Qui ? monsieur Colin et mademoiselle Colette ?

LE MARQUIS.

Tu leur as parlé ?

L'ÉPINE.

Oui. Monsieur Colin m'a demandé quand il pourrait vous voir ; je lui ai dit de revenir à une heure.

LE MARQUIS.

Vous avez mal fait. S'ils reviennent, l'Épine, tu leur diras que je n'y... Ah ! que cette visite m'inquiète et m'embarrasse !

L'ÉPINE.

Que faudra-t-il leur dire ?

LE MARQUIS.

C'est Colin qui m'a demandé ? Elle n'a rien dit, elle ?

L'ÉPINE.

Qui ? sa sœur ?

LE MARQUIS.

Eh oui !

L'ÉPINE.

Oh ! non ; elle était si triste ! Elle m'a seulement demandé si vous étiez un grand seigneur. Je crois, Monsieur, que cette fille-là vient implorer votre protection pour quelque malheur qui lui est arrivé ; car en sortant elle était en larmes.

LE MARQUIS.

Elle était en larmes ?

L'ÉPINE.

Oui : cela m'a fait peine ; elle a un petit air si doux, si intéressant ! Vous ferez bien de lui rendre service, si vous le pouvez.

LE MARQUIS.

Ah ciel !

L'ÉPINE.

Qu'avez-vous donc, Monsieur ? Je ne vous ai jamais vu si agité.

LE MARQUIS.

Mon pauvre l'Épine, si tu savais combien je crains de la revoir !

L'ÉPINE.

Qui ? mademoiselle Colette ?... Ah ! je commence à comprendre : c'est une vieille connaissance que

vous voudriez ne plus reconnaître. Eh bien ! Monsieur, rien n'est si aisé : quand elle reviendra, je
lui dirai que vous êtes sorti.

LE MARQUIS.

Non, il serait affreux de me cacher. Je la verrai, je lui parlerai ; elle sentira bien qu'il m'est
impossible de désobéir à ma mère. Oui, mon ami,
j'ai adoré Colette, je lui ai promis de l'épouser :
mais Colette est une simple bourgeoise ; juge si ma
mère consentirait jamais...

L'ÉPINE.

Madame votre mère ! Elle aimerait mieux vous
voir mourir que de vous voir déroger. Mais écoutez, Monsieur ; je crois qu'il y aurait manière de
s'arranger. J'ai une morale qui m'a toujours tiré
de partout : raisonnons. On ne risque jamais de
mal faire en remplissant tous ses devoirs. D'après
cela, n'épousez point mademoiselle Colette, parce
que ce serait manquer à ce qu'un fils doit à sa
mère : ensuite, pour réparer vos torts envers
mademoiselle Colette, faites-lui partager votre fortune, donnez-lui une bonne maison ; en un mot...

LE MARQUIS.

Taisez-vous. Je vous chasserais tout-à-l'heure,
si vous connaissiez Colette.

L'ÉPINE.

Monsieur, je ne dis plus mot : mais quand mademoiselle Colette viendra, que lui dirai-je ?

LE MARQUIS.

Je n'en sais rien. Venez m'habiller.

FIN DU PREMIER ACTE.

ACTE II.

SCÈNE PREMIÈRE.

LE MARQUIS seul, sa montre à la main.

Il est près d'une heure : Colette ne tardera pas. Chaque minute qui s'écoule augmente mon incertitude, l'Épine !...

SCÈNE II.

LE MARQUIS, L'ÉPINE.

L'ÉPINE, dans la coulisse.

Monsieur.

LE MARQUIS.

Eh ! venez donc.

L'ÉPINE, paraissant.

Me voilà, Monsieur.

LE MARQUIS.

Elle va venir.

L'ÉPINE.

Oui, Monsieur.

LE MARQUIS.

Je ne veux pas la voir : je me perdrais, j'en suis sûr.

L'ÉPINE.

Eh bien ! Monsieur, restez dans votre appartement ; je la recevrai, moi, je m'en charge.

LE MARQUIS, à part.

Me cacher pour ne pas la voir ! elle à qui j'ai
juré tant de fois de l'aimer toute ma vie !

L'ÉPINE.

Oh ! si l'on se mettait sur le pied de tenir toutes
ces promesses-là, qui diable pourrait y suffire ?

LE MARQUIS, à part.

Et Colin, le bon Colin qui m'aimait tant, qui
m'appelait son frère, qui me serra dans ses bras
lorsque je le quittai... voilà l'indigne réception que
je lui prépare !

L'ÉPINE.

Monsieur !...

LE MARQUIS.

Hé bien ?

L'ÉPINE.

J'entends du bruit ; sauvez-vous : les voilà ;
sauvez-vous donc.

LE MARQUIS.

Il n'est plus temps : que devenir ?

Colin et Colette paraissent.)

SCÈNE III.

LE MARQUIS, COLIN, COLETTE, L'ÉPINE.

(Colin entre le premier, Colette le suit, les yeux baissés ; le Marquis va à
Colin, sans oser regarder Colette.)

LE MARQUIS.

Ah ! c'est vous, mon cher Colin !

COLIN.

Oui, c'est Colin. Êtes-vous aussi celui que nous
venons chercher ?

LE MARQUIS, les yeux baissés.

Mon cœur est toujours le même.

COLIN.

Nous le désirons bien. Mais faites retirer ce domestique : à présent que vous êtes grand seigneur,
nous n'oserons plus vous aimer devant le monde.

LE MARQUIS, à l'Épine.

Sortez.

SCÈNE IV.

LE MARQUIS, COLIN, COLETTE.

(Il se fait un moment de silence.)

LE MARQUIS, très-embarrassé.

Ma mère avait oublié ce matin de s'informer de
votre demeure ; j'en ai été bien fâché.

COLIN, l'examinant.

Puisque nous savions la vôtre, vous étiez sûr de nous voir.

LE MARQUIS.

Ah ! je vous vois trop tard.

COLETTE.

Plût au ciel ne l'avoir jamais vu !

(Il se fait encore un silence.)

COLIN.

Vous ne reconnaissez pas ma sœur ?

LE MARQUIS.

Je suis le plus malheureux des hommes : je dépends de ma mère, ma fortune est son ouvrage ; je lui dois tout, je lui dois même le sacrifice de mon bonheur. Ne me haïssez pas.... ne me méprisez pas... Si vous saviez...

COLIN.

Vous me faites pitié : croyez-moi, terminons un entretien pénible pour tous : vous craignez de nous reconnaître ; et nous ne vous reconnaissons plus. Adieu. (Ils s'en vont.)

LE MARQUIS.

Arrêtez, je vous supplie.

COLETTE, retenant Colin.

Mon frère, il veut vous parler.

LE MARQUIS.

Ayez pitié de moi, Colette ; ne m'accablez pas

de votre mépris. Oui, je sens bien que je l'ai mérité : la fortune, l'ambition m'ont aveuglé. J'ai
manqué à l'amour, à l'amitié; j'ai désiré de vous
oublier, j'ai voulu vous arracher de mon cœur :
je le sais; je sais que je n'ai point d'excuse. Mais
je me suis vu dans un nouveau monde, j'ai cédé
au torrent qui m'entraînait, à l'ascendant que ma
mère a sur moi ; elle n'était occupée que d'éloigner tout ce qui pouvait rappeler notre ancienne
pauvreté; elle me défendit de penser à vous.

COLETTE.

Lorsqu'autrefois vous étiez pauvre, et que je
l'étais moins que vous, mon père me défendit aussi
de vous aimer : vous savez comment je lui obéis.

LE MARQUIS.

Ah ! croyez que votre image n'a pas quitté mon
cœur. Dès que j'ai entendu prononcer votre nom,
tout mon amour s'est réveillé; votre présence
achève de me rendre à moi-même. En vous parlant, en vous regardant, je redeviens tel que vous
m'avez vu : chaque coup-d'œil que vous jetez sur
moi me rend une vertu que j'avais perdue ; et,
dès que vous ouvrez la bouche, mon cœur palpite,
comme autrefois quand vous étiez fâchée contre
moi, et que j'attendais mon pardon.

COLETTE.

Qu'osez-vous rappeler !

LE MARQUIS.

Nos sermens, notre amour; cet amour si tendre, si vrai, qui nous enflamma dès l'enfance, sans lequel nous ne fîmes jamais un seul projet de bonheur. Souvenez-vous, Colette, de nos premières années, souvenez-vous que les premiers mots que nous avons prononcés ont été la promesse de nous aimer toujours.

COLETTE.

Hélas! qui de nous deux y a manqué?

LE MARQUIS.

Ce serait vous, Colette, si vous m'abandonniez à présent, puisque je vous aime, puisque je vous chéris plus que jamais. Le voudriez-vous? Parlez. Auriez-vous la force de me dire, Jeannot, je ne vous aime plus?

COLETTE.

Ah! ces deux mots-là ne peuvent pas aller ensemble.

LE MARQUIS, à Colin.

Elle s'attendrit, mon ami; demande-lui pardon pour moi. (Il se jette dans les bras de Colin.)

COLIN, ému.

Ma sœur, il vient de m'embrasser comme il m'embrassait autrefois.

LE MARQUIS.

Colette! mon amie! je suis encore digne de vous;

je le sens aux transports de mon cœur. Ah ! le
don d'aimer est un présent que le ciel ne fait
qu'une fois. J'ai si souvent regretté les jours tranquilles que nous passions ensemble ! j'ai si bien
éprouvé que le bonheur n'est que dans l'amour et
dans l'obscurité !

COLIN.

Mon ami, il ne tient qu'à toi d'en jouir encore.
Reviens chez nous, tu trouveras assez de malheureux pour bien placer ton argent, tu feras du bien ;
nous t'aimerons : ce sera jouir à la fois du bonheur des pauvres et des riches.

LE MARQUIS.

Plût au ciel que ma mère t'entendît avec l'émotion que tu me causes ! Mais ma mère n'est occupée que d'ambition : elle est bien malheureuse ;
elle ne songe jamais à ce qu'elle a, et toujours à
ce qu'ont les autres. J'espère cependant la fléchir ;
je lui montrerai cette promesse de mariage que
nous prenions plaisir à renouveler tous les jours.
Vous devez l'avoir, Colette.

COLETTE.

Je ne l'ai pas perdue : mais, depuis quelque
temps, je n'osais plus la lire ; il me semblait qu'elle
me disait du mal de vous.

LE MARQUIS.

Mon frère, mon amie, je vous jure de nouveau,

sur tout ce que j'aime, que je tiendrai ma parole.
Je vais me jeter aux genoux de ma mère : je vais
lui déclarer que j'en mourrai si je ne suis pas votre
époux, et que toute autre femme...

SCÈNE V.

COLIN, COLETTE, LE MARQUIS,

LA MARQUISE.

LA MARQUISE.

Mon fils, on vient d'apporter vos habits de
noces.

COLETTE.

O ciel !

LE MARQUIS, bas, à Colette.

Gardez-vous de croire...

COLETTE, bas, au Marquis.

Vous me trompiez !...

LE MARQUIS, bas, à Colette.

Le ciel m'est témoin !...

LA MARQUISE.

Qu'avez-vous donc, mon fils ! et que signifie
tant de secrets avec mademoiselle Colette? Ce n'est
point la veille d'un mariage que l'on reçoit de pareilles visites. Et vous, monsieur Colin et mademoiselle Colette, vous venez obséder mon fils : il

n'a pas le temps de s'occuper de vous ; je vous prie
de le laisser en repos.

COLIN.

Oui, Madame, oui ; nous allons le laisser, soyez-
en bien sûre. Viens, ma sœur, viens avec ton
frère ; puisse-t-il te tenir lieu de tout ! (Ils sortent.)

LE MARQUIS, courant après eux.

Non, demeurez ; je vous en conjure.

COLIN.

Vous auriez trop à rougir.

SCÈNE VI.

LE MARQUIS, LA MARQUISE.

LE MARQUIS.

Ma mère, je vous respecte, je vous honore ; mais
vous me percez le cœur , mais vous vous dégradez
vous-même. Et de quel droit osez-vous mépriser
mes amis, mes égaux, les vôtres ? Quels sont vos
titres, ma mère ? leur naissance vaut la mienne ,
et leur cœur vaut mieux que le mien.

LA MARQUISE.

Est-ce vous qui parlez, mon fils ? Est-ce bien
vous qui osez... ?

LE MARQUIS.

Oui, ma mère, j'ose vous dire que vos richesses
ne sont rien, et que je les abhorre si elles donnent
le droit d'être ingrat.

LA MARQUISE.

Je t'entends : le voilà ce mystère que je craignais de découvrir. Que vous êtes bien né pour
l'état vil d'où ma tendresse vous a tiré ! vous en
avez toute la bassesse. Vous aimez Colette, j'en suis
sûre ; vous rougissez de me le dire : mais...

LE MARQUIS.

Non, ma mère, non, je n'en rougis pas. J'aime
Colette ; je fais gloire de l'avouer ; mon amour
pour elle est presque aussi ancien dans mon cœur
que ma tendresse pour vous. C'est en vain que
j'ai voulu l'éteindre ; grâce au ciel, le peu de vertu
qui me reste l'a emporté sur mon orgueil. J'ai promis à Colette de l'épouser, je tiendrai ma parole ;
mon honneur, ma félicité, en dépendent : je préfère Colette, pauvre, simple et honnête, à toutes
vos femmes dont la richesse est la seule qualité.

LA MARQUISE.

Où en sommes-nous, grand dieu ! Vous ! l'époux
de Colette ! Vous...

SCÈNE VII.

LA MARQUISE, LE MARQUIS, DURVAL.

DURVAL.

Votre procureur était au palais, Madame, et
j'ai...

LA MARQUISE.

Ah! monsieur Durval, venez à mon secours;
venez entendre ce qu'il ose me dire : il veut épouser cette Colette dont je vous ai parlé; il veut faire
le malheur et la honte de ma vie.

DURVAL.

Monsieur le marquis, songez donc à ce que vous
êtes; songez...

LE MARQUIS.

Songez vous-même à ne pas vous mêler des affaires de mon cœur : depuis que je vous connais,
il n'a jamais eu rien de commun avec vous.

LA MARQUISE.

C'en est trop, ingrat : voilà donc le prix de tout
ce que j'ai fait! Je n'ai vécu que pour toi, j'ai tout
sacrifié pour toi, et, au moment où ta fortune allait me payer de tant de sacrifices, tu veux m'avi-
lir, te dégrader, manquer à ta parole, à celle que
j'ai donnée à madame d'Orville!

LE MARQUIS.

Eh! ma mère, dois-je la tromper? Dois-je l'é-
pouser quand j'en aime une autre? Elle va venir,
je veux la prendre pour juge ; je veux lui déclarer
ma passion pour Colette.

LA MARQUISE.

Cruel enfant! voici le premier chagrin que tu
me donnes, il est violent; tu aurais dû y accoutu-

mer mon cœur. Écoute-moi, daigne écouter ta mère; elle a peut-être le droit de te supplier. Je te demande, je te conjure de ne parler de rien à madame d'Orville : je t'accorderai du temps pour te décider à l'épouser ; mais ne vas pas éloigner de moi la plus chère et la plus tendre de mes amies. Mon fils, j'attends cette bonté de toi. (à part.) Si j'étais assez heureuse pour qu'elle ne vînt pas...

SCÈNE VIII.

LE MARQUIS, LA MARQUISE, DURVAL, L'ÉPINE.

L'ÉPINE.

Madame la comtesse d'Orville !

SCÈNE IX.

LE MARQUIS, LA MARQUISE, LA COMTESSE, DURVAL.

LA MARQUISE, à part.

O ciel ! (haut.) Eh ! bonjour, Madame ; nous commencions à craindre de ne pas vous avoir : mon fils allait courir chez vous.

LA COMTESSE.

Comment supposiez-vous que je manquerais à mon engagement ? Je me sais pourtant gré d'arriver tard, puisque j'ai donné un peu d'inquiétude à monsieur le marquis.

LE MARQUIS.

Madame...

LA MARQUISE.

Vous êtes-vous promené aujourd'hui?

LA COMTESSE.

Non, je sors de chez moi.

LA MARQUISE, à demi-voix.

Mon fils a passé sa matinée aux Tuileries, espérant vous y trouver.

LE MARQUIS.

Je suis trop vrai...

LA MARQUISE.

J'espère que nous dinerons bientôt. Monsieur Durval, voulez-vous bien dire que l'on nous serve?

(Durval sort.)

SCÈNE X.

LE MARQUIS, LA MARQUISE, LA COMTESSE.

LA MARQUISE, à la comtesse.

Vous serez seule avec nous.

LA COMTESSE.

J'y serai moins seule que partout ailleurs. Si vous saviez combien je suis lasse de ce grand monde où l'on court toujours après le plaisir, sans jamais trouver le bonheur !

LE MARQUIS.

Et comment le trouver, Madame, si l'on ne
prend pas son cœur pour guide ?

LA COMTESSE.

Vous avez raison, monsieur le marquis. Mais
qu'avez-vous donc aujourd'hui ? Je vous trouve
l'air inquiet.

LA MARQUISE.

Pardonnez-lui : il est entièrement occupé de sa
reconnaissance et du désir de vous plaire.

LA COMTESSE.

Il est un sûr moyen de plaire ; c'est de savoir
aimer.

LE MARQUIS.

Ah ! Madame, cela s'apprend bien vite ; et la
première leçon ne s'oublie jamais.

LA MARQUISE, à la comtesse.

Voilà ce qu'il m'a dit la première fois qu'il vous
a vue.

SCÈNE XI.

LES MÊMES, LE MAÎTRE-D'HÔTEL.

LE MAÎTRE-D'HÔTEL.

Madame la marquise est servie.

LA MARQUISE.

Allons nous mettre à table ; ensuite j'aurai
bien des choses à vous dire.

FIN DU SECOND ACTE.

ACTE III.

SCÈNE PREMIÈRE.

LA COMTESSE, DURVAL.

LA COMTESSE.

Qu'est-ce donc, monsieur Durval, que cet homme de loi qui vient de demander la marquise et son fils? Aurait-elle un procès?

DURVAL.

Non, Madame; c'est une discussion fort peu intéressante, une affaire de rien : soyez sûre que madame la marquise n'est occupée dans ce moment que du bonheur de vous avoir pour sa fille.

LA COMTESSE.

J'espère que ce mariage fera ma félicité. Cependant je suis bien mécontente du marquis : lui que j'ai toujours vu d'une gaieté charmante, il est d'un sérieux qui me glace; il a l'air de m'épouser malgré lui. Je vous assure que, sans mon extrême amitié pour sa mère, je retirerais ma parole.

DURVAL.

Il faut pardonner à son âge une timidité que vous prenez pour de la froideur. Son respect pour vous gêne ses sentimens; il n'ose pas encore vous dire qu'il vous aime, et il est distrait par le plaisir de le penser.

LA COMTESSE.

J'ai bien peur, monsieur Durval, que vous n'ayez besoin de tout votre esprit pour le dé-fendre.

SCÈNE II.

LA COMTESSE, LE MARQUIS, LA MARQUISE,

DURVAL.

LE MARQUIS.

Non, ma mère, non ; je ne puis me taire.

LA MARQUISE.

Mais, mon fils, arrêtez ; tout n'est pas perdu.

LE MARQUIS.

Tout le serait si j'étais assez vil pour cacher notre malheur. (à la comtesse.) Madame, ma mère avait un procès d'où dépendait toute sa fortune : il vient d'être jugé ; et nous l'avons perdu.

DURVAL.

Ah ciel !

LA COMTESSE.

Comment ! toute votre fortune ?

LE MARQUIS.

Il ne nous reste rien au monde que des dettes.

LA MARQUISE.

Le malheur n'est pas si grand qu'il vous le dit.

Si vous êtes assez notre amie pour nous obtenir
l'appui de votre famille, il est impossible...

LA COMTESSE.

Vous ne doutez sûrement pas, Madame, du vif
intérêt que vous m'inspirez : mais un procès n'est
pas une affaire de faveur; personne n'est assez
puissant pour en imposer aux lois. D'ailleurs, à
mon âge, et dans ma position, je ne peux guère
solliciter pour monsieur le marquis; on interpré-
terait mal.

LA MARQUISE.

L'amitié et les engagemens qui nous lient sont
des titres plus que suffisans...

LA COMTESSE.

Je voudrais de tout mon cœur vous être utile;
mais nos engagemens sont au moins reculés. Je ne
me plaindrai point du mystère que vous m'avez
fait; je vois avec douleur que je ne peux vous être
bonne à rien, et que dans un moment aussi cruel
vous avez besoin de solitude. (Elle lui fait une grande révé-
rence, et sort.)

SCÈNE III.

LE MARQUIS, LA MARQUISE, DURVAL.

LA MARQUISE.

Est-ce bien elle! elle qui me jurait hier encore
une éternelle amitié, qui voulait tout quitter, tout

abandonner pour vivre avec moi, pour devenir ma fille! Ah! monsieur Durval, n'en êtes-vous pas indigné?

DURVAL.

Comment! Madame, en perdant ce procès, vous perdez toute votre fortune?

LA MARQUISE.

Hélas! je n'avais d'autre bien que cette succession : je ne crains pas de vous ouvrir mon cœur, vous êtes le seul ami qui me reste.

DURVAL, à part.

Ce procès me ruine aussi.

LA MARQUISE.

Donnez-moi vos conseils.

DURVAL.

Il n'y en a plus quand on est sans ressource. D'ailleurs, je suis aussi à plaindre que vous; je ne dois plus compter sur les promesses que vous m'avez faites; j'ai perdu mon temps dans votre maison.

LE MARQUIS.

Hâtez-vous donc d'en sortir, Monsieur, puisque notre fortune était le seul lien qui vous attachait à nous.

DURVAL.

Mais...

LE MARQUIS.

Ne cherchez point de vaines excuses, nous ne valons plus la peine que vous vous déguisiez. (Durval sort.)

SCÈNE IV.

LE MARQUIS, LA MARQUISE.

LE MARQUIS.

Eh bien! ma mère, les voilà ces amis sur lesquels vous osiez compter! Vous voyez...

SCÈNE V.

LE MARQUIS, LA MARQUISE, L'ÉPINE.

L'ÉPINE.

Monsieur le marquis m'excusera bien si je prends la liberté de lui demander si ce que l'on dit est vrai.

LE MARQUIS.

Quoi?

L'ÉPINE.

Monsieur, c'est votre procès : on assure qu'il est perdu, et que monsieur le marquis est ruiné.

LE MARQUIS.

Cela n'est que trop vrai; laissez-nous.

L'ÉPINE, à part.

Oh! c'est bien mon projet... (haut.) Mais, Monsieur...

LE MARQUIS.

Hé bien?

L'ÉPINE.

Monsieur le marquis ne gardera peut-être pas de domestique; et je sais une maison où je pourrais entrer : voilà pourquoi, si c'était un effet de votre bonté de me mettre à la porte en me payant, je vous serais fort obligé.

LE MARQUIS.

L'Épine, ce soir vous serez payé, et libre d'aller où vous voudrez : sortez.

L'ÉPINE.

Oh! je ne suis pas inquiet, Monsieur; mais...

LE MARQUIS.

Mais jusque-là je suis votre maître : sortez; ne me le faites pas répéter.

L'ÉPINE, s'en allant.

Il faut qu'il ait encore de l'argent, car il est fier.

SCÈNE VI.

LE MARQUIS, LA MARQUISE.

LE MARQUIS.

Du courage, ma mère! la bassesse de ceux que vous avez crus vos amis doit vous consoler. Puisqu'ils n'aimaient que vos richesses, ce sont eux qui les ont perdues; et nous y gagnerons le bonheur

de vivre pour nous. Cependant ne négligeons aucun
des moyens qui nous restent : vous avez d'autres
amis ; Darmont m'a toujours paru vous être véritablement attaché.

LA MARQUISE.

Oui, mon fils ; j'ai été assez heureuse pour lui
rendre de grands services : je vais mettre sa reconnaissance à l'épreuve. (Elle sort.)

SCÈNE VII.

LE MARQUIS seul.

Moi, je vole chez Colin ; c'est à lui que je veux
tout devoir... Mais Colette, Colette qui croit que
je l'ai trompée, qui s'est retirée sans vouloir m'entendre, ne pensera-t-elle pas que c'est l'indigence
qui me ramène à ses pieds ? Ce doute est affreux,
et me retient malgré moi. Que je suis malheureux !
Je n'oserai plus lui dire que je l'aime... O ciel !
voilà Colin : comment oser lui parler ?

SCÈNE VIII.

LE MARQUIS ; COLIN, un papier à la main.

COLIN.

Vous ne comptiez plus me revoir ; rassurez-
vous, c'est la dernière fois. Je ne viens point troubler les apprêts de votre mariage, je ne viens point
vous reprocher votre fortune et votre bonheur. J'ai

voulu rendre moi-même cette promesse que ma
sœur eut la faiblesse d'accepter ; j'ai voulu briser
de ma main tous les liens qui vous attachaient l'un
à l'autre ; vous êtes libre, et vous serez heureux :
je vous estime assez peu pour en être sûr.

LE MARQUIS, à part.

Quel langage ! et je l'ai mérité !

COLIN.

Vous craignez de rougir en reprenant ce papier ?
Vous n'avez pourtant pas rougi, lorsque, avec un
air de franchise et de tendresse, ici, à cette même
place, vous nous demandiez pardon ; vous parliez
à ma sœur de mariage et d'amour, tandis que vous
aviez tout conclu pour en épouser une autre demain. Allez : l'homme capable d'une ruse aussi
indigne doit tirer vanité de n'être ému de rien ;
osez me regarder, c'est à moi de rougir.

LE MARQUIS, après une pause.

Oui, vous avez raison. J'ai pu vous cacher
un mariage... qui ne serait pas fait ; il est juste
que j'en sois puni. Rendez-moi cette promesse
(il la prend) : c'est le seul bien qui me reste ; mais j'en
suis indigne, il faut y renoncer (il la déchire). Allez,
abandonnez un malheureux qui ne mérite que
votre mépris. Mais hâtez-vous de l'abandonner :
si vous saviez combien il est à plaindre, peut-
être...

COLIN.

Vous, à plaindre! Et tout succède à vos vœux : vous épousez, dit-on, une femme de qualité dont le crédit doit vous porter au comble des honneurs; vous jouissez d'une fortune immense; votre mère vous idolâtre; tout ce qui vous entoure n'est occupé que de vous plaire; rien ne peut altérer tant de bonheur. Le seul souvenir d'un ami et d'une maîtresse que vous avez trompés pourrait vous importuner dans vos plaisirs : mais vous n'entendrez jamais parler d'eux; et, dans la classe où vous allez monter, on oublie aisément les malheureux qu'on a faits.

LE MARQUIS.

C'en est trop, Colin; respectez mon malheur : apprenez...

SCÈNE IX.

LE MARQUIS, COLIN, COLETTE.

COLETTE, accourant.

Ah! mon frère, ils ont perdu tous leurs biens; vous l'ignorez, et j'accours pour vous empêcher d'insulter à leur infortune.

COLIN.

Comment, ma sœur? expliquez-vous.

COLETTE.

Leur malheur est déjà public : un procès les a

dépouillés de toutes leurs richesses; ils sont réduits à la plus affreuse indigence.

LE MARQUIS.

Oui ; et je regrette peu tout ce que j'ai perdu : mon plus grand malheur, celui qui me touche le plus, c'est que vous me croyiez coupable ; et j'ai trop d'intérêt à vous paraître innocent pour que j'ose me justifier.

COLETTE.

Vous justifier ! croyez-moi, épargnez-vous ce soin : on ne trompe qu'une fois celle qui ne méritait pas d'être trompée. Mais vous êtes malheureux, je viens supplier mon frère de vous secourir. Oui, mon frère, il n'a offensé que moi ; il n'a manqué qu'à l'amour ; l'amitié doit l'ignorer. Tu serais cent fois plus coupable que lui si tu l'abandonnais ; car il me restait mon frère, et que lui restera-t-il ? Sa maison est déjà déserte : tout le monde le fuit. Mon frère, tu seras son appui, tu le tireras de l'infortune ; et mon cœur te paiera de tes bienfaits, en ajoutant à ma tendresse pour toi toute celle que j'avais pour lui.

LE MARQUIS.

Colette, vous déchirez mon cœur et vous l'enflammez. Non, je ne vous ai pas trompée ; dès l'instant où je vous ai vue, j'étais résolu de rompre ce mariage. Si je vous l'ai caché, c'était pour ne pas paraître si coupable, c'était pour ne pas vous affliger.

COLETTE.

Si vous aviez jamais aimé, vous sauriez que la plus affreuse nouvelle n'afflige pas autant que le plus léger manque de confiance.

LE MARQUIS.

Eh bien ! Colette, décidez de mon sort. Je suis au comble du malheur : sans ressource, abandonné de tout le monde, je n'ai d'appui que vous seule. Rendez-moi votre cœur, j'accepte vos bienfaits : mais, si vous ne m'estimez pas, si vous ne m'aimez plus, vous avez perdu le droit de m'être utile ; je ne veux rien vous devoir.

COLETTE.

Quoi ! vous voulez...

LE MARQUIS.

Je veux mourir ou être aimé de vous : cette volonté ne m'est pas nouvelle.

COLETTE.

Mon frère, si nous l'abandonnons, personne ne viendra le secourir.

LE MARQUIS.

Point de pitié, Colette ; ce sentiment est affreux quand il succède à l'amour. Haïssez-moi, ou pardonnez-moi comme vous me pardonniez autrefois.

COLETTE (le regardant.)

Ah ! que l'infortune vous va bien ! Depuis que vous êtes malheureux, vous ressemblez bien davantage à ce Jeannot que j'ai tant aimé.

LE MARQUIS.

Je n'ai jamais cessé de l'être : mon cœur vous en répond ; il est à vous, ce témoin-là ; il ne peut vous mentir.

COLETTE.

Si j'étais bien sûre...

SCÈNE X.

LE MARQUIS, LA MARQUISE, COLIN, COLETTE.

LA MARQUISE.

Mon fils, tout est perdu : je viens de chez un ingrat qui me doit tout ; il n'a pas même voulu me recevoir. Que devenir ? il ne me reste plus rien sur la terre.

COLIN.

Ah ! Madame, pourquoi oubliez-vous qu'il vous reste Colin ? Ma sœur et moi nous avons éprouvé aujourd'hui une douleur plus vive que celle qui vous accable : vous ne perdez que votre fortune ; et nous, nous avons craint d'avoir perdu nos amis. C'est à vous, Madame, à nous prouver notre injus-

tice ; c'est à vous à consoler nos cœurs en acceptant
tout ce que nous possédons.

LE MARQUIS.

J'en étais sûr, Colin. Oui, ma mère, voilà votre
ami, votre bienfaiteur ; c'est à lui que mon cœur
vous confie : quant à moi, il m'est impossible de
partager le bonheur que vous promet son amitié.

LA MARQUISE.

Qu'entends-je, mon fils ? Tu veux me quitter?

LE MARQUIS, montrant Colette.

Elle ne m'aime plus ; elle croit que je l'ai trompée.

LA MARQUISE.

Vous, Colette ! Et c'est pour vous seule qu'il
osait me désobéir ; c'est pour vous...

COLETTE, à la marquise.

N'achevez, pas, c'est lui que je veux croire. (Au
marquis.) Oui, je suis sûre de ton cœur : et je ne
te rends pas le mien ; jamais je n'ai pu te l'ôter.
Ta Colette est aujourd'hui bien plus heureuse
que toi, puisque c'est elle enfin qui fera ton bonheur.

(Le marquis tombe à ses pieds, et se tourne vers Colin.)

LE MARQUIS.

Et toi, es-tu mon frère ?

COLIN, l'embrassant.

Il y a long-temps. (à la marquise.) Madame, nous

étions destinés à ne faire qu'une famille ; souffrez
que votre fils épouse ma sœur, et que tout mon
bien lui serve de dot.

LA MARQUISE.

Ah ! Colin ! quelle vengeance ! et combien vous
êtes au-dessus de moi !

COLIN.

Vous vous trompez, puisque c'est vous qui êtes
malheureuse.

LE MARQUIS.

Eh ! ma mère, dites donc vite que vous me donnez à Colette.

LA MARQUISE.

Hélas ! mes enfans, c'est moi qui me donne à
vous. Mais comment pourrai-je réparer jamais...?

COLETTE.

Ah ! ma mère, si vous saviez combien je vous
dois pour le plaisir de vous appeler ma mère.

COLIN.

J'ai ici de quoi vous acquitter avec vos créan-
ciers. Nous donnerons à ta mère, mon cher Jeannot, ton patrimoine d'Auvergne ; la dot de ta femme
restera dans mon commerce, que je ne ferai plus
que pour vous deux. (à la marquise). Approuvez-vous
ce que je lui propose ?

LA MARQUISE.

Je vous devrai, Colin, bien plus que vous ne

pensez ; vous m'avez appris que le bonheur n'est
pas dans la vanité, et que la vertu seule vient au
secours de l'infortune.

FIN DE JEANNOT ET COLIN.

LES

JUMEAUX DE BERGAME,

COMÉDIE

EN UN ACTE ET EN PROSE,

Représentée pour la première fois sur le théâtre italien, le
mardi 6 août 1782.

PERSONNAGES.

ARLEQUIN.

ARLEQUIN CADET.

ROSETTE.

NÉRINE.

La scène est à Paris, dans une place publique où est la maison de Rosette. A la porte de cette maison doit être un banc de pierre.

LES JUMEAUX DE BERGAME,

COMÉDIE.

SCÈNE PREMIÈRE.

ARLEQUIN, NÉRINE.

NÉRINE.

Je te suivrai partout.

ARLEQUIN.

Comme il vous plaira ; la rue est libre.

NÉRINE.

Je saurai ce que tu fais, et où tu vas.

ARLEQUIN.

Vous ne saurez rien ; car je vais rester ici à ne rien faire.

NÉRINE.

Mais dis-moi, je t'en supplie...

ARLEQUIN.

Quoi ?

NÉRINE.

Tu es bien sûr que je t'aime ?

ARLEQUIN.

Oui.

NÉRINE.

Et toi, m'aimes-tu ?

ARLEQUIN.

Non.

NÉRINE.

Et tu penses , perfide... ?

ARLEQUIN.

Un moment , mademoiselle Nérine : êtes-vous capable de m'écouter une minute de sang-froid ?

NÉRINE.

Oui , oui ; parle , parle : je t'écoute ; je suis curieuse de savoir comment tu pourras t'excuser de cette indifférence , de cette froideur qui fait le malheur de ma vie ; comment tu pourras me persuader... Mais parle donc , je t'écoute tranquillement.

ARLEQUIN.

Je le vois bien ; mais votre tranquillité me fait peur.

NÉRINE.

Allons , explique-toi , justifie-toi ; parle-moi donc.

ARLEQUIN.

Soyez juste , mademoiselle Nérine : vous savez bien que de ma vie je ne vous ai parlé d'amour ; d'après cela...

NÉRINE , très-vivement.

Tu ne m'en as jamais parlé , scélérat ! tu ne m'en as jamais parlé ! Te souvient-il des premiers temps que tu étais dans la maison? Comme tu volais au devant de ce qui pouvait me plaire! comme tu t'empressais de faire tout l'ouvrage que je devais partager! Tu ne m'abordais jamais qu'avec cet air doux et tendre que tu prends si bien quand tu veux, monstre; et tu n'appelles pas cela de l'amour! Dis plutôt que j'ai cessé de te plaire; dis-moi qu'une autre plus heureuse m'a enlevé ton cœur. Mais ne te flatte pas que l'on m'ôtera impunément mon bien : non, traître; non, perfide; je me vengerai, sois-en sûr; je punirai ton mépris : et puisque l'amour le plus tendre n'a fait de toi qu'un ingrat, je mériterai ton indifférence en m'occupant de te haïr, comme je m'occupais de t'aimer.

ARLEQUIN.

Si vous m'écoutez toujours comme cela, jamais vous ne m'entendrez.

NÉRINE.

Mais parle donc; défends-toi; profite de ce moment de calme.

ARLEQUIN.

Vous savez bien, mademoiselle Nérine, qu'il y a six mois que j'entrai au service de vos maîtres.

NÉRINE.

Après, après, après.

ARLEQUIN.

En arrivant dans votre maison, je m'occupai de gagner l'amitié de tout le monde ; vous fûtes avec moi plus polie que personne, je fus plus honnête avec vous. Petit à petit, votre politesse est devenue de l'amour ; ce n'est pas ma faute : vous ne m'avez pas consulté ; car, si vous l'aviez fait, je vous aurais dit : Mademoiselle Nérine, je ne vaux pas la peine d'être aimé de vous ; je suis retenu.

NÉRINE.

Comment ! que veux-tu dire ? Et tu crois...

ARLEQUIN.

Continuons à causer paisiblement. Oui, Mademoiselle, j'en aime une autre ; je l'aimais avant de vous connaître : sans cela, peut-être auriez-vous eu la préférence. Vous voyez que je suis toujours poli ; devenez raisonnable, mademoiselle Nérine. Que diable ! je ne vous ai jamais fait de mal, moi ; pourquoi m'aimez-vous ?

NÉRINE, dans la dernière fureur.

Eh bien ! puisque tu le veux, puisque tu le désires, tu peux compter sur la haine la plus implacable. Dès aujourd'hui, je te défends de me parler, de me regarder, de jamais te trouver dans les lieux où je serai. Perfide ! je te prouverai que tu ne méritais pas une femme comme moi. Et, ne t'imagine pas que tu pourras rire avec ta nouvelle maîtresse, et te moquer de mes chagrins : non , non ; je saurai me venger. (Elle lui fait faire le tour du théâtre.) Je découvrirai ma rivale, je vous poursuivrai tous les deux , j'allumerai ta jalousie et la sienne , je vous brouillerai , je vous rendrai malheureux l'un par l'autre, je ferai de votre ménage un enfer ; et ton tourment sera la seule occupation et le seul plaisir de ma vie. Adieu. (Elle sort.)

SCÈNE II.

ARLEQUIN seul.

Cette femme-là a une manière de s'attendrir à laquelle je ne peux pas m'accoutumer ; je tremble comme la feuille toutes les fois qu'elle me parle de tendresse. Ah ! que Rosette est différente ! Quand je suis près d'elle , je ne tremble jamais de rien , que de ne pas lui plaire assez. Heureusement , je dois l'épouser demain : eh bien ! malgré notre mariage , je sens que j'aurai toujours cette frayeur-là. Mais la voici.

(Rosette sort de sa maison , avec une boîte à portrait à la main.)

SCÈNE III.

ROSETTE, ARLEQUIN.

ROSETTE.

Bonjour, mon ami ; je t'attendais avec impatience. Jamais je ne me suis tant ennuyée qu'aujourd'hui ; c'est sans doute parce que je dois t'épouser demain, et que la veille d'un beau jour est bien longue.

ARLEQUIN.

Je suis comme toi, ma bonne amie. J'ai beau écouter l'horloge à toutes les minutes, elle ne sonne que toutes les heures; et quand nous sommes ensemble, cette drôlesse-là sonne les heures à toutes les minutes.

ROSETTE.

J'espère que notre mariage ne réglera pas cette horloge.

ARLEQUIN.

Que tiens-tu là? Voyons, montre vite; je suis pressé... Pour qui cela?

ROSETTE.

C'est pour toi; car c'est moi.

ARLEQUIN, regardant le portrait.

Comment! Oui, c'est toi. (montrant le portrait.) Tu es là; (montrant Rosette) tu es là; (montrant son cœur) tu es ici : tu es partout. Je ne m'étonne plus si je te vois partout.

ROSETTE.

Mon ami, depuis long-temps je t'ai donné mon cœur; aujourd'hui voilà mon portrait; et demain je serai ta femme.

ARLEQUIN, regardant le portrait.

Qu'il est joli! C'est un peintre qui a fait cela, ma

bonne amie ; j'en suis fâché : il est sûrement amoureux de toi, ce peintre-là ; car il faut regarder
quelqu'un pour le peindre. Oh ! c'est bien toi.
(Il le baise.) Plus je l'embrasse, plus j'ai envie de t'embrasser... Mais non, je dois t'épouser demain ; je
n'ai jamais volé personne, il ne faut pas commencer par moi. (Il veut mettre le portrait dans sa poche.)

ROSETTE.

Rends-moi ce portrait, mon ami ; le peintre m'a
demandé d'y retoucher encore ; c'est l'affaire d'un
moment : si tu veux venir avec moi, tu l'empor-
teras tout de suite.

ARLEQUIN, lui rendant le portrait.

Non ; il faut que je m'en aille, car mon maître
m'attend pour que je lui rende ses clefs. Nous avons
eu une querelle ensemble : il m'a refusé la permission de me marier ; je lui ai dit qu'il n'avait qu'à
chercher un autre domestique. Il s'est emporté,
et m'a mis à la porte sans vouloir me payer mes
gages.

ROSETTE.

Sois tranquille ; je suis riche, et demain ma fortune et ma main seront à toi. Va finir tes affaires,
et reviens chercher ce portrait avant la nuit.

ARLEQUIN.

Je n'y manquerai pas. Ce qui me fâche le plus
de la colère de mon maître, c'est que je comptais

lui donner à ma place mon frère jumeau qui est en Italie. Je lui ai écrit, dans cette intention, de venir tout de suite me joindre à Paris. Il arrivera un de ces matins, et je ne saurai comment le placer.

ROSETTE.

Nous aurons soin de lui, ne t'en inquiète pas.

ARLEQUIN.

Oh! je suis bien sûr que mon frère te plaira. Il est charmant, toujours gai, toujours de bonne humeur; et puis nous nous ressemblons si parfaitement, qu'il est très-difficile de nous distinguer. Tout bien réfléchi, je suis bien aise qu'il ne soit pas encore arrivé; car tu aurais fort bien pu l'épouser à ma place, sans t'en douter.

ROSETTE.

Oh! que non, mon ami : celui qu'on aime n'a point de jumeau. Mais tu oublies que ton maître t'attend.

ARLEQUIN.

A propos; sûrement il m'attend : il faut que je m'en aille. Adieu, ma bonne amie. Tâche de faire dépêcher ce peintre. (Il s'en va.)

ROSETTE.

Oui, oui; adieu.

ARLEQUIN, revient.

Ma bonne amie, n'oubliez pas que c'est aujour-
d'hui la veille de demain.

ROSETTE.

Sois tranquille, et va-t'en.

ARLEQUIN.

Oh! je m'en vais : adieu. (Il revient.) Ma bonne
amie, vous ne savez pas, j'ai une peur terrible de
mourir avant d'être à demain. Si je mourais, cela
romprait-il notre mariage?

ROSETTE.

Si cela t'arrive, je te promets de mourir aussi.
Es-tu content?

ARLEQUIN.

Oh! c'est trop : pourvu que je te voie me re-
gretter, cela me suffit.

ROSETTE.

Mais veux-tu bien partir?

ARLEQUIN.

Me voilà parti; adieu, ma chère Rosette. (Il lui
baise la main, et ôte son chapeau au portrait, en disant :) Adieu,
monsieur mon ami.

SCÈNE IV.

ROSETTE seule.

Comme il m'aime! Comme je suis heureuse!
Allons vite faire achever ce portrait; et puisqu'il

perd à cause de moi tout ce que lui doit son maître, je mettrai dans la boîte tout l'argent dont je peux disposer. Le plaisir le plus vif de l'amour, c'est de donner à celui qu'on aime.

(Rosette sort ; et l'on entend derrière la scène Arlequin cadet chanter : on le voit paraître avec une guitare sur le dos.)

SCÈNE V.

ARLEQUIN CADET seul.

(Il chante.)

Toujours joyeux, toujours content,
Je sais braver la misère ;
Pour la rendre plus légère
Je la supporte en chantant.
Souvent la vie est importune ;
J'ai mon fardeau, chacun le sien :
Ma gaîté, voilà ma fortune ;
Ma liberté, voilà mon bien.

D'un an de peine et de chagrin
Un court plaisir me dédommage ;
Quand je suis au bout du voyage,
Je ne songe plus au chemin.
Du sort je crains peu l'inconstance ;
Tantôt du mal , tantôt du bien ;
Travail, repos, plaisir, souffrance ;
Je ne refuse jamais rien.

J'ai beau chanter, je ne peux pas oublier que je meurs de faim. Mais il faut que mon frère soit fou : il m'écrit à Bergame de le venir joindre à

Paris, et il oublie de me donner son adresse. J'ai
déjà demandé à plus de cent personnes où demeure
monsieur Arlequin, domestique ; ils me répondent
tous par des éclats de rire. On aime beaucoup à
rire dans ce pays-ci. Oh ! je rirai aussi, moi, mais
quand j'aurai dîné. On a beau dire que l'on s'accoutume à tout, voilà plus de trois jours que j'ai
faim, et je ne peux pas m'y accoutumer. Allons,
du courage, peut-être ferai-je fortune ici : je montrerai l'italien ; je sais jouer de la guitare, voilà de
quoi se pousser dans le monde. D'ailleurs, j'ai ouï
dire qu'en France on préfère toujours quelqu'un
de médiocre, quand il est étranger, à un homme
de mérite qui n'est que du pays : je suis étranger ;
je ferai fortune. En attendant, je voudrais bien
trouver mon frère. Il me vient une idée : je vais
frapper à toutes les portes que je verrai ; je finirai
sûrement par trouver mon frère. Voyons, com-
mençons par celle-ci.

(Il frappe à la porte de Rosette ; Rosette vient derrière lui.)

SCÈNE VI.

ROSETTE, ARLEQUIN CADET.

ROSETTE.

Ne frappe pas si fort ; tiens, voilà mon portrait,
il est achevé. (Elle lui donne la boîte.) Je n'ai pas le temps
de causer avec toi ; la nuit vient, il faut que je ren-

tre dans ma maison. Je t'attendrai demain à huit heures ; notre mariage sera pour neuf. Adieu, mon ami ; d'ici là, pense toujours à Rosette.

(**Elle rentre**, et laisse Arlequin cadet stupéfait, avec la boîte à la main.)

SCÈNE VII.

ARLEQUIN CADET seul.

On m'avait bien dit que les demoiselles de Paris étaient fort prévenantes ; mais, par ma foi, je n'aurais jamais cru que ce fût à ce point-là. (Il regarde le portrait.) Elle est jolie, mademoiselle Rosette ! Mais cette boîte me semble bien lourde... (Il l'ouvre.) Des louis d'or ! La fortune ne m'a pas fait attendre long-temps dans ce pays-ci. A peine débarqué, je trouve une jolie fille et de l'argent. (Il compte les louis d'or.) Un, deux, trois, cinq... Plus j'y pense, plus je la trouve aimable ; dix, neuf, sept... Oh ! mon cœur est pour jamais à mademoiselle Rosette ! (Ici Nérine arrive, et vient doucement derrière Arlequin cadet, en l'écoutant parler : celui-ci, après avoir remis l'argent dans la boîte, s'adresse au portrait.)

SCÈNE VIII.

ARLEQUIN CADET, NÉRINE.

ARLEQUIN CADET.

Oui, charmante Rosette, de toute mon âme je vous épouserai demain ; je vous aimerai, qui plus est : vous avez des manières si séduisantes, que jamais... (Nérine lui arrache la boîte avec fureur.)

NÉRINE.

Enfin je te connais, monstre !

ARLEQUIN CADET.

Bon !

NÉRINE.

Je connais ma rivale. C'est donc Rosette que tu me préfères ? C'est Rosette que tu épouses demain.

ARLEQUIN CADET, à part.

Tenez ! l'on sait déjà mon mariage. (Haut.) Oui. Mademoiselle : est-ce une raison pour me prendre mon bien ?

NÉRINE.

Ton bien, ton bien, scélérat !... Je ne sais qui me tient que je ne t'arrache les yeux. Perfide ! ton bien était le cœur de Nérine, qui t'adorait, qui n'aimait que toi, dont la félicité dépendait de toi seul ! Ingrat ! tu le méprises, tu comptes pour rien mon amour, mes larmes, mon désespoir ! Rien ne m'arrête plus ; il est temps de venger mes injures. (Elle le prend à la gorge, et le secoue rudement.) Il est temps d'étouffer le sentiment qui m'a retenue jusqu'ici. Tu te repentiras de m'avoir trahie, tu gémiras de m'avoir perdue ; je veux te voir à mes genoux, me demander pardon, pleurer, mourir de douleur, et

je n'en serai que plus inflexible. (Elle le jette contre une
coulisse, et s'en va.)

SCÈNE IX.

ARLEQUIN CADET seul.

Eh bien! elle emporte la boîte... Oh eh, Mademoiselle ! oh eh, rendez au moins les louis d'or !...
Elle ne m'écoute pas : courons après , et tâchons
de rattraper mon argent. C'est un singulier pays
que celui-ci ! On vous donne d'une main, et l'on
vous reprend de l'autre. (Il sort. Arlequin arrive du côté opposé.)

SCÈNE X.

ARLEQUIN seul.

Grâce au ciel, me voilà libre, et je n'aurai plus
à obéir qu'à ma chère Rosette. Ah ! que c'est différent d'avoir un maître ou une maîtresse ! Cela
ne devrait pas s'appeler de même... Frappons à sa
porte. (Il frappe.)

SCÈNE XI.

ARLEQUIN, ROSETTE, à la fenêtre.

ROSETTE.

Qui est là?

ARLEQUIN.

C'est moi.

ROSETTE.

Que veux-tu ?

ARLEQUIN.

Belle demande! le portrait.

ROSETTE.

Quel portrait?

ARLEQUIN.

Comment, quel portrait! Le tien. Y en a-t-il deux dans le monde?

ROSETTE.

Tu l'as dans ta poche.

ARLEQUIN.

Je l'ai dans ma poche! et qui l'y aurait mis? (Il se fouille.)

ROSETTE.

C'est toi; je te l'ai donné, il n'y a pas un quart d'heure.

ARLEQUIN.

Tu me l'as donné?

ROSETTE.

Sans doute.

ARLEQUIN.

A moi?

ROSETTE.

A toi même; l'as-tu déjà oublié?

ARLEQUIN.

Écoutez, ma bonne amie, c'est sûrement moi qui ai tort; car il est impossible que vous n'ayez pas raison : mais on ne s'entend jamais bien à cinq ou six toises l'un de l'autre ; faites-moi le plaisir de descendre ; je vous en prie.

ROSETTE.

Très volontiers ; ce ne sera pas pour long-temps, car voilà la nuit. (Elle descend.)

ARLEQUIN, à part.

Que veut-elle dire ? Je sais fort bien que je n'ai pas plus de mémoire qu'un lièvre ; mais je n'oublie jamais ce qu'on me donne.

ROSETTE.

Eh bien ! me voilà : que veux-tu ?

ARLEQUIN.

Je veux votre portrait : vous me l'avez promis ; il faut tenir sa parole.

ROSETTE.

Mais elle est acquittée, ma parole ; et tu sais bien...

ARLEQUIN.

Allons, allons, mademoiselle Rosette, finissons cette plaisanterie ; je n'aime point du tout qu'on badine sur ces sortes de choses-là. Quand on est amoureux tout de bon, ce n'est pas pour rire, Mademoiselle.

ROSETTE.

Quoi ! sérieusement, tu veux me soutenir que je ne t'ai pas donné mon portrait ?

ARLEQUIN.

Non, sans doute, vous ne me l'avez pas donné ;
vous m'avez dit de le venir reprendre avant la nuit,
et je ne vous ai pas revue depuis ce moment.

ROSETTE.

Arlequin !...

ARLEQUIN.

Après ?

ROSETTE.

Avez-vous envie de me fâcher ?

ARLEQUIN.

Comment pourrais-tu le croire ? Tu sais bien
que j'en ai tremblé toute ma vie.

ROSETTE.

Eh bien ! mon ami, finissons : songe à ce que tu
m'as dit souvent, que jamais il n'y aurait de querelle dans notre ménage : voudrais-tu manquer à
ta promesse dès la veille ? Je ne l'ai pas mérité ;
j'ai fait pour toi tout ce que j'ai pu faire : tu dé-
sirais mon portrait, je te l'ai donné avec autant de
plaisir que tu m'en as marqué en le recevant. Tu
l'as, garde-le : n'en parlons plus, je te souhaite le
bonsoir. (Elle veut s'en aller, Arlequin la retient.)

ARLEQUIN.

Ma bonne amie...

ROSETTE.

Hé bien ?

ARLEQUIN.

Il est possible que l'amour, le bonheur de vous
épouser demain, me troublent la cervelle : si cela
est, vous devez avoir pitié du mal que vous m'avez
fait. Redites-moi donc, par amitié, par complaisance, dans quel endroit, quand et comment
vous avez eu tant de plaisir à me donner ce
portrait ?

ROSETTE.

Ici, il n'y a pas un quart d'heure : je revenais
de chez le peintre, je t'ai trouvé frappant à ma
porte ; je t'ai...

ARLEQUIN.

Moi, je frappais à votre porte ?

ROSETTE.

Sans doute. Je t'ai donné la boîte où était le
portrait ; et comme tu m'avais dit que ton maître
te refusait ce qu'il te doit, j'ai mis dans la boîte le
peu d'argent que je possédais.

ARLEQUIN.

Comment ! vous avez mis de l'argent dans la
boîte ?

ROSETTE.

Oui, mon ami : en serais-tu fâché ?

ARLEQUIN.

Ni fâché, ni bien aise ; cela ne fait rien à la ressemblance. Ensuite ?

ROSETTE.

Ensuite ! voilà tout.

ARLEQUIN.

Et tout cela est vrai ?

ROSETTE, émue.

Comment ! si cela est vrai !

ARLEQUIN.

Et où l'ai-je mise, cette boîte ?

ROSETTE.

Je l'ai laissée dans vos mains. Auriez-vous le projet de rompre avec moi, en me niant tout ce que je viens de dire ?

ARLEQUIN, cherchant dans sa poche.

Oh ! non, ma bonne amie : oh ! mon dieu, non. Je t'aime trop pour ne pas te croire plus que je ne me crois moi-même. C'est singulier, voilà tout.

ROSETTE, plus émue.

Quoi ! vous ne vous souvenez-pas...

ARLEQUIN, cherchant toujours dans ses poches.

Si fait, si fait, ma bonne amie, je m'en ressouviens à présent, je m'en ressouviens à merveille. Je vous remercie de votre complaisance, et (il soupire) du portrait que vous m'avez donné : je ne le perdrai pas, c'est bien sûr.

ROSETTE.

En vérité, mon ami, je crois que ta tête est un peu troublée : mais cela ne peut me déplaire, et je souhaite de ne te voir jamais plus sage. Adieu, mon ami ; il fait nuit tout-à-fait, je me retire. A demain ; tu ne l'oublieras pas, j'espère ?

ARLEQUIN.

Non, sans doute ; et je vous réponds de ne pas me faire attendre.

(Rosette rentre chez elle. Il fait nuit tout-à-fait.)

SCÈNE XII.

ARLEQUIN seul.

Il est clair que le diable se mêle de mes affaires, et que c'est lui qui m'a escamoté le portrait. Or, comme il pourrait fort bien m'escamoter aussi Rosette, je vais me coucher à sa porte, et attendre le bienheureux jour de demain. Je ne bouge pas d'ici (il s'assied à la porte de Rosette) ; je ne ferme pas l'œil de toute la nuit : je vais garder ma maîtresse, comme j'aurais dû garder son portrait, et nous verrons qui sera le plus fin du diable ou de l'amour.

SCÈNE XIII.

ARLEQUIN , ARLEQUIN CADET.

ARLEQUIN CADET, se croyant seul.

Je n'ai jamais pu rejoindre cette voleuse : elle ne sait pas sûrement le cruel embarras où elle me met. Que deviendrai-je ? Il fait nuit, et je n'ai pas

le sou. Si mademoiselle Rosette n'a pitié de moi,
il faudra coucher dans la rue.

ARLEQUIN, à part.

J'entends parler de Rosette.

ARLEQUIN CADET.

J'ai envie d'essayer une petite sérénade, cela
engagera peut-être mademoiselle Rosette à m'ouvrir sa porte. En conscience, elle peut bien me
donner à souper la veille de notre mariage. Voyons.
(Il prépare sa guitare.)

ARLEQUIN, se levant.

Que dit-il donc de mariage?

ARLEQUIN CADET.

Avec tout cela, cette voleuse m'a paru gentille;
sa colère m'aurait gagné le cœur, si elle ne m'avait
pas pris mes louis d'or. Oh! Rosette vaut mieux;
elle donne au lieu de prendre. Allons, chantons-lui
quelque joli couplet : quand on veut plaire, et qu'on
n'a pas beaucoup d'amour, il faut tâcher d'avoir un
peu d'esprit. (Il accorde sa guitare.)

ARLEQUIN, aiguisant sa batte sur la terre.

J'accorde aussi ma guitare, moi.

ARLEQUIN CADET, s'asseyant sur le banc de pierre, et
chantant.

Daigne écouter l'amant fidèle et tendre
Qui vient encore te parler de ses feux ;
Lorsqu'il ne peut ni te voir ni t'entendre,
En te chantant il est moins malheureux.

SCÈNE XIV.

ARLEQUIN, ARLEQUIN CADET,
ROSETTE à la fenêtre.

ROSETTE à voix basse.

Est-ce toi , mon ami ?

ARLEQUIN CADET.

Oui, c'est moi.

ARLEQUIN, à part.

Comment ! elle lui parle !

ROSETTE.

Je t'écoute avec un plaisir...

ARLEQUIN CADET.

Oh ! je ne te rendrai jamais celui que m'a fait
ton portrait.

ARLEQUIN, à part.

Son portrait !

ARLEQUIN CADET, chantant.

A chaque instant je veux revoir ce gage
Qui me promet d'éternelles amours ;
J'ai beau sentir dans mon cœur ton image ,
Mes yeux jaloux la désirent toujours.

ARLEQUIN, à part.

J'ai bien envie de frotter les oreilles à ce chan-
teur-là.

ARLEQUIN CADET, à Rosette.

Que dis-tu ?

ROSETTE.

Je ne dis rien, mon cher ami ; j'écoute.

ARLEQUIN, à part.

Ah ! la perfide ! J'étoufferai, je crois, s'il dit encore un couplet.

ARLEQUIN CADET, à Rosette.

Tu demandes encore un couplet ? (Il chante.)

> Pourquoi veux-tu que ma bouche répète
> Le doux serment dont mon cœur est lié ?
> Regarde-toi, ma charmante Rosette,
> Et tu verras s'il peut être oublié.

ARLEQUIN, à part.

Ce drôle-là me fera mourir de chagrin ; mais je ne mourrai pas sans m'être vengé.
(Il donne des coups de batte à son frère.) Voici ma musique à moi

ROSETTE, à la fenêtre.

O ciel ! courons à son secours.

SCÈNE XV.

ARLEQUIN, ROSETTE.

ARLEQUIN.

Je voudrais bien savoir comment elle pourra s'excuser de tout ce que je viens d'entendre.

ROSETTE, à tâtons.

Mon cher ami, où es-tu ? N'es-tu pas blessé ? Parle vite.

ARLEQUIN.

Oui, oui, je suis blessé, et cruellement blessé.
La voilà donc, cette Rosette dont j'étais si sûr ! la
veille de son mariage, elle trahit son mari... Allez,
je vous connais à présent, et je ne vous aime plus.
Oh ! je sais bien que j'en mourrai d'avoir prononcé ce mot-là, mais je vous le dirai cent fois pour
mourir plus vite : je ne vous aime plus, je ne
vous aime plus, je ne vous aime plus...

ROSETTE.

Je te supplie de me répondre. Que peux-tu donc
me reprocher ?

ARLEQUIN.

Ah ! ce n'est qu'à ceux que l'on estime encore
que l'on fait des reproches ; et je n'ai rien à vous
reprocher. Adieu. (Il s'éloigne ; dans le moment Nérine paraît.)

SCÈNE XVI.

ARLEQUIN, ROSETTE, NÉRINE.

NÉRINE, à part.

J'entends la voix de mon traître : assurons-nous
de sa perfidie.

ROSETTE, qui a seule entendu ces derniers mots.

Mais que parles-tu de perfidie ? Arlequin, mon
cher Arlequin, écoute-moi.

(Ici Arlequin cadet, qui s'était enfui, arrive ; entendant les derniers
mots de Rosette, il va du côté de Nérine.

SCÈNE XVII.

ARLEQUIN, ARLEQUIN CADET,
NÉRINE, ROSETTE.

ARLEQUIN CADET, à Nérine, qu'il prend pour Rosette.

Me voici : puis-je te parler ?

ARLEQUIN, prenant la voix de son frère pour celle de Rosette.

Vous parlerez tant qu'il vous plaira, rien ne peut
vous justifier.

ROSETTE.

Je suis au désespoir.

ARLEQUIN CADET, à Nérine, qu'il trouve toujours près de lui.

Pourquoi cela, ma chère Rosette ?

NÉRINE, à part.

J'ai peine à contenir ma fureur.

ARLEQUIN CADET, à Nérine.

Tu es trop bonne d'être en colère : ce qui m'est
arrivé n'est rien : ils étaient cinq ou six contre
moi ; sans cela je les aurais frottés d'importance.

ROSETTE, l'entendant.

Mais où es-tu donc ?

ARLEQUIN CADET.

Je suis ici.

ARLEQUIN, à part.

Qui est-ce donc que j'entends ?

ARLEQUIN CADET, à Rosette.

C'est moi que tu entends.

ROSETTE prenant sa main.

Est-ce toi ?

ARLEQUIN CADET.

Oui, c'est moi.

NÉRINE la saisissant.

Oh ! je te tiens ; tu ne m'échapperas pas.

(Arlequin cadet se trouve entre Rosette et Nérine.)

ARLEQUIN, s'en allant dans la maison de Rosette.

Tâchons de nous éclaircir.

SCÈNE XVIII.

NÉRINE, ARLEQUIN CADET, ROSETTE.

ROSETTE.

Eh quoi ! tu me trahissais ?

NÉRINE.

Tu croyais donc me tromper, scélérat !

ARLEQUIN CADET.

Le diable m'emporte si je sais un mot de ce que vous me voulez ! Au nom du ciel, mademoiselle Rosette, ne vous en allez pas ; et vous, esprit, diable, lutin invisible, ne me serrez pas si fort, car j'étrangle.

NÉRINE.

Point de grâce, perfide !

SCÈNE XIX.

ARLEQUIN CADET, NÉRINE, ROSETTE
ARLEQUIN, apportant de la lumière.

ARLEQUIN.

Quoi ! c'est mon frère de Bergame !

NÉRINE.

Comment ! ils sont deux ! Tant mieux.

ARLEQUIN CADET, courant embrasser son frère.

Ah ! mon cher frère, c'est toi ! (Ils s'embrassent)

ARLEQUIN.

Mon cher ami, je suis fort aise de te revoir, quoique vous ne vous conduisiez pas en trop bon frère.

ROSETTE.

Quelle ressemblance ! Mais mon cœur n'en est pas la dupe. (Elle prend la main de l'aîné,)

ARLEQUIN.

Il l'a été cependant ; car vous lui avez donné votre portrait.

ARLEQUIN CADET.

Mademoiselle Nérine sait bien ce qu'il est devenu. Écoutez, Mademoiselle, j'ignore si mon frère a des torts envers vous ; mais il est sûr que je ne suis ici que d'aujourd'hui. Comme j'arrivais, mademoiselle Rosette est venue très-poliment me donner son portrait et de l'argent : l'instant d'a-

près, vous êtes venue m'arracher l'un et l'autre,
et vous avez disparu comme un éclair, en me re-
prochant que j'étais insensible à votre amour, tandis que j'aurais donné tous les trésors du monde
pour avoir le plaisir de vous voir un moment de
plus.

ARLEQUIN.

D'après ce qu'il vous dit, Mademoiselle, il me
semble que vous pourriez troquer ce portrait-là
contre l'original du mien (Il montre son frère.)

NÉRINE.

Vous m'avez appris qu'il faut se connaître avant
de s'aimer.

ARLEQUIN CADET.

Voyez mon étourderie ! avec vous, j'ai commencé par la fin. D'ailleurs, vous connaissez mon frère ;
c'est tout comme si vous me connaissiez : vous voyez
que je lui ressemble trait pour trait. La seule dif-
férence qu'il y ait entre nous deux, c'est que je
suis le cadet ; et si vous aviez la bonté de m'aimer,
je me croirais l'aîné de la famille.

ARLEQUIN.

Allons, mademoiselle Nérine, il dépend de vous
seule que nous soyons tous les quatre heureux.

ARLEQUIN CADET.

Hé bien ?

NÉRINE.

Eh bien ! je vois qu'il faut d'abord lui rendre
son portrait, et puis nous verrons s'il faudra vous
donner le mien.

ARLEQUIN.

Mes amis, nous voilà tous contents ; aimons-nous
bien : mais si vous m'en croyez, n'habitons pas
dans la même maison ; il pourrait arriver des méprises de plus grande conséquence que celle d'aujourd'hui.

VAUDEVILLE.

ARLEQUIN CADET, à Nérine.

La foi que vous m'avez promise
Ne la dois-je qu'à votre erreur ?
Trop souvent c'est une méprise,
Lorsque l'on croit être au bonheur.
Dissipez ma frayeur extrême
En me promettant de nouveau
Que vous m'aimerez pour moi-même,
Et non pas comme son jumeau.

NÉRINE.

Éloignez de vaines alarmes,
L'hymen unira nos deux cœurs :
D'un rival vous avez les charmes,
Mais vous n'aurez pas ses rigueurs.
Pour fixer mon âme incertaine,
L'Amour me prête son flambeau ;
A l'aimer je perdis ma peine :
Vous ne serez pas son jumeau.

ARLEQUIN, à Rosette.

Souviens-toi bien de l'imposture
Qui pensa faire mon malheur :
En amour la moindre piqûre
Blesse profondément le cœur.
Si jamais un amant fidèle,
Brûlant d'un feu toujours nouveau,
Te jure une ardeur éternelle,
Prends-y garde, c'est mon jumeau.

ROSETTE, à Arlequin cadet.

Mon ami, devenez mon frère,
L'amitié vaut bien les amours ;
Et si votre sœur vous est chère,
Je vous reconnaîtrai toujours.

(à Arlequin.)

Je devais me laisser surprendre,
L'Amour n'a-t-il pas un bandeau ?
Si mon cœur a pu se méprendre,
Ce n'était qu'avec ton jumeau.

FIN DES JUMEAUX DE BERGAME.

HÉRO ET LÉANDRE,

MONOLOGUE LYRIQUE.

(Le théâtre représente l'Hellespont et le rivage de Sestos ; à droite,
l'on voit une tour isolée, sur le haut de laquelle est un fanal allumé :
les flots baignent le pied de la tour. Il fait nuit, la lune est dans son
plein, le plus profond silence règne sur les flots et sur la rive. Héro
sort de la tour.)

HÉRO.

Enfin la nuit étend ses voiles sur toute la nature. Mon cher Léandre, voici l'heure où, n'écoutant que ton amour et ton courage, tu vas t'élancer
dans les flots ; et, sans autre guide que ce fanal
que je viens d'allumer pour toi, tes robustes bras
fendront les ondes, et te porteront dans ceux de
ta bien-aimée.

(Elle regarde le ciel et la mer, et reste un moment plongée dans la
rêverie.)

Avec quelle douce volupté je considère ce calme
profond ! Comme la mer est paisible ! Comme l'air
est pur ! Zéphire même n'ose l'agiter : tout se tait,
tout est tranquille. O mon ami ! tu ne dois entendre que la voix plaintive des alcyons, et le murmure des flots qui cèdent à tes efforts ; la lune
bienfaisante te prête toute sa lumière ; l'onde, en

la réfléchissant, semble vouloir la doubler... Ah!
toute la nature doit s'intéresser à l'amant qui ex-
pose sa vie pour voir son amante.

(Elle se promène avec l'air agité.)

Je ne sais quelle terreur secrète se glisse malgré
moi dans mon sein. Cher Léandre, ne viens pas
aujourd'hui... Ne viens jamais, si tu risques de
perdre le jour. Cette mer est si fatale! Hellé, la
malheureuse Hellé, trouva la mort dans ses flots :
le bélier doré put à peine sauver son frère... Tu
n'as rien, toi, que mes vœux et ton courage... S'il
arrivait... Mais non, l'Amour, tous les dieux, doivent veiller sur toi.

(Elle s'adresse à la lune.)

Belle Phœbé, ne quitte pas les cieux ; éclaire la
route dangereuse que mon amant doit parcourir,
montre-lui tous les écueils, fais-lui voir toujours
la terre, ne souffre pas que le moindre nuage te
dérobe un moment à ses yeux ; souviens-toi des
peines que te causa l'amour, et sauve un amant
aussi fidèle, aussi tendre que l'était Endymion.

(Elle écoute avec attention, et dit après une grande pause :)

J'ai cru l'entendre ; et ce n'est qu'une vague qui
a fait palpiter mon cœur.

(Avec passion.)

O mon ami, redouble tes efforts ; que le feu qui
te consume te rende insensible au froid de l'onde.

Hâte-toi de sortir de cet élément perfide, viens rassurer ton épouse éperdue, viens la presser dans tes bras... Je crois te voir; oui, je te vois; tu fends les flots avec vitesse, tu laisses loin derrière toi un long sillon qui bouillonne; les yeux toujours fixés sur ce fanal, tu reprends des forces à mesure que tu t'en approches : les astres, les étoiles, guides ordinaires du nautonier, n'existent point pour toi ; ton seul astre, c'est ce flambeau; tu ne vois que lui dans le ciel ; tu ne connais que moi sur la terre, et l'univers se réduit pour toi à la seule tour que j'habite.

(Avec inquiétude.)

Mais l'amour égare mes sens. Léandre ne vient point : je n'aperçois rien sur les flots. Peut-être n'est-il pas aussi tard que je l'imagine; je me suis trompée moi-même, j'ai cru qu'il arriverait plus vite en allumant plus tôt le flambeau.

(Elle retourne vers la mer, regarde et écoute attentivement.)

Cependant il me semble qu'il n'a jamais tardé si long-temps. J'ai déjà calculé cent fois l'instant de son départ, la durée de son trajet; il devrait être ici... Encore si la mer était agitée, je pourrais croire que la frayeur l'a retenu... Peut-être n'est-il point parti... peut-être de nouvelles amours... Ah ! Léandre, pardonne, pardonne; j'ose douter de ton cœur : mais que le moindre vent trouble les eaux, et je n'accuserai plus que Neptune.

(Avec colère.)

Pourquoi faut-il que nous, qui n'avons qu'une âme, nous ayons deux patries? De quoi nous sert d'être si près l'un de l'autre, si nous sommes toujours séparés? Oui, j'aimerais mieux que l'univers entier fût entre nous deux.

(L'horizon commence à se couvrir de nuages, et la lune s'obscurcit.)

Mais le ciel devient plus sombre, la lune semble vouloir cacher sa tremblante lumière, mon cœur se serre... et si la tempête... Éloignons de funestes idées... Je me trompe, sans doute; la frayeur me fait voir des nuages qui n'existent point : j'ai si souvent éprouvé que loin de mon amant le ciel ne m'a jamais paru beau!

(La tempête commence, et va toujours en augmentant.)

Qu'entends-je! non ce n'est point une illusion; un bruit sourd semble sortir de l'abîme; il s'avance avec les ténèbres, il devient éclatant; la mer s'agite; les vents commencent à mugir : ils vont se déchaîner sur les vagues déjà blanchies...

(Avec l'accent de la douleur et de l'effroi.)

Dieux tout-puissans!... les forces m'abandonnent; chaque éclair, chaque coup de tonnerre porte la mort dans mon cœur... Malheureuse!... il sera parti!... il sera parti!...

(Elle tombe épuisée sur un rocher, et se relève avec impétuosité.)

Cher Léandre, retourne, il en est temps encore... retourne vers ton rivage, ne songe qu'à sauver tes jours : je t'irai voir, l'amour me donnera des forces ; je suis sûre de faire le trajet quand je t'aurai pour but de mon voyage. Je ne suis pas certaine du retour ; mais je t'aurai vu, je t'aurai sauvé, je mourrai satisfaite.

(La tempête est dans sa plus grande force.)

O dieux ! quels éclats ! quelle tempête ! les flots en fureur s'élancent contre les éclairs ; le tonnerre se précipite sur les flots, les vagues et les airs ne sont plus qu'un chaos sillonné de traits de feu ! tous les élémens sont confondus ; et mon amant combat peut-être seul contre toute la nature !

(Elle tombe à genoux, et s'écrie avec transport :)

O Neptune ! ô Borée ! apaisez-vous, épargnez-le ! il ne vous offensa jamais ; un jour n'a jamais fini sans qu'il vous ait adressé des vœux. Vous connaissez l'amour ; souvenez-vous de Phillyre, souvenez-vous d'Orythie ; prenez pitié des maux que vous avez soufferts vous-mêmes. Que vous faut-il? que voulez-vous ? Je n'ai point de victime ; mais, si le sang est nécessaire pour vous apaiser, dites un mot, un seul mot, et ce poignard va percer mon cœur. Parlez ; Léandre est en danger, Léandre succombe peut-être : par pitié, hâtez-vous de parler.

(La tempête s'apaise.)

Ils m'ont entendue... Les vents s'apaisent, la mer se calme, les flots retombent à leur place, le ciel redevient serein, et je n'entends plus que le murmure des ondes qui gémissent encore de la fureur des aquilons.

(Avec l'émotion la plus tendre.)

Ah! Léandre, mon cher Léandre, as-tu résisté à cette tempête? Les dieux t'auront protégé; ils viennent de calmer la mer; c'est la marque sûre de leur faveur. Léandre, tu vas venir, je vais te voir : Ah! comme je te presserai contre mon sein! combien tes périls vont ajouter de charmes à notre réunion!

(Avec inquiétude et douleur.)

Mais l'obscurité se dissipe; l'on voit déjà l'orient se teindre d'une couleur vermeille; l'amante de Céphale chasse devant elle les ténèbres, et Léandre n'arrive point. Le calme est revenu sur les flots; il ne l'est pas dans mon cœur.

(On voit le lever de l'aurore et la naissance du jour.)

Brillante Aurore, daigne me pardonner, si jamais je ne t'adressai de vœux! Léandre me quittait toujours à l'instant où tu paraissais; pouvais-je désirer de te voir? Deviens aujourd'hui ma bienfaitrice, montre-moi mon amant; et que ce jour, que tu précèdes, soit beau pour moi comme il va l'être pour toute la nature.

(Elle va regarder sur un rocher.)

Oui, je le vois, c'est lui... Dieux immortels, que ne vous dois-je pas! Ah! je sens bien que toutes mes peines n'ont pas assez payé ce doux moment...

(On voit dans le lointain Léandre qui fait des efforts pour se soutenir sur les eaux.)

Mais que vois-je! il s'éloigne... il s'approche... il semble lutter contre les flots... Mon sang se glace... Je le distingue; ses forces sont épuisées, ses bras lassés ne peuvent plus le soutenir... Léandre... Léandre... entends ma voix, qu'elle prolonge tes forces; encore un moment de courage, et tu seras dans les bras de ton épouse... Léandre, tu ne m'entends pas... tu ne peux plus résister... Léandre... encore un effort. Il semble me tendre les mains, il semble implorer mon secours... Oui, je vais m'élancer vers toi... oui... je vais mourir ou te sauver... Je vais...

(Léandre s'enfonce dans les flots.)

Ciel! il a disparu; mes yeux le cherchent en vain... Léandre!... mon cher Léandre!... Il n'est plus... il n'est plus; les flots l'ont englouti!

(Elle reste long-temps immobile, et reprend avec lenteur.)

Il n'est plus : je ne le verrai plus : je ne le verrai jamais : il est mort pour moi. C'est moi, c'est moi qui l'assassine!

(Après une grande pause, avec fureur et désespoir.)

Dieux barbares qui vous jouiez de mes douleurs, qui sembliez écouter mes vœux pour rendre
plus aigu le trait dont vous me déchirez ; dieux de
sang, dieux de malheur, puisse le destin, plus fort
que vous, vous rendre tous les maux que je souffre !
puisse votre immortalité ne servir qu'à les prolonger ! Et toi, mer affreuse, mer perfide, tu n'as
jamais causé que des maux, tu n'as jamais respecté
que le crime : le guerrier farouche, l'avide marchand, sont en sûreté sur tes flots ; et tu fais périr
l'amant fidèle qui ne te demandait que de le porter
près de moi, qui t'invoquait tous les jours, qui
t'appelait sa bienfaitrice ! Va, puisse ta fureur se
tourner contre toi-même ! puisse l'univers se dis-
soudre et retomber dans ton sein ! puisse la terre
combler ton lit, et le chaos te détruire et te remplacer !

(Elle retourne sur le rocher.)

Je ne le verrai plus ! je ne le verrai jamais !
Léandre, mon cher Léandre ! et as-tu pensé que
je pourrais te survivre ? as-tu pensé que je pourrais
jamais regarder cette mer odieuse ? Non, je t'irai
chercher jusque dans ses abîmes ; j'irai me rejoindre à la plus chère moitié de moi-même. Qui sait
aimer sait mourir ; et cette mort est un doux moment, puisqu'elle me réunit à Léandre.

(Elle se frappe, et se jette dans la mer.)

FIN D'HÉRO ET LÉANDRE.

LE BAISER,

FÉERIE

EN UN ACTE ET EN VERS,

MÊLÉE DE MUSIQUE;

Représentée pour la première fois sur le théâtre italien,
le 26 novembre 1781.

PERSONNAGES.

AZURINE, mère d'Alamir.
ALAMIR, amant de Zélie.
ZÉLIE, élevée par Azurine.
BIRÈNE, vieille fée.
PHANOR, enchanteur.
UN ESCLAVE d'Azurine.

La scène est dans le palais d'Azurine.

LE BAISER,

FÉERIE.

~~~~~~

SCÈNE PREMIÈRE.

ALAMIR, ZÉLIE.

ALAMIR.

Pourquoi me dérober tes larmes ?
Je dois tout partager, jusqu'au moindre soupir.
 Ne suis-je plus cet Alamir
A qui tu confiais tes plaisirs, tes alarmes ?
Tu ne m'aimes donc plus ?

ZÉLIE.

    Ah ! je n'aime que toi
Mais je crains...

ALAMIR.

  Que crains-tu ?

ZÉLIE.

    Mon ami, laisse-moi.
 C'est peut-être en vain que je tremble :
A quoi bon te donner des chagrins superflus ?

ALAMIR.

Et comptez-vous pour rien de s'affliger ensemble ?

ZÉLIE.

Alamir...

ALAMIR.

 Dis-moi tout ; ne me résiste plus.

ZÉLIE.

AIR.

Non , non , tes prières sont vaines ;
Ne cherche pas à m'attendrir :
Quand je puis t'épargner mes peines ,
Je crois alors n'en plus souffrir.
Souvent ma triste prévoyance
S'alarme de maux incertains :
Partageons toujours l'espérance :
Mais laisse-moi tous les chagrins.

ALAMIR.

Quels que soient ces chagrins, sois sûre, ma Zélie,
　　Que l'amour saura les calmer :
　　Ce sont les peines de la vie
Qui nous font mieux sentir le bonheur de s'aimer.

ZÉLIE.

Oui, mais j'avais promis de garder le silence ;
　　Cependant je vais t'obéir :
　　Avec toi l'on ne peut tenir
　　Que les sermens d'amour et de constance,
　　Tu sais que, depuis notre enfance,
　　Destinés à nous voir époux,
Nos premiers sentimens, nos plaisirs les plus doux
　　Furent l'amour et l'espérance.

ALAMIR.

　　Qui pourrait troubler les beaux jours
　　Que notre heureux sort nous destine?
Tous deux nous dépendons de ma mère Azurine ;
　　Elle a vu naître nos amours
Elle veut nous unir.

ZÉLIE.

　　　　Sa bonté vigilante
Prépare et veut notre bonheur.
Mais tu connais ce cruel enchanteur

Dont le nom seul inspire l'épouvante,
Phanor...

ALAMIR.

Hé bien ?

ZÉLIE.

Il demande ma main.
Ta mère, de frayeur saisie,
A voulu lui répondre en vain
Qu'à toi l'amour m'avait unie.
Que m'importent, dit-il, les projets d'Alamir ?
A moi seul dès long-temps Zélie est destinée.
Demain je reviendrai pour ce grand hyménée :
Et malheur au rival que j'aurais à punir !
Il est parti.

ALAMIR.

Demain sera donc la journée
Où je n'aurai plus qu'à mourir.

ZÉLIE.

Calme-toi, mon ami ; notre mère est allée
Consulter sur notre destin
Cette vieille et savante fée
Dont l'oracle est toujours certain.
Attendons son retour ; cet oracle infaillible
Rassurera ton âme trop sensible.

DUO.

ALAMIR.

Je n'en croirai que ton cœur
Sur le destin de ma vie.

ZÉLIE.

Ne doute pas de mon cœur,
Il est à toi pour la vie.

ALAMIR.

Est-il à moi ?

ZÉLIE.

Il est à toi,
Il est à toi pour la vie.

ALAMIR.

T'adorer fait mon bonheur.

ZÉLIE.

Te plaire est ma seule envie.

ALAMIR.

Phanor ne peut rien contre-moi,
Si tu penses toujours de même.

ZÉLIE.

Toujours t'aimer, voilà ma loi,
Mon plaisir et mon bien suprême.
Mais, hélas !

ALAMIR.

Quelle est ta frayeur ?

ZÉLIE.

Cet oracle...

ALAMIR.

Hé bien, mon amie ?

ZÉLIE.

Ah ! quand on aime, tout fait peur.

ALAMIR.

Je n'en croirai que ton cœur
Sur le destin de ma vie.

ZÉLIE.

Voici ta mère..

SCÈNE II.

ALAMIR, AZURINE, ZÉLIE.

ZÉLIE.

Ah ! nous brûlons d'apprendre

Quel est le sort qui nous attend.
Pardonnez ; il sait tout, je n'ai pu m'en défendre.

AZURINE.

Je me doutais, ma chère enfant,
Que vous ne seriez pas discrète.
Mais rassurez-vous cependant ;
Votre félicité parfaite
Ne dépend plus que d'un serment
Que vous ferez à votre mère.

ALAMIR.

Un serment ! Quel est-il ?

ZÉLIE.

Hélas ! il me semblait
Que mon cœur avait déjà fait
Tous les sermens que l'on peut faire.

AZURINE.

J'ai traversé la paisible forêt
Qu'habite la sage Birène.
Je m'attendais à voir dans un antre secret
Une vieille magicienne,
Au front pâle et sévère, aux yeux étincelans,
Et dont le cœur endurci par le temps,
Serait peu touché de ma peine.
Que je connaissais mal celle que je cherchais !
Birène, en me voyant, auprès de moi s'empresse,
Me promet son appui, ses conseils, ses bienfaits,
M'exhorte à soulager la douleur qui me presse.
Je vois bientôt que rien ne doit m'intimider,
Et que de la triste vieillesse
Birène n'a voulu garder
Que la douceur et la sagesse.

ALAMIR.

Hé bien ?

AZURINE.

Je lui dis nos malheurs ;
Je lui peins vos amours, nos chagrins, ma tendresse.
Mon seul récit la touche, l'intéresse ;
En m'écoutant, ses yeux se mouillent de ses pleurs.
Tremblez, m'a-t-elle dit ; je connais la puissance
De ce cruel Phanor qui cause vos douleurs.
L'ingrat tient de moi sa science ;
C'est moi qui lui montrai cet art si dangereux
De commander à la nature entière ;
Et le barbare emploie au malheur de la terre
L'art que je lui donnai pour faire des heureux.
Cela seul me rendrait sa secrète ennemie.
Dès ce moment je protége Zélie,
Et je satisferai votre cœur et le mien,
En trouvant à la fois la douceur infinie
De punir un ingrat et de faire du bien.

AIR.

Alors sa voix, par les ans affaiblie,
M'explique le sombre avenir ;
De pleurs sa vue est obscurcie,
Votre destin la fait frémir ;
Elle gémit, elle s'écrie :
« Que je te plains, jeune Alamir !
« Un seul moment peut te ravir
« Celle qui règne sur ton âme.
« Allez, hâtez-vous de l'unir
« A l'unique objet qui l'enflamme.
« Mais qu'Alamir redoute son bonheur :
« Un seul baiser pris à Zélie
« Peut changer en jour de douleur
« Le jour le plus beau de sa vie. »

ALAMIR ET ZÉLIE.

Un seul baiser !

AZURINE.

« Un seul baiser pris à Zélie
« Peut changer en jour de douleur
« Le jour le plus beau de sa vie. »

ALAMIR.

Quoi ! le jour de notre hyménée,
Un baiser nous perdrait tous deux ?

AZURINE.

Hélas ! l'oracle est rigoureux
Je sais qu'un jour est une année
Quand le soir on doit être heureux.

ALAMIR.

Mais vous n'ignorez pas, ma mère,
Que le sens d'un oracle est souvent un mystère ;
On ne l'entend jamais bien clairement.

AZURINE.

Le vôtre est clair, mon fils : il dit expressément
Que, le jour de votre hyménée,
Un baiser pris à l'objet de vos vœux
Avant la fin de la journée
Ferait le malheur de tous deux.

ZÉLIE.

Ne dit-il pas aussi, ma mère,
Qu'avant tout il faut nous unir !

AZURINE.

Oui , votre hymen est nécessaire.
Mais puis-je compter qu'Alamir
Observera la loi sévère
Que le destin...

ALAMIR.

Recevez-en ma foi.

ZÉLIE.

D'ailleurs, maman, comptez sur moi ;
Je vous réponds de tout.

ALAMIR.

    Rien ne sera pénible,
Puisqu'il s'agit de mériter sa main.
Mais, ma mère, Phanor doit revenir demain ;
S'il revenait ce soir, il serait impossible
 De nous unir.

AZURINE.

    Je le voudrais en vain.
Que nous conseilles-tu, Zélie ?

ZÉLIE.

Moi ? je n'ai point d'avis : vous saurez tout prévoir.
Je crois pourtant, s'il faut que je vous le confie,
Que Phanor pourrait bien arriver dès ce soir.

AZURINE.

Allons, mes enfans, je suis prête
A conclure un hymen objet de vos souhaits.
 La noce sera sans apprêts,
 Sans fête...

ALAMIR.

    A-t-on besoin de fête
Quand on est au jour du bonheur ?

AZURINE.

Comme il vous plaît vous décidez mon cœur ;
A votre volonté la mienne est enchaînée :
Je vais donc vous unir d'un lien éternel.
Nous n'avons ni flambeaux ni temple d'hyménée ;
Mais, pour tenir la foi que l'amour a donnée,
 On n'a pas besoin d'un autel.

TRIO.

AZURINE, à Alamir.

Jurez-vous de l'aimer toujours ?
(à Zélie.)
Et vous, d'être toujours fidèle ?

ALAMIR.

Oui, je jure à l'objet de mes tendres amours
De vivre, de mourir pour elle,
Et, jusqu'au dernier de mes jours,
De l'aimer autant... qu'elle est belle.

ZÉLIE.

Oui, je jure à l'objet qui me tient sous ses lois
De brûler pour lui seul de l'ardeur la plus pure.
Hélas ! quand je l'ai vu pour la première fois,
Mon cœur promit tout ce qu'il jure.

AZURINE.

Je vous unis, soyez heureux.

ALAMIR ET ZÉLIE.

A jamais nous sommes heureux.

AZURINE.

Que la chaîne qui vous engage
Vous rende encor plus amoureux.
Un hymen sans amour n'est qu'un triste esclavage ;
Avec l'amour c'est le bonheur des dieux.

ALAMIR ET ZÉLIE.

Que la chaîne qui nous engage
Nous rende encor plus amoureux.
Un hymen sans amour n'est qu'un triste esclavage ;
Avec l'amour c'est le bonheur des dieux.

SCÈNE III.

AZURINE, ALAMIR, ZÉLIE, UN ESCLAVE.

L'ESCLAVE.

Phanor arrive en ce moment.

AZURINE.

Phanor !

L'ESCLAVE.

Il est déjà dans votre appartement.

(L'esclave sort.)

SCÈNE IV.

ALAMIR, AZURINE, ZÉLIE.

ZÉLIE.

O ciel ! que ferons-nous, ma mère ?

ALAMIR.

Courez le recevoir, laissez-nous dans ces lieux :
Etant seule avec lui, vous le tromperez mieux ;
Et le jour finira, j'espère.

AZURINE.

Si vous me promettez, mon fils...

ZÉLIE.

Non, non, ma mère, je vous suis ;
C'est le plus sûr...

ALAMIR.

Que dites-vous, Zélie ?

ZÉLIE.

Je dis qu'un seul baiser peut nous coûter la vie.

ALAMIR.

Et vous voulez me fuir ! vous voulez que Phanor
De son coupable amour vous entretienne encore...

ZÉLIE.

Quoi ! déjà de la jalousie !

ALAMIR , vivement.

Oui, vous êtes à moi, je ne vous quitte pas :

Je vous suivrai jusqu'au trépas.
(avec dépit.)
Mon cœur n'a pas votre prudence extrême,
    Je sais m'exposer sans effroi.

ZÉLIE.

Mais, en risquant l'objet qu'on aime,
    On expose bien plus que soi.

ALAMIR.

Je ne m'attendais pas à tant de prévoyance.

ZÉLIE.

Et moi, je m'attendais à plus de confiance.

AZURINE.

Ah ! sans cesser de disputer,
Mes chers enfans, tâchez de finir la journée.

ZÉLIE.

Oh ! je vous le promets ; vous pouvez nous quitter.

AZURINE.

Songez qu'à votre sort tiendra ma destinée ;
    Et n'oubliez pas tous les deux,
Qu'une mère est toujours la plus infortunée
    Quand ses enfans sont malheureux.

                  (Elle sort.)

SCÈNE V.

ZÉLIE, ALAMIR.

(Ils restent un moment en silence.)

ALAMIR , d'un ton doux.

Vous êtes en courroux ?

ZÉLIE.
Oui.

ALAMIR.

> Souffrez, mon amie....

ZÉLIE.

Votre amie ! aujourd'hui, ce nom n'est pas le mien.

ALAMIR.

Daignez m'écouter...

ZÉLIE.

> Non, ne me dites plus rien :
L'oracle le défend ; et moi, je vous en prie

ALAMIR.

Zélie, on ne sait point aimer
Quand on n'a pas un peu de jalousie.

ZÉLIE.

Alamir, un jaloux ne sait pas estimer.

ALAMIR.

Comment ?

ZÉLIE.

Je n'ai rien dit.

(Il se fait encore un silence.)

ALAMIR.

> A peine l'hyménée
Nous rend époux, que nous voilà brouillés.

ZÉLIE.

Tant mieux ; c'est le moyen de passer la journée
Sans manquer au serment.

ALAMIR.

> Puisque vous le voulez,
Je conviens que j'ai tort ; mais vous seriez cruelle,
Si vous me refusiez un pardon généreux :
N'avons-nous pas assez, dans ce jour dangereux,
De la loi qui nous cause une gêne mortelle ?

Ah ! ce n'est qu'aux amans heureux
Qu'il est permis d'être en querelle.

ZÉLIE.

Mais pourquoi douter de ma foi ?
Votre raison devrait...

ALAMIR.

La raison ? mon amie,
J'ai bien du malheur avec toi ;
Nous disputons toute la vie,
Et jamais la raison ne décide pour moi.

ZÉLIE.

Ton air humble et ta modestie
Seront d'inutiles détours.
Crois-moi, restons brouillés.

ALAMIR, prenant sa main.

Le pourrais-tu, Zélie ?

ZÉLIE, avec effroi.

Et l'oracle, Alamir !

ALAMIR, s'éloignant précipitamment.

Oh ! j'y pense toujours,
Et surtout à présent que ma mère est sortie.
Voici l'instant de l'observer :
C'est sûrement pour m'éprouver
Qu'aujourd'hui tu parais mille fois plus jolie.
Mais je veux oublier que j'ai reçu ta foi,
Je ne veux plus parler ni m'occuper de toi :
Tu verras ma sagesse extrême.

ZÉLIE.

Malgré tes projets, mon ami,
Je crains dans un moment de te revoir le même.
Tiens, va t'asseoir là-bas, je vais m'asseoir ici :

Nous causerons bien mieux.

(Elle place deux fauteuils aux deux extrémités du théâtre.)

ALAMIR , s'asseyant.

               C'est pousser la prudence
Assurément bien loin. Mais, n'importe : voyons,
Tu n'as qu'à décider ce dont nous parlerons ;
Je veux au même point pousser l'obéissance.

ZÉLIE.

Oh ! nous pouvons parler de ce que tu voudras,
    Pourvu que tu n'approches pas ;
    C'est la seule loi que j'impose.
Si tu m'en crois pourtant, jusqu'à la fin du jour
    Nous ne parlerons pas d'amour.

ALAMIR.

Je le veux bien, soit, parlons d'autre chose.

(Il se fait un long silence , pendant lequel Alamir et Zélie se regardent et
détournent la tête en témoignant leur embarras.)

J'écoute, au moins.

ZÉLIE.

Moi, mon ami, j'attends.

ALAMIR.

Mais je ne sais parler que de mes sentimens,
Et tu ne le veux pas.   (Il se lève.)

ZÉLIE , se levant aussi.

         Je t'arrête bien vite.
Mon cher ami, laissons-là ce discours,
Il pourrait finir mal, nous pleurerions ensuite.
    Tâchons d'oublier nos amours :
    Il faut chercher à nous distraire.
   Seule avec toi je crains également
    Et de parler et de me taire ;

Je vais chanter ; tu m'as dit si souvent
Que c'était par ma voix que j'avais su te plaire !
Écoute-moi.

(Elle le fait asseoir, et va s'asseoir à sa place.)

ALAMIR.

T'entendrai-je d'ici ?

ZÉLIE.

Oh ! n'approche pas, mon ami,
Ou je vais retrouver ma mère.

AIR.

Quand le papillon, amoureux
De la timide sensitive,
Voltige d'un aile craintive
Autour de l'objet de ses vœux,
La fleur sur sa tige tremblante
Frémit et murmure tout bas :
Beau papillon, n'approche pas;
Tu ferais mourir ton amante.

Le papillon va se poser
Loin de la pauvre sensitive ;
Mais bientôt son ardeur plus vive
Le ramène, il prend un baiser :
Aussitôt la fleur expirante
Se fane et perd tous ses appas.
Beau papillon, ne te plains pas;
Toi seul fis mourir ton amante.

(Pendant que Zélie chante , Alamir se lève doucement au commencement de chaque couplet, et se rassied au refrain.)

ALAMIR.

J'entends bien la leçon ; mais je crois, mon amie,
Que nous avons fort mal interprété
L'oracle que ma mère a tantôt rapporté.
    « Un seul baiser pris à Zélie
    « Suffit pour faire leur malheur. »
J'explique mieux que toi, dans le fond de mon cœur,

Cet oracle que je déteste.
Un baiser pris à toi nous serait bien funeste,
Mais si tu le donnais, il porterait bonheur.

(Il s'approche.)

ZÉLIE, s'éloignant.

Non, non, ce n'est pas là ce que nous dit Birène;
Moi, je l'entends tout autrement.

ALAMIR.

Je voudrais que du moins la fée eût pris la peine
De s'expliquer plus clairement.

(Il s'approche.)

ZÉLIE, à part.

Moi, je voudrais voir revenir ma mère.

ALAMIR, toujours s'approchant.

Que me dis-tu?

ZÉLIE.

Je dis que tu n'observes guère
Ni mes ordres, ni ton serment.

ALAMIR, se reculant brusquement.

Qui l'eût pensé, qu'un si doux hyménée
Me causerait tant de tourment?
Je n'ai jamais trouvé si longue la journée.

(Il se lève.)

ZÉLIE.

Cependant je suis avec toi.

ALAMIR, très-vivement.

Non, ce n'est pas être avec moi.
Vous m'assignez loin de vous une place,
Vous défendez, jusqu'à la fin du jour,
Que j'ose vous parler d'amour;
Eh! que veux-tu donc que je fasse?

Cruelle, réponds-moi : l'amour est mon bonheur,
 Il est mon bien, il est ma vie ;
 Je ne sais rien qu'aimer Zélie,
 Je ne veux rien que posséder son cœur.
Me livrer tout entier à ma brûlante ivresse,
Ne respirer qu'amour, ne parler que ses feux ;
 Ne voir que toi, te voir sans cesse,
 Et toujours puiser dans tes yeux
 Et mon bonheur et ma tendresse,
C'est le plus cher, c'est le seul de mes vœux ;
 Et tu voudrais me l'interdire....
 Donne-moi plutôt le trépas.

   (Il se met à ses genoux.)

   ZÉLIE.

Mon ami, tu vois bien que tu n'es plus là-bas.

   ALAMIR.

Laisse-moi t'adorer, partage mon délire.
 Eh ! n'ai-je pas reçu ta foi ?
 Tu m'appartiens, je suis à toi.
 J'ai tant de plaisir à te dire,
 Tu m'appartiens, je suis à toi !
 Deux amans, ma chère Zélie,
 Qui ne sauraient rien que cela,
 Auraient assez de ces mots-là
 Pour se parler toute la vie.

   ZÉLIE, troublée.

Alamir !...

   ALAMIR.

 Hé bien ?

   ZÉLIE.

  Quittons-nous.

ALAMIR.

Quoi ! tu voudrais ôter à mon âme éperdue
Le seul plaisir permis, le bonheur de ta vue !
Hé ! que crains-tu ? je suis tremblant à tes genoux.

ZÉLIE , dans le dernier trouble , se penche sur Alamir,
leurs visages sont tout près de se toucher.

Je crains ce langage si doux
Qui se fait toujours trop entendre ;
Ton air soumis, ta voix si tendre,
Tout avec toi m'inspire la frayeur.
Je n'ose respirer l'air que ta bouche enflamme ;
Il porterait jusqu'à mon âme
Tout le feu qui brûle ton cœur.

ALAMIR , transporté.

Ah ! ma Zélie...

(Il l'embrasse. Le tonnerre gronde , la nuit couvre le théâtre, et Phanor
paraît.)

SCÈNE VI.

ZÉLIE, ALAMIR, PHANOR, AZURINE.

PHANOR.

Elle n'est plus à toi.

QUATUOR.

ALAMIR.

O ciel ! Zélie...

PHANOR.

Elle n'est plus à toi.

ZÉLIE.

A lui seul j'ai donné ma foi.

PHANOR.

Pour jamais elle t'est ravie.

ALAMIR.

Non, non, je ne la quitte pas.

ZÉLIE.

Je veux mourir entre ses bras.

PHANOR.

Téméraire, crains ma vengeance.

AZURINE.

Cédez, cédez à sa puissance.

PHANOR.

Téméraire, crains ma vengeance,
Sans murmure subis ton sort,
Ou je vais punir par ta mort
Cette coupable résistance.
Dans l'univers tout m'est soumis,
La terre tremble en ma présence,
L'enfer suit mes lois en silence :
Imite-les, et m'obéis.

AZURINE.

Cédez, cédez à sa puissance.

ALAMIR.

Non, non, je ne la quitte pas;
Rien ne peut l'ôter de mes bras.

PHANOR, saisissant Zélie.

C'en est trop, mon courroux...

(Birène paraît.)

SCÈNE VII.

ZÉLIE, ALAMIR, PHANOR, AZURINE, BIRÈNE.

BIRÈNE.

Ton courroux ne peut rien,
Birène les défend contre ton injustice.

AZURINE.

Je respire.

ZÉLIE.

O bonheur !

PHANOR.

Mais Zélie est mon bien :
Votre oracle l'a dit, il faut qu'il s'accomplisse.

BIRÈNE.

L'oracle a prononcé qu'avant la fin du jour
        Un seul baiser pris à Zélie
        Pouvait la perdre sans retour.
J'ai prévu que la loi ne serait pas suivie ;
Et j'ai vite accouru près de ces deux amans.
Invisible autour d'eux dans ces tendres momens,
J'ai vu tous leurs efforts pour accomplir l'oracle ;
        J'avais pitié de leurs tourmens.
        Pour les sauver il fallait un miracle,
        Et je l'ai fait. Quand Alamir,
        Brûlant d'amour et de désir,
        Oubliait tout et devenait parjure,
        Au même instant j'ai fait finir le jour.
Je pouvais renverser l'ordre de la nature,
Et je ne pouvais pas commander à l'amour.
L'oracle est accompli, tu n'as rien à prétendre.

AZURINE.

Souffrez qu'à vos genoux la mère la plus tendre...

PHANOR, à Birène.

Tu me braves, perfide, après m'avoir trahi :
Pour me venger de toi ma rage doit suffire.
Quel que soit le bonheur qui t'accompagne ici,
        Tremble, tant que Phanor respire.

(Il sort.)

SCÈNE VIII.

ALAMIR, ZÉLIE, AZURINE, BIRÈNE.

BIRÈNE.

Ne craignez rien de sa fureur,
Je saurai la rendre inutile.
Pour éloigner de vous à jamais le malheur,
Je vais enchanter cet asile.
Reparaissez, astre du jour ;
Plus brillant et plus pur, éclairez ce bocage :
Je réunis ici les biens du premier âge,
L'innocence et la paix, la jeunesse et l'amour.

(Le théâtre s'éclaire aussitôt, et représente un bocage enchanté, où des
bergers et des bergères forment des danses.)

FINALE.

ALAMIR, ZÉLIE, AZURINE.

Vous avez sauvé deux amans,
Leur cœur est votre récompense :
Souffrez que leur reconnaissance
Éclate dans ces doux momens.

BIRÈNE.

C'est moi qui vous dois, mes enfans ;
En couronnant votre constance,
Je crois retrouver mon printemps :
Faire du bien dans ses vieux ans,
C'est prolonger son existence.

FIN DU BAISER.

BLANCHE ET VERMEILLE,

PASTORALE

EN DEUX ACTES ET EN VERS,

MÊLÉE DE MUSIQUE ;

Représentée pour la première fois sur le théâtre italien,
le 5 mars 1781.

PERSONNAGES.

BLANCHE, bergère.
VERMEILLE, sa sœur.
UNE FÉE.
COLIN, amant de Blanche.
LUBIN, amant de Vermeille.
BERGERS ET BERGÈRES.

La scène est, au premier acte, dans la maison de Blanche ; an second,
dans une forêt qui en est tout près.

BLANCHE ET VERMEILLE,

PASTORALE.

ACTE PREMIER.

SCÈNE PREMIÈRE.

(Le théâtre représente l'intérieur d'une maison rustique. Vermeille assise
file au rouet sur le devant de la scène.)

VERMEILLE seule.

AIR.

Quel bonheur
Pour mon cœur
De toujours aimer ,
De toujours charmer
L'objet qui m'engage ;
Dans un bon ménage ,
De passer mes jours
Avec les amours ,
La douce gaîté
Et la liberté !

(Lubin arrive , et écoute Vermeille sans être aperçu d'elle.)

SCÈNE II.

VERMEILLE, LUBIN.

VERMEILLE , continue.

Parler sans cesse
De ma tendresse
A l'unique objet de mes vœux ,

Lire dans ses yeux
La commune ivresse
Qui nous rend heureux...

(Lubin chante à demi-voix avec Vermeille.)

VERMEILLE ET LUBIN.

Quel bonheur
Pour mon cœur
De toujours aimer,
De toujours charmer
L'objet qui m'engage ;
Dans un bon ménage,
De passer mes jours
Avec les amours,
La douce gaîté
Et la liberté !

VERMEILLE.

Ah ! te voilà, Lubin ! je pense au mariage
Qui doit bientôt m'unir à toi.

LUBIN.

Tu dis toujours *bientôt*, ma Vermeille ; j'enrage :
Ne m'as-tu pas donné ta foi ?
Orpheline, à vingt ans maîtresse de toi-même,
Pourquoi ne pas en profiter ?
Quand une fille a dit, *oui, j'aime*,
Un oui de plus ne doit pas lui coûter.

VERMEILLE.

Je suis de ton avis ; mais l'ordre de ma mère
Nous a prescrit de ne rien faire
Sans consulter la fée : il faut suivre ses lois.
Tu sais que cette fée, aussi bonne que sage,
Daigna nous protéger dès notre premier âge ;
Elle nous a redit cent fois :
« Mes filles, mon bonheur ne dépend que du vôtre :
« J'accomplirai toujours votre moindre souhait ;
« Et le prix de chaque bienfait
« Sera l'engagement d'en recevoir un autre. »

LUBIN.

Eh bien ! voici l'instant de demander Lubin.

VERMEILLE.

Je compte bien aussi l'aller trouver demain.

LUBIN.

Pourquoi pas aujourd'hui ? Sais-tu bien, mon amie,
  Que nous perdons à réfléchir
  Au moins les trois quarts de la vie ?
On balance long-temps avant que de choisir :
Souvent on choisit mal ; on se repent : on change,
On finit par trouver ce qu'il faut à son cœur :
On perd encor du temps ; et puis, quand on s'arrange,
A peine reste-t-il quelques jours de bonheur.

VERMEILLE.

Je pense comme toi, mais sans être si vive ;
Et je veux, avant tout, en parler à ma sœur.

LUBIN.

  Il faut bien que Blanche nous suive
Pour demander aussi mon bon ami Colin.

VERMEILLE.

  Hélas ! je crains, mon cher Lubin,
  Que Blanche ne soit plus la même.
Depuis huit jours surtout, je la vois en secret
S'ajuster, se parer avec un soin extrême :
Elle gronde Colin, ne le voit qu'à regret...
  De changer aurait-elle envie ?
Non, sans doute, et mon cœur à tort va s'alarmer.
Quand on est une fois convenu de s'aimer,
  C'est un accord fait pour la vie.

LUBIN.

Blanche est un peu coquette ; et ce déafut charmant
  Fait que, sans aimer son amant,

On le fait enrager : c'est un double avantage.
Je conviens que Colin est un peu soupçonneux ;
Ils auront de la peine à faire bon ménage. .
Mais, adieu, la voici ; parle-lui du voyage
      Que nous devons faire tous deux.
Je vais m'y préparer; et je reviens te prendre.

                     (Il sort.)

SCÈNE III.

BLANCHE, VERMEILLE.

BLANCHE, appelant Lubin.

Lubin ! Lubin ! Comment ! il ne veut pas m'entendre !
Il me boude, je crois.

VERMEILLE.

        Cela se pourrait bien ;
Colin est son ami.

BLANCHE.

        Ne vas-tu pas encore
Me parler de Colin, me dire qu'il m'adore ?
     Tu ne peux me reprocher rien :
     Je n'aurais changé de ma vie,
Si j'avais pu guérir les soupçons de Colin :
Mais, tu le sais, ma sœur, l'extrême jalousie,
Qu'on supporte d'abord, nous offense à la fin.

VERMEILLE.

Et tu veux devenir légère,
Pour prouver qu'on a tort de soupçonner ta foi ?

BLANCHE.

Eh ! non, ma sœur.

VERMEILLE.

       Blanche, sois plus sincère :
Crains-tu de rougir avec moi ?

Je suis ta sœur, et ma tendresse
T'excusera toujours en donnant son avis.
De quoi serviraient les amis,
S'ils ne pardonnaient la faiblesse ?

BLANCHE.

Eh bien ! ma sœur, je vais te raconter
L'événement heureux dont j'ai fait mystère ;
Je craignais tes conseils et ton humeur sévère :
Pardonne, et daigne m'écouter.

ROMANCE.

L'autre jour, au bord d'un ruisseau,
Je m'endormis sur l'herbe tendre ;
Mon chien veillait à mon troupeau,
Mon chien ne pouvait me défendre.

Bientôt, aux accents les plus doux,
Je m'éveille toute surprise ;
Je vois un prince à mes genoux,
Qui me dit d'une voix soumise :

« Vous qui devez donner des lois
« Dans les palais comme au village,
« Êtes-vous la nymphe des bois,
« A qui tout chasseur doit hommage ?

« Parlez, daignez me rassurer :
« Si vous n'êtes qu'une bergère,
« Sans cesser de vous adorer,
« J'oserai prétendre à vous plaire. »

Ma sœur, c'était le souverain
Qui règne sur cette contrée.
Juge quel sera mon destin
Si de lui je suis adorée.

VERMEILLE.

Ma chère sœur, en vérité,
A tout ce beau récit je ne puis rien comprendre ;

Explique-moi donc, par bonté,
Quel est ce grand bonheur que tu sembles attendre.

BLANCHE.

Je te l'ai dit ; celui qui me parlait ainsi
            Est le prince qui règne ici.
Songe donc qu'il m'adore, et que je peux prétendre
A partager son trône en acceptant sa main.

VERMEILLE.

Toi, ma sœur ?

BLANCHE.

            Serait-il le premier souverain
            Épris d'une simple bergère ?
Épouser ce qu'on aime, est-ce un effort si grand ?
            L'amour ne connaît point de rang :
            Le plus beau titre c'est de plaire.

VERMEILLE.

Mais Colin....

BLANCHE.

            Je saurai le combler de bienfaits.
Malgré tous ses défauts, malgré sa jalousie,
Je l'aime, et je ferai le bonheur de sa vie
            En le rendant riche à jamais.

VERMEILLE.

Tu t'abuses, ma sœur ; rien ne nous dédommage
De la perte d'un cœur qu'on a cru posséder.
            Pardon, si j'ose te gronder ;
            Mais tu devrais faire un voyage
            Chez cette fée aimable et sage
            Qui prit soin de nous élever
Bien mieux qu'il ne convient à de simples bergères.
Tu sais depuis long-temps que nous lui sommes chères ;
Allons la voir.

BLANCHE.

Crois-tu qu'elle daigne approuver
Que je quitte les champs pour aller à la ville?
Tu ne me réponds pas... Mais toi-même, à la fin,
Donne-moi ton avis.

VERMEILLE.

Il serait inutile ;
Je pense là dessus comme ferait Colin.

BLANCHE.

Le voici : je crains sa colère,
Laisse-moi l'éviter

VERMEILLE.

Non, ma sœur ; au contraire ;
Il faut parler. Je vous laisse tous deux :
Blanche, quand on devient volage,
Il faut avoir du moins le pénible courage
D'en avertir l'objet que l'on rend malheureux.

SCÈNE IV.

BLANCHE, COLIN.

BLANCHE.

C'est vous, Colin! vous venez de bonne heure.

COLIN.

Je serais arrivé déjà depuis long-temps,
Si les chemins de ma demeure
N'étaient embarrassés des chevaux et des gens
Du prince qui vient à la chasse.

BLANCHE , vivement.

Il y revient encore?

COLIN.

Il y vient chaque jour.

Chaque forêt pourtant devrait avoir son tour ;
Mais c'est toujours la nôtre. On ne voit plus de place
          Où le gazon puisse fleurir ;
Ils ont tout abîmé : le tumulte effroyable
Et des chiens et des cors qu'on entend retentir
          Force les troupeaux de s'enfuir ;
          C'est un tapage épouvantable.
          Vraiment le prince est fort aimable,
Mais il fait bien du bruit quand il a du plaisir.

BLANCHE.

          De quel côté la chasse viendra-t-elle ?

COLIN.

     Ne voulez-vous pas y courir ?
Vous n'en manquez pas une ; et vous savez, cruelle,
          Combien vous me faites souffrir !
     Vous oubliez...

BLANCHE.

               Vous oubliez vous-même
          Qu'hier encore à mes genoux
Vous m'avez fait serment de n'être plus jaloux.

COLIN.

Oh ! je ne le suis plus : mais ma prudence extrême
Voudrait que vous fussiez toujours seule avec moi,
     Si l'on vous voit, il faudra qu'on vous aime ;
          Et vous trahirez votre foi,
J'en suis sûr...

BLANCHE.

          Mais, Colin, vous mêlez un outrage
     A des discours qui séduiraient mon cœur.
          Je vous le dis avec douceur :
Cet esprit inquiet, soupçonneux et sauvage,
          Ne peut faire que mon malheur ;
Il faut y renoncer.

COLIN.

J'entends trop ce langage.
Tout déplaît dans celui que l'on cesse d'aimer ;
Mes défauts n'étaient rien quand je sus vous charmer.
Souvenez-vous combien vous étiez différente ;
Mes plaisirs, mes chagrins, vous vouliez tout savoir :
J'étais sûr, en allant vous voir,
De trouver près de vous l'amitié consolante.
Vous aimiez tant à pénétrer
Dans ma plus secrète pensée !
Et si j'étais jaloux, loin d'en être blessée,
Le plaisir de me rassurer
L'emportait sur la peur de vous voir offensée.
Mais aujourd'hui vous voulez me trahir :
Vous cherchez un prétexte, et votre âme légère
Ne veut exciter ma colère
Que pour avoir le droit de m'en punir.
Épargnez-vous une peine cruelle ;
Lorsque l'on peut être infidèle,
On doit le dire sans rougir.

BLANCHE.

Hé bien ! Colin, pourquoi tant de faiblesse ?
Oubliez un objet trop peu digne de vous ;
En me délivrant d'un jaloux,
En cherchant une autre maîtresse,
Votre sort et le mien n'en seront que plus doux.

COLIN.

Je suivrai vos conseils ; et dès demain peut-être...

BLANCHE.

Dès aujourd'hui, vous en êtes le maître.

DUO.

COLIN.

Adieu, perfide, pour jamais.

BLANCHE.

Adieu, Colin; bon voyage.

COLIN.

Adieu, perfide; adieu, volage :
Oui, je vous quitte sans regrets.

BLANCHE.

Mais partez donc.

COLIN.

Oui, je m'en vais.

BLANCHE.

Mais partez donc.

COLIN.

C'est pour jamais.
Recevez mes adieux, cruelle.
(Il s'en va, et revient.)

BLANCHE.

Que voulez-vous ?

COLIN.

Ce n'est pas moi
Qui romps une chaîne si belle !

BLANCHE.

Votre jalousie éternelle
Me force de trahir ma foi.

COLIN.

Amour, amour, ce n'est pas moi
Qui romps une chaîne si belle !

BLANCHE.

Mais partez donc.

COLIN.

Oui, je m'en vais.
Adieu, perfide ; adieu, volage.

BLANCHE.

Adieu, Colin ; bon voyage.

COLIN.

Oui, je vous quitte pour jamais.

(Il sort.)

SCÈNE V.

BLANCHE seule,

Bientôt je vais le voir revenir sur ses pas
    Chercher le pardon... qu'il mérite.
Il s'éloigne pourtant. S'il ne revenait pas...
Je saurais l'en punir... Il s'éloigne plus vite...
Il suffit. Pour me voir, le prince est dans ces lieux :
    Dès aujourd'hui j'écouterai ses vœux.
Tu gémiras, Colin, de m'avoir offensée.
Il pourrait m'en coûter ; je sens...

SCÈNE VI.

BLANCHE, VERMEILLE, LA FÉE, LUBIN, derrière
tout le monde.

VERMEILLE.

                    Voici la fée :
Sa bonté nous prévient, ma sœur.

LA FÉE.

Oui, mes filles, j'ai su que votre jeune cœur
Aurait à m'avouer quelque tendre faiblesse :
Je me suis mise en route ; et, malgré ma vieillesse,
Le désir de vous voir m'a rendu ma vigueur.

VERMEILLE.

Asseyez-vous : voici le fauteuil de ma mère ;
Nous croyons la revoir.

LA FÉE.

                 Elle m'était bien chère,
     Et je pleure encore son trépas.
           (Elle s'assied.)
Venez donc m'embrasser. Je vous trouve embellies ;
     Tant mieux, j'aime à vous voir jolies :
L'amitié fait jouir des biens que l'on n'a pas.
Ne songez qu'à m'aimer ; moi, par ma vigilance,
Je saurai du malheur détourner les effets.
Nous aurons deux emplois: vous, la reconnaissance ;
     Et moi, le doux soin des bienfaits.

AIR.

     Le seul plaisir de mon âge,
     C'est de rendre heureux mes enfans ;
     Leur bonheur me dédommage
     De la perte de mes beaux ans.
     Le temps à mon cœur n'ôte rien ,
     Je le sens à ma tendresse :
     Je crois retrouver ma jeunesse
     Lorsque je peux faire du bien.

VERMEILLE.

A cet unique emploi vous sert votre puissance ;
Aimez-nous toujours bien pour toujours rajeunir.

LA FÉE.

Mes filles, je n'ai pas cessé de vous chérir.
     Lorsque j'élevai votre enfance ,
Je vous donnai d'abord des vertus, de l'esprit ,
     Présent plus cher que l'opulence ,
Mais qui ne suffit pas ; car l'esprit sans prudence
Au-delà du vrai but trop souvent nous conduit.

Enfin, voici l'instant d'assurer pour la vie
Et l'état et le sort que votre cœur envie :
Ne m'interrompez point, je viens vous en parler...
Je bavarde un peu trop, je le sens bien moi-même :
  Mais je suis vieille et je vous aime ;
Et voilà deux raisons pour beaucoup babiller.

BLANCHE.

Comptez sur le respect...

VERMEILLE.

   Comptez sur la tendresse
Qui grave toujours là votre moindre leçon.

LA FÉE.
   (Apercevant Lubin.)

Nous sommes en famille... Hé ! quel est ce garçon ?
Dis-moi.

VERMEILLE.

  Si vous savez tout ce qui m'intéresse,
Vous devez sûrement vous douter qu'il sera
Bientôt de la famille.

LUBIN, saluant la fée.
   Et qu'il vous aimera,
Si vous le permettez, Madame.

LA FÉE.
J'y consens de toute mon âme.
Écoutez-moi : mon art n'est pas bien grand ;
  Tu le vois, ma chère Vermeille,
  Mon âge en est un sûr garant :
Car, vous n'en doutez pas, quand une femme est vieille,
  Elle n'a pu faire autrement.
  J'aurai le pouvoir cependant
D'accomplir le souhait le plus cher à votre âme.
  Voyez quel désir vous enflamme :

Demandez et soyez sûres de l'obtenir.
    Allons, c'est à vous de choisir ;
    Votre attente sera remplie :
    Mais prenez garde à ce souhait ;
    Les biens ou les maux de la vie
Viennent presque toujours du mauvais choix qu'on fait

LUBIN, bas à Vermeille.

Que vas-tu demander ? mon cœur est dans la peine.

VERMEILLE.

Va, je ne suis pas incertaine.

QUATUOR.

VERMEILLE.

Le bonheur que Vermeille envie,
C'est d'être épouse de Lubin ,
D'avoir une maison jolie ,
Un troupeau, des prés, un jardin.

VERMEILLE ET LUBIN.

Nous y passerons notre vie
A nous aimer, à vous bénir ;
Voilà le bonheur que j'envie,
Voilà notre unique désir.

LA FÉE.

Ma fille, je suis attendrie ;
De bon cœur j'exauce tes vœux :
Dès ce soir vous serez heureux.

VERMEILLE ET LUBIN.

Dès ce soir nous serons heureux,
Et nous le serons pour la vie :
Dès ce soir nous serons heureux !

LA FÉE.

Blanche, c'est à toi de m'instruire
De ce qu'il faut pour ton bonheur.

BLANCHE.

Hélas ! je n'ose pas vous dire
Le désir qu'a formé mon cœur.

LA FÉE.

Il faut pourtant bien m'en instruire.

BLANCHE.

Vous connaissez le souverain
Qui règne sur cette contrée.

LA FÉE.

Hé bien?

BLANCHE.

J'en suis adorée ;
Je désire obtenir sa main.

LA FÉE.

Tu veux régner, pauvre insensée !

BLANCHE.

Remplissez le vœu de mon cœur.

LA FÉE.

Je lis trop bien dans ta pensée,
Et j'ai pitié de ton erreur.

BLANCHE.

Daignez m'accorder mon bonheur,
Si vous lisez dans ma pensée.

LA FÉE.

Prends ce jour pour bien réfléchir
Au vain objet de ton désir.
Si tu veux, ce soir, être reine,
Tu verras tes vœux accomplis.

BLANCHE.

Je conçois mon bonheur à peine :
Dès ce soir je serai reine !

LA FÉE.

Si tu veux, tu seras reine.

VERMEILLE ET LUBIN.

Dès ce soir nous serons unis !

LA FÉE.

Dès ce soir vous serez unis.

(Ils s'en vont.)

FIN DU PREMIER ACTE.

V. OEUVRES DE FLORIAN.   18

ACTE II.

SCÈNE PREMIÈRE.

(Le théâtre représente une forêt. L'on a entendu pendant l'entr'acte le bruit de la chasse du prince.)

BLANCHE seule.

AIR.

Enfin je vais donc à la cour.
Des plaisirs la troupe charmante
Doit habiter ce beau séjour :
J'y serai l'objet chaque jour
De la fête la plus brillante.
Je vais régner ; et mon âme contente
N'aura pas besoin de l'amour.

Eh quoi ! j'abandonne l'asile
Où je passai mes premiers ans !
Je vais quitter ce bois tranquille
Où le plus soumis des amans
Grava sur l'écorce fragile
Mon nom et mes premiers sermens !
Hélas !... Mais je vais à la cour,
Des plaisirs la troupe charmante
Doit habiter ce beau séjour :
J'y serai l'objet chaque jour
De la fête la plus brillante.
Je vais régner ; et mon âme contente
N'aura pas besoin de l'amour.

Je n'ai point vu le prince ; et la chasse est finie !
Il me cherche, sans doute.

SCÈNE II.

BLANCHE, LA FÉE.

LA FÉE.

Eh bien ! ma chère amie,
As-tu fait tes adieux ? Partons-nous pour la cour ?

BLANCHE.

Quand vous voudrez. Mais avant tout, ma mère,
Je crois qu'il serait nécessaire
De connaître un peu ce séjour.

LA FÉE.

Il est difficile peut-être
De le bien définir ; il change à tout moment.
Presque toujours c'est un pays charmant ;
Tout le monde est heureux, ou cherche à le paraître.
On se déteste un peu, mais c'est si poliment !
On s'embrasse sans se connaître,
On se détruit l'un l'autre doucement.
Parens, belles, amis, tous n'ont qu'un sentiment.
C'est de se supplanter en secret près du maître.

BLANCHE.

Mais quand le prince enfin m'aura donné sa foi
Par le plus brillant hyménée,
Quelle sera ma destinée ?
Vous le savez.

LA FÉE.

Sans doute ; écoute-moi.

AIR.

Une jeune et belle princesse
Ne fait rien qu'avec dignité ;
Le respect l'entoure sans cesse

Pour tenir bien loin la gaité.
L'étiquette doit la conduire ;
Car , sans elle , point de grandeur :
Si la princesse veut sourire ,
Il faut l'avis de la dame d'honneur.

BLANCHE.

Mais cependant...

LA FÉE.

Viens-en juger toi-même.

Partons.

BLANCHE.

Quand je serai dans cette gêne extrême .
Si par hasard j'allais me repentir
D'avoir quitté...

LA FÉE.

Qui donc ?

BLANCHE.

Ma sœur et mon village...

LA FÉE.

Hé bien ?

BLANCHE.

Pourrai-je revenir?

LA FÉE.

Non , la grandeur est un noble esclavage
Dont on ne peut jamais sortir.
Mais partons , il est temps... Qu'as-tu donc ?

BLANCHE.

Je regrette
Un amant qui voulait s'attacher à mon sort ;
Mon départ va causer sa mort.

LA FÉE.

Qui? Colin?

BLANCHE.

Oui, c'est lui.

LA FÉE.

N'en sois pas inquiète ;
Il est tout consolé.

BLANCHE.

Qui vous l'a dit ?

LA FÉE.

Colin.

Quand il a su que ce matin
Tu m'avais demandé de devenir princesse
Il est venu me supplier soudain
D'éteindre par mon art sa trop vive tendresse.

BLANCHE.

Et vous l'avez...

LA FÉE.

Guéri.

BLANCHE.

Ce n'était pas pressé.

LA FÉE.

Cela l'était beaucoup ; car tu conviens toi-même
Qu'il aurait pu mourir de sa douleur extrême.
Heureusement, le péril est passé :
Il va se marier à la jeune Lucette,
Qui depuis si long-temps a pour lui de l'amour.

BLANCHE.

Il va se marier ?

LA FÉE.

Oui, dans ce même jour.
Sitôt que je t'aurai conduite à cette cour,
Je reviendrai pour être de la fête.

BLANCHE.

Je ne l'aurais pas cru. Quoi ! dans si peu d'instans
Colin s'est consolé !

LA FÉE.

Pour l'oublier toi-même,
Il t'a fallu bien moins de temps.
D'ailleurs, c'est un effort suprême
De mon art, qui peut seul détruire tant d'amour :
Sans moi, Colin t'aimait jusqu'à son dernier jour.
Mais, grâces à mes soins, il épouse Lucette.
Te voilà bien tranquille, et surtout satisfaite.
Partons, car il est tard.

BLANCHE.

Je ne veux plus partir.
Vous seule avez causé mon infortune affreuse ;
C'est par vos seuls bienfaits que je suis malheureuse :
Laissez-moi, laissez-moi mourir.

LA FÉE.

Je n'ai jamais contrarié personne :
Tu me chasses, je pars ; tu me rappelleras,
Je reviendrai, car je suis bonne :
Avant la fin du jour toi-même en conviendras.

(Elle sort.)

SCÈNE III.

BLANCHE seule.

Colin ne m'aime plus... Je sens que je l'adore :
Mon malheur est au comble, et je l'ai mérité.
Dois-je quitter ces lieux ? dois-je chercher encore
A regagner un cœur tant de fois rejeté ?
Faut-il m'exposer à l'outrage...?
(On entend dans le lointain une musique champêtre.)

Mais quels accens... Je vois venir
La noce de ma sœur avec tout le village ;
Cachons- nous, à leurs yeux j'aurais trop à rougir.

(Elle se cache parmi les arbres.)

SCÈNE IV.

LA FÉE, VERMEILLE, LUBIN ;

BERGERS ET BERGÈRES.

(Ils entrent en chantant.)

LES BERGERS.

Célébrons le doux mariage
Qui va rendre heureux leur destin.
Vermeille épouse Lubin,
Ah! qu'il vont faire bon ménage !
Vermeille épouse Lubin ;
L'amour leur promet un bonheur sans fin.

LA FÉE.

Mes enfans j'ai rempli vos vœux ;
De l'hymen la chaîne vous lie :
Aimez-vous, aimez votre amie,
Nous serons tous les trois heureux.

LES BERGERS ET LES BERGÈRES.

Célébrons le doux mariage
Qui va rendre heureux leur destin.
Vermeille épouse Lubin ;
Ah! qu'ils vont faire bon ménage !

VERMEILLE ET LUBIN, à la fée.

Nous pensions, dans un si beau jour,
Qu'amour seul se ferait entendre ;
Mais votre amitié vive et tendre
Parle à notre cœur autant que l'amour.

LES BERGERS ET LES BERGÈRES.

Célébrons le doux mariage

Qui va rendre heureux leur destin ;
Vermeille épouse Lubin ;
Ah ! qu'ils vont faire bon ménage !
Vermeille épouse Lubin ;
L'amour leur promet un bonheur sans fin.

LA FÉE.

Ma promesse n'est pas remplie,
Mes chers enfans : je viens de vous unir,
Mais je vous dois encore une ferme jolie,
Et la voici.

(Elle frappe de sa baguette , et l'on voit paraitre une colline sur laquelle
est une ferme de l'aspect le plus riant.)

Vous pouvez en jouir.
Tout ce qu'il faut aux besoins de la vie
S'y trouve rassemblé. Le jardin est ici :
Voyez plus loin dans la prairie
Ce troupeau de moutons ; il est à vous aussi :
Voilà des champs semés près de votre retraite.
Votre félicité commence dès ce jour :
Ce n'est pas moi qui dois l'achever, c'est l'amour ;
Et je n'en suis pas inquiète.

(Elle veut s'en aller.)

VERMEILLE.

Vous nous quittez ?

LA FÉE , à voix basse.

Je vais chercher Colin.
Colin pleure toujours sa volage maîtresse ;
Vous prendrez soin de son destin,
N'est-il pas vrai ? Son sort vous intéresse ;
Il restera chez vous, vous serez son appui ;
Et vous aurez soin devant lui
De ne pas parler de tendresse.

(Elle sort)

SCÈNE V.

LUBIN, VERMEILLE, LES BERGERS.

LUBIN.

Mais comment faire ? il nous verra.

VERMEILLE.

Ah ! nous ferons tout ce qu'elle voudra.
Mais, mon ami, quelle richesse extrême !
Regarde : des brebis, une ferme, des champs !
Et tout le village nous aime !

LUBIN.

Tout cela c'est ta dot.

VERMEILLE.

Écoutez, mes enfans :
La bonne fée a dit que la ferme est garnie
De tout ce qu'il nous faut pour bien passer la vie ;
Pour que tous nos vœux soient remplis,
Venez jouir de ses largesses ;
On ne peut aimer les richesses
Que pour les partager avec ses bons amis.

LUBIN.

Elle a toujours raison, suivons tous son avis.
(Ils montent tous la colline en chantant.)

CHOEUR.

VERMEILLE ET LUBIN.

Venez, venez avec nous,
L'amitié vous appelle.

LES BERGERS.

Suivons, suivons deux époux
Qui seront notre modèle.

VERMEILLE ET LUBIN.

L'amitié vous appelle ;
Venez, venez avec nous.

LES BERGERS.

Le plaisir nous appelle,
Suivons un guide si doux.

VERMEILLE ET LUBIN.

Souvenez-vous que chaque année
Ce même jour nous verra réunis.

LES BERGERS.

Oui, Vermeille; et cette journée
Sera la fête du pays.

VERMEILLE ET LUBIN.

Venez, venez avec nous,
L'amitié vous appelle.

LES BERGERS.

Suivons, suivons deux époux
Qui seront notre modèle.

(Ils entrent dans la ferme. Blanche, cachée dans le bosquet, a vu monter la montagne à
toute la noce de sa sœur. Elle revient sur le théâtre; la fée paraît dans le fond, tenant
Colin par la main : ils examinent et écoutent Blanche sans être aperçus d'elle.)

SCÈNE VI.

BLANCHE, LA FÉE, COLIN.

BLANCHE, se croyant seule.

Je ne peux habiter plus long-temps cet asile ;
        Tout y semble aigrir ma douleur :
Leurs plaisirs vrais et leur bonheur tranquille
        Sont un reproche pour mon cœur.
Fuyons... Eh quoi ! l'heureux sort de ma sœur
        Rend-il ma peine plus affreuse ?
        Hélas ! quand on est malheureuse.
        Tout parle de notre malheur.
Que devenir ? Quel chemin dois-je suivre ?
Ah ! si la fée...

LA FÉE, se montrant; Colin reste derrière.

Eh bien ! me voilà ; que veux-tu ?

BLANCHE.

Secourez-moi, j'ai tout perdu ;
Colin ne m'aime plus, je n'y pourrai survivre.

LA FÉE.

C'est toi qui l'as quitté.

BLANCHE.

Je le sais trop, hélas!
Et je l'aimais pourtant plus que ma vie.
Prenez pitié de Blanche, elle est assez punie ;
Et souffrez que du moins je m'attache à vos pas :
J'aurai soin de votre vieillesse,
Je n'aimerai que vous ; mon respect, ma tendresse
Seront mes seuls plaisirs jusques à mon trépas.

LA FÉE.

Quand on a du chagrin, comme on a le cœur tendre !
Allons, viens, donne-moi le bras.

(Elles se mettent en marche.)

COLIN.

Arrêtez, arrêtez.

BLANCHE.

Ciel ! que viens-je d'entendre ?

(Elle se jette dans les bras de la fée.)

LA FÉE.

Hé bien ! Blanche, qui te retient ?
C'est ici le chemin qui mène à ma demeure...
Quoi ! tu m'aidais à marcher tout-à-l'heure,
Et c'est mon bras qui te soutient !

COLIN.

Vous qui méprisâtes mes larmes,
Et vos sermens, et mon amour,
Est-il bien vrai que dans ce jour
Vous vouliez finir mes alarmes ?
Un mot, un seul mot me suffit :
Je veux tout oublier, tout, excepté vos charmes ;

Ce mot, vous l'avez déjà dit,
Répétez-le du moins.

BLANCHE.

Le malheur qui m'accable
Fut mérité par moi ; je saurai le souffrir.
Laissez-moi, laissez-moi vous fuir.

COLIN.

Si c'est vous qui fûtes coupable ,
Pourquoi voulez-vous me punir ?

LA FÉE.

Écoute-moi, ma chère amie ;
Tu n'as point fait ce vœu que je dois accomplir :
Demande ce qui peut rendre heureuse ta vie ;
Je te donne encore à choisir.

BLANCHE.

Je m'en garderai bien ; j'aime mieux ma souffrance
Que de voir Colin me chérir
Par l'effet de votre puissance.

COLIN , à genoux.

Colin n'aima jamais que toi ,
Même pendant le temps où son âme inquiète...

BLANCHE.

Vous n'épousez donc pas Lucette ?

COLIN , surpris.

Lucette , ô ciel !

LA FÉE.

Colin , pardonne-moi :
J'imaginai cette imposture
Pour la punir de son manque de foi.

BLANCHE , à Colin.

Mon cœur m'en punissait.

LA FÉE.

Te voilà donc bien sûre
Que l'on fait toujours son malheur
En se laissant guider par la coquetterie.
Toi, tu vois qu'en amour l'extrême jalousie,
Même lorsque l'on plaît, peut éloigner un cœur.

FINALE.

LA FÉE.

Mes chers enfans, je vais combler vos vœux,
Je vais finir toutes vos peines ;
Je vous unis, soyez heureux.

BLANCHE ET COLIN.

Pour jamais nous sommes heureux.

TOUS TROIS.

De l'hymen les douces chaînes
Feront le bonheur de tous deux.

BLANCHE.

Suis-je toujours, comme autrefois,
De ton cœur la seule maîtresse ?

COLIN.

Colin t'a gardé sa tendresse ;
Il ne la donne pas deux fois.

BLANCHE ET COLIN.

Soyons époux, soyons heureux,
Ce jour va finir nos peines ;
De l'hymen les douces chaînes
Rendent le bonheur à tous deux.

(Pendant ce temps la fée monte à la ferme : elle frappe à la porte et appelle tout le monde.)

SCÈNE VII.

BLANCHE, COLIN, VERMEILLE, LUBIN, LA FÉE,

TOUS LES BERGERS.

LA FÉE.

Venez, venez recevoir votre sœur.

VERMEILLE.

Oui, c'est ma sœur.

Ah! quel bonheur!

TOUS.

Courons, courons recevoir votre sœur.

(Ils descendent, en courant, la colline.)

VERMEILLE.

Embrasse-moi, ma bonne amie.

BLANCHE.

Suis-je de vous toujours chérie?

VERMEILLE ET LUBIN.

Nous t'aimerons toute la vie.

Chantez, chantez le retour de ma sœur.

TOUS.

Chantons, chantons le retour de sa sœur.

LA FÉE, à Blanche.

Que ton cœur jamais n'oublie

Que ce n'est pas la grandeur

Qui rend heureuse la vie.

BLANCHE.

Non, non, j'abjure mon erreur.

TOUS.

Non, non, ce n'est pas la grandeur

Qui rend heureuse la vie;

C'est l'amour qui fait le bonheur.

(On danse.)

FIN DE BLANCHE ET VERMEILLE.

LA BONNE MÈRE.

COMÉDIE

EN UN ACTE ET EN PROSE,

Représentée sur un théâtre de société, le 2 février 1785.

PERSONNAGES.

———

MATHURINE, fermière du pays de Caux.
LUCETTE, fille de Mathurine.
ARLEQUIN. paysan du village.
DUVAL, neveu du bailli.
LE TABELLION.
UN VALET DE FERME, joué par un enfant.

La scène est au royaume d'Yvetot, dans le pays de Caux.

LA BONNE MÈRE,

COMÉDIE.

~~~~~~

SCÈNE PREMIÈRE.

ARLEQUIN, MATHURINE.

ARLEQUIN.

ALLEZ, madame Mathurine, j'ai bien du chagrin.

MATHURINE.

Je m'en doute, mon pauvre ami.

ARLEQUIN.

Je ne m'y serais jamais attendu de la part de mademoiselle Lucette. Après la promesse qu'elle m'a-
vait faite de m'aimer toujours, après la permission
que vous lui en aviez donnée, comment est-il possible qu'une fille élevée par vous, qu'une fille, qui est
votre fille, soit une perfide et une changeuse !

MATHURINE.

Mais es-tu bien sûr que Lucette ne t'aime plus !

ARLEQUIN.

Ah ! madame Mathurine, il y a long-temps que
je fais tout ce que je peux pour ne pas le voir ;
mais cela me crève les yeux et le cœur. On dit
que l'amour ne peut pas se cacher ; croyez que

quand on cesse d'en avoir, cela se cache encore
bien moins.

MATHURINE.

Je serais aussi fâchée que toi du changement de
ma fille ; ton mariage avec elle était arrangé depuis si long-temps ! Lorsque ton père vint s'établir
dans le pays de Caux, je fus la première à l'ac-
cueillir, à l'aider, à lui donner des secours pour
faire valoir sa ferme. Je suis devenue veuve presque en même temps que ta mère : je l'aimais déjà
beaucoup, ta mère ; mais on s'aime bien mieux
quand on a pleuré ensemble. Tu es son fils unique ; je n'ai d'enfant que Lucette ; ton caractère
franc, ton bon cœur, m'ont toujours plu ; j'ai vu
qu'ils plaisaient à ma fille : âge, fortune, inclina-
tion, tout se rapportait entre vous deux, tout
semblait assurer votre bonheur et celui de vos
mères ; car tu sais bien que les mères ne sont
heureuses que quand les enfans sont contens. Juge
du chagrin que j'aurais de renoncer à de si douces espérances.

ARLEQUIN.

Et bien je suis fâché de vous dire que vous ne
risquez rien d'avoir du chagrin.

MATHURINE.

Peut-être aussi t'affliges-tu sans sujet. Les amoureux et les enfans pleurent souvent à propos de

rien : tu es bien amoureux, et tu es un peu enfant.

ARLEQUIN.

Je suis oublié de votre fille, et voilà ce qu'il y a
de pis. Depuis que ce monsieur Duval, le neveu
de notre bailli, est arrivé de Paris, avec son catogan, son gilet à fleurs, sa petite badine, et son air
d'importance et d'impertinence, votre fille n'est
plus la même. Elle est toujours avec monsieur Duval ; elle apprend toutes les chansons qu'il dit ;
elle rit de tous les contes qu'il fait. Dimanche dernier ils ont toujours dansé ensemble : moi, je pleurais derrière le joueur de violon ; elle ne s'en est
seulement pas aperçue. Le soir, on a joué à colin-
maillard : c'était moi qui étais le colin-maillard ; je
l'ai resté toute la soirée, parce que vous sentez
bien qu'on n'a plus ni bras ni jambes quand on
est sûr de n'être plus aimé. J'entendais fort bien
que mademoiselle Lucette et monsieur Duval se
moquaient et riaient ensemble de moi : et quand je
l'ai voulu reprocher à mademoiselle Lucette, pour
toute justification, elle m'a dit que j'avais triché,
puisque j'y avais vu clair. C'est-il clair, madame
Mathurine ?

MATHURINE.

Tout cela peut-être un enfantillage que tu auras
pris trop au sérieux. Au lieu de gronder Lucette,

il vaudrait mieux faire semblant de ne t'apercevoir de rien, et redoubler d'efforts pour être aimable.

ARLEQUIN.

Mon dieu ! madame Mathurine, je ne la gronde jamais : je pleure quelquefois, parce que je ne peux pas empêcher les larmes de venir ; mais si-tôt que mademoiselle Lucette me regarde, je me mets tout de suite à rire, de peur que cela ne l'impatiente. Quand à être aimable, dame ! je fais ce que je peux, madame Mathurine ; je mets tous les jours mon habit des dimanches : vous le voyez bien. Ma mère m'a donné tous ses joyaux ; je ne les tiens pas dans mon coffre, je les porte tous sur moi : je me fais le plus brave que je peux. Mais je n'ai point de catogan, comme monsieur Duval ; je ne sais pas siffler tous les petits airs qu'il siffle. Il a appris à Paris je ne sais combien de chansons, qu'il compose ensuite dans le moment pour mademoiselle Lucette. Je n'en sais point, moi ; j'ai voulu essayer d'en composer une ; j'y ai passé toute ma journée d'hier ; mais je n'ai pu trouver autre chose, sinon que, J'aime Lucette plus que ma vie. Quand j'ai dit cela une fois, bonsoir, j'ai dit tout ce que je savais.

MATHURINE.

Tu m'affliges beaucoup, mon ami ; car ce petit Duval ne convient point du tout à ma fille.

ARLEQUIN.

Non, sûrement.

MATHURINE.

C'est un assez mauvais sujet...

ARLEQUIN.

Je vous en réponds.

MATHURINE.

Que son séjour à Paris n'a fait que gâter encore.

ARLEQUIN.

Oh ! je le sais de très-bonne part.

MATHURINE.

Il est d'une jolie figure.

ARLEQUIN.

Ma foi , comme cela : je ne le trouve pas joli ,
moi.

MATHURINE.

Il a de l'esprit.

ARLEQUIN.

Tout le monde le dit ; mais savoir si c'est vrai.

MATHURINE.

Toutes les jeunes filles du village courent
après lui.

ARLEQUIN.

Qu'elles courent, je ne m'y oppose pas, pourvu
que Lucette se tienne tranquille.

MATHURINE.

Duval n'est pas riche.

ARLEQUIN.

Ça n'a que son catogan.

MATHURINE.

Ma voisine, qui le connaît bien, m'a dit qu'il était fort intéressé, et que la dot de ma fille lui plaisait pour le moins autant que son visage.

ARLEQUIN.

Oh! tous ces drôles-là qui aiment l'argent n'ont point de goût.

MATHURINE.

Écoute, il ne faut pas encore nous désespérer. Lucette a pu être flattée de la préférence que lui a donnée monsieur Duval sur toutes les filles du village. Chez nous autres femmes, mon ami, la vanité est presque toujours la cause de toutes nos sottises. Lucette n'en est pas exempte : mais son cœur est bon, j'en suis sûre ; et avec un bon cœur et une bonne mère, une fille revient toujours. Tu sais comment j'ai élevé Lucette. J'ai commencé par lui persuader la vérité : c'est que je l'aime beaucoup plus qu'elle ne peut s'aimer elle-même. D'après cette idée, sa confiance en moi est sans bornes ; elle me dit tout ce qu'elle pense. Je saurai bientôt quelle espèce de sentiment elle a pour Duval ; et sois bien sûr que je ne négligerai rien pour la rendre à la raison et à toi.

ARLEQUIN.

Oh ! si vous allez me mettre en compagnie avec
la raison, vous ne ferez rien qui vaille. Je ne veux
pas que votre fille m'aime par raison ; je veux que
ce soit par plaisir, comme c'était autrefois. Tenez,
madame Mathurine, je ne suis point du tout d'a-
vis que vous alliez prêcher mademoiselle Lucette :
tous ces sermons-là me feront du tort. Vous feriez
beaucoup mieux de m'enseigner la manière d'être
plus gentil que je ne suis ; d'avoir de l'esprit... de
petites façons... de petites grâces... enfin toutes
ces drôleries-là dont vous faites tant de cas, vous
autres. J'ai déjà prié ma mère de me les apprendre ;
mais ma mère dit qu'il ne me manque rien, et que
je suis charmant.

MATHURINE.

Elle a raison, ta mère ; et je t'en dirai autant.

ARLEQUIN.

Oh ! c'est que vous êtes aussi ma mère, vous.
Je ne vous crois pas plus l'une que l'autre. Pardi oui !
voilà une belle manière d'être charmant, qui plaît
aux mères, et ne plaît pas aux filles ! Comment !
madame Mathurine, vous ne voulez pas me donner quelques bons avis ?

MATHURINE.

Quels avis veux-tu que je te donne ?

ARLEQUIN.

Mais on vous a fait l'amour tout comme à une autre. Vous pouvez bien vous souvenir de ce qui vous plasait le mieux ; dites-le-moi, je le ferai pour plaire à votre fille.

MATHURINE.

Là-dessus, mon enfant, il n'y a point de règle sûre ; et ce qui plaît à l'une ennuie l'autre. Mais j'entends Lucette ; laisse-moi seule avec elle, je vais travailler pour toi.

ARLEQUIN.

Ah ça ! n'allez pas lui dire que je vous ai parlé de rien, parce qu'elle m'en voudrait peut-être ; et j'aimerais mieux qu'elle me fit souffrir toute ma vie que de la mettre en colère un seul moment.

MATHURINE.

Sois tranquille, et va-t'en.

ARLEQUIN, regardant venir Lucette.

La voilà qui approche. Mon dieu ! comme elle est jolie ! Madame Mathurine, c'est tout votre portrait au moins. (Il soupire.) Ce drôle de Duval me fera mourir de chagrin.

MATHURINE.

Et non te dis-je ; j'y mettrai ordre.

ARLEQUIN.

Ah ! je vous en prie, occupez-vous-en, quand ce ne serait qu'à cause de ma mère , qui mourra

de chagrin d'abord si elle ne me voit pas heureux.
Adieu, madame Mathurine. (Il s'en va en soupirant.)

MATHURINE.

Adieu, mon fils.

ARLEQUIN, revenant.

Eh ! comment avez-vous dit?

MATHURINE.

Adieu mon fils.

ARLEQUIN.

Ah ! j'aime bien cet adieu-là. (Il sort.)

SCÈNE II.

MATHURINE, LUCETTE.

LUCETTE, embrassant sa mère.

Bonjour, ma mère : Arlequin n'était-il pas avec
vous?

MATHURINE.

Oui, ma fille.

LUCETTE.

Il vous a peut-être fait des plaintes de moi.

MATHURINE.

Non, il ne m'en a fait que de lui-même. Il a
peur de t'avoir déplu.

LUCETTE.

Il ne sait ce qu'il dit.

MATHURINE.

Je l'ai rassuré. Tu l'aimes toujours, n'est-il pas
vrai?

LUCETTE.

Depuis quelque temps il est bien moins aimable.

MATHURINE.

Bon, tu ne me l'as pas encore dit, toi qui me dis tout.

LUCETTE.

Oh ! c'est que cela serait bien long à vous raconter.

MATHURINE.

Mais nous avons le temps.

LUCETTE.

Tenez, ma mère, c'est qu'il ne faut pas croire que monsieur Arlequin soit sans défauts, au moins, depuis quelques jours je lui en ai découvert beaucoup.

MATHURINE.

Dis-les moi donc, je t'en prie.

LUCETTE.

Il a le cœur excellent, c'est vrai ; c'est le plus honnête garçon du monde, c'est encore vrai ; il aime sa mère de toute son âme ; il vous aime de même ; il se jetterait au feu pour moi : je conviens de tout cela, parce que je suis juste, moi. Mais...

MATHURINE.

Eh bien ! ses défauts ?

LUCETTE, embarrassée.

Ses défauts... c'est que... je crois que je ne l'aime plus.

MATHURINE.

Celui-là est le pire. Mais tu fais bien de m'en avertir, parce qu'à nous deux nous verrons bien mieux le parti qu'il faudra prendre, s'il nous est impossible de corriger Arlequin de ce défaut-là.

LUCETTE.

Que vous êtes bonne, ma mère! j'avais peur que cela ne vous fâchât.

MATHURINE.

Tu me connais bien mal, Lucette : rien ne peut me fâcher, quand c'est ma fille qui me le dit ; comme rien ne peut me plaire, quand c'est un autre.

LUCETTE, l'embrassant.

Ah! vous savez que je ne vous cache rien.

MATHURINE.

Revenons à ton amour : tu n'en as donc plus pour Arlequin ?

LUCETTE.

Je ne vous assurerai pas la chose ; mais voici tout bonnement ce qui m'arrive. Monsieur Duval est un très-joli garçon, qui a beaucoup d'esprit, qui a vécu dans le beau monde à Paris, où il m'a dit que toutes les dames de la cour étaient folles

de lui : ce monsieur Duval est amoureux de moi ;
toutes les filles du village en crèvent de dépit, cela
me fait plaisir ; Arlequin en a du chagrin, cela
me fait peine : je ne sais comment arranger tout
cela. Je voudrais bien aimer toujours Arlequin ;
mais je voudrais aussi être toujours aimée de monsieur Duval.

MATHURINE.

C'est difficile, mon enfant. Mais, en supposant
que cela pût s'arranger, ton cœur ne te ferait-il
pas quelque petit reproche ?

LUCETTE.

Non, ma mère, parce que je vous le dirais ; et
dès-lors il n'y aurait plus de mal.

MATHURINE.

Il est certain que je le préviendrais, en te faisant voir combien tu serais injuste ; car chacun de
tes deux amans te donnerait son cœur tout entier ;
et toi, tu ne pourrais donner à chacun d'eux que
la moitié du tien : ce marché serait-il égal ?

LUCETTE.

Non, assurément : je tricherais ; et cela n'est
pas honnête. Il faut donc que je me décide entre
Arlequin et M. Duval ?

MATHURINE.

Je le crois ; et je te conseille, quand tu te seras

décidée, de ne plus changer, car ce serait encore une injustice.

LUCETTE.

Comment cela ?

MATHURINE.

C'est bien aisé à comprendre. Quand le seigneur du village m'a donné sa ferme, il m'a dit : Madame Mathurine, je vous donne tant de journaux à faire valoir, et vous me rendrez tant d'écus par an. Si, au moment de la moisson, il venait me dire : Je vous rends vos écus et je reprends mes journaux, n'est-il pas vrai qu'il agirait en malhonnête homme, puisque c'est la moisson qui doit me payer, non-seulement de mes écus, mais de mes peines et de mon travail.

LUCETTE.

Sans doute.

MATHURINE.

Et bien, quand tu auras choisi ton amoureux, et que tu lui auras dit : Je reçois votre amitié, et je vous donne la mienne; si, au moment où il compte t'épouser, tu vas lui dire ; Je vous rends votre amitié, et je veux reprendre la mienne, tu fais le même trait que le seigneur, c'est-à-dire, une très-grande injustice.

LUCETTE.

Vous avez raison, ma mère. Ah! mon Dieu! comme il est difficile d'être juste !

MATHURINE.

Pas tant que tu le crois.

LUCETTE.

Mais, ma mère, vous me faites penser à une chose : j'avais déjà donné mon amitié à Arlequin.

MATHURINE.

Je le sais bien : apparemment que tu as de bonnes raisons pour la reprendre.

LUCETTE.

Non, je n'en ai point de raisons ; et voilà ce qui me fâche.

MATHURINE.

Consulte bien ton cœur.

LUCETTE.

Mon cœur est pour Arlequin, ce n'est pas là l'embarras. Mais c'est que si je congédie monsieur Duval, il deviendra l'amoureux de quelque fille du village, qui croira me l'avoir enlevé, et à cause de cela être plus jolie que moi : cela n'est point agréable, ma mère.

MATHURINE.

N'as-tu que cette raison ?

LUCETTE.

Oh ! j'en ai encore une autre : c'est que j'ai tort avec Arlequin ; il faudrait en convenir ; et je ne peux pas souffrir cela. Cependant... Mais j'entends quelqu'un. C'est monsieur Duval qui m'apporte un bouquet.

SCÈNE III.

MATHURINE, DUVAL, LUCETTE.

DUVAL, d'un ton très-fat.

Oui, mademoiselle. (à Mathurine.) Madame, j'ai l'honneur de vous présenter mon respect. (à Lucette.) Depuis que vous m'avez permis de vous offrir des fleurs, elles viennent d'elles-mêmes dans le jardin de mon oncle.

LUCETTE.

Vous êtes bien honnête, monsieur Duval.

MATHURINE, à part.

Ces fleurs-là vont détruire tout mon ouvrage.

DUVAL.

J'espère que madame Mathurine me permettra bien de faire deux parts de mon bouquet. Je mettrai d'un côté les roses pour la mère, et de l'autre les boutons pour la fille : chacune aura ce qui lui ressemble ; quoique en vérité, quand vous êtes près l'une de l'autre, je vous prends toujours pour les deux sœurs, et j'ai de la peine à distinguer l'aînée.

LUCETTE.

Ma mère, entendez-vous ?

MATHURINE.

Tenez, monsieur Duval, vous croyez me faire

un compliment, et vous vous trompez. Je serais bien fâchée d'être sa sœur, car je ne serais plus sa mère ; et je ne connais pas dans le monde un nom plus doux : ni un plus bel état.

DUVAL.

En ce cas, les roses vous appartiennent.

(Il chante, à Mathurine.)

En approchant de vous ces fleurs,
Vous allez ternir leurs couleurs,
Bien moins brillantes que les vôtres.

(à Lucette.)

Ces tendres boutons s'ouvriront
Quand sur votre sein ils seront
Accompagnés de quelques autres.

LUCETTE.

Eh bien ! ma mère, a-t-il de l'esprit ?

DUVAL.

A propos, madame Mathurine, mon oncle m'a chargé de vous dire qu'il avait trouvé, dans de vieux papiers, un titre par lequel vous avez des droits certains sur les biens d'un nommé Arlequin, un paysan de ce village, une espèce d'imbécile, à ce qu'on dit. Mon oncle vous offre de commencer le procès, et vous répond de le gagner.

MATHURINE.

Monsieur votre oncle a bien de la bonté.

DUVAL.

Cela vaut la peine d'y penser. (à Lucette.) Vous ne savez pas ce qui m'est arrivé ce matin ?

LUCETTE.

Non.

DUVAL.

J'ai reçu une lettre fort tendre de la fille de ce
gros paysan... comment l'appelez-vous donc?...
qui a l'honneur de vous appartenir.

LUCETTE.

Qui? mon oncle Thomas?

DUVAL.

Justement. Sa fille, qui n'est pas trop mal, en
vérité, m'écrit qu'elle m'adore; que mon amour
pour vous la fait mourir de chagrin; qu'elle est fille
unique et fort riche; qu'elle s'estimera la plus
heureuse des femmes, si je veux bien... (Il s'aperçoit
que Mathurine l'écoute, et il s'interrompt pour lui dire :) Mon oncle
m'a recommandé de vous dire, au sujet de ce titre,
que son frère, procureur à Paris, vous servira de
tout son cœur. Et c'est un homme sur lequel on
peut compter, un homme du plus grand mérite :
il a ruiné plus de vingt familles avec bien moins de
moyens que ce titre-là n'en fournit.

MATHURINE.

Oh! je le crois.

DUVAL.

Je vous conseille de vous en occuper. (à Lucette.) J'ai
répondu que mon cœur était pris; que je la plai-
gnais de toute mon âme; mais que j'avais déjà l'ha-

bitude de vous faire des sacrifices , puisqu'enfin vous seule m'empêchiez de retourner à Paris , où cinq ou six femmes de la première volée sont malades de mon absence... (à Mathurine.) Que faudra-t-il dire à mon oncle ?

MATHURINE.

Vous le remercierez de ma part, et vous lui direz qu'avant toutes choses je serais bien aise de voir le titre dont il s'agit. Si vous voulez me l'apporter tantôt, nous en raisonnerons ensemble.

DUVAL.

Écoutez, c'est aujourd'hui dimanche : tout le monde est déjà assemblé sur la place pour danser ; je vais y mener mademoiselle Lucette, et de là je cours chercher le titre, que je vous apporte dans l'instant.

LUCETTE.

Mais vous reviendrez danser après ?

DUVAL, à demi-voix.

N'en doutez pas. (haut.) Mademoiselle, il faut que les affaires marchent avant les plaisirs : mais on peut tout arranger en s'y prenant bien.

MATHURINE.

Je vais vous attendre ici.

LUCETTE, à sa mère.

Comme il est raisonnable pour son âge, et comme il est poli !

DUVAL.

Eh bien ! venez-vous sur la place ; je suis sûr
que tout le monde vous désire.

(Il chante.)

Allons danser sous ces ormeaux,
Venez, venez, belle Lucette ;
Allons danser sous ces ormeaux,
J'entends déjà les chalumeaux.

A tous les jeux que l'on apprête
Vous seule donnez des appas :
Si l'on ne vous y voyait pas,
Dimanche ne serait point fête.

LUCETTE , à Mathurine.

Comme il est aimable ! Oh ! ma mère, me voilà
décidée ; et vous n'avez qu'à dire à l'autre de prendre son parti. (Lucette donne le bras à Duval, et ils s'en vont.

(Ils chantent, en sortant.)

Allons danser sous ces ormeaux,
Venez, venez, belle Lucette ;
Allons danser sous ces ormeaux,
J'entends déjà les chalumeaux.

SCÈNE IV.

MATHURINE.

Tout est perdu, ma fille aime Duval ; et ce qui
la séduit en lui me prouve clairement qu'elle sera
malheureuse. Si je voulais me servir un moment

de mon autorité de mère, je suis bien sûre que Lucette obéirait. Obéir ! ce mot-là tue tout. D'ailleurs c'est un mauvais moyen. En m'opposant à son amour, je ne le rendrai que plus fort ; je ferai haïr Arlequin en ordonnant qu'il soit aimé. Ah ! Lucette, Lucette, je ne veux que te rendre heureuse ; et pour y parvenir il faut que je ruse avec toi ! Hélas ! que nous payons cher le bonheur d'avoir des enfans ! A peine sont-ils nés, que mille maux les menacent : ils n'en souffrent que lorsque ces maux sont venus ; leur mère en souffre même avant qu'ils viennent. Dans la jeunesse, des dangers plus grands ; passionnés pour tout ce qui peut leur nuire, travaillant avec ardeur à devenir malheureux, et ne se souvenant de leur mère que quand ils ont à l'affliger. Je sais tout cela ; je me le répète souvent ; et un sourire de ma fille me le fait toujours oublier. Allons, prenons courage : puisque nous les aimons tant, il faut cependant bien que le plaisir passe la peine. Mais voici ce pauvre Arlequin ; il me fait pitié.

SCÈNE V.

MATHURINE, ARLEQUIN.

ARLEQUIN, pleurant.

Ah mon Dieu ! mon Dieu ! que je suis à plaindre !

MATHURINE.

Qu'as-tu donc, mon ami ? tu pleures.

ARLEQUIN.

Sans doute, je pleure ; et je n'en ai que trop sujet.

MATHURINE.

Que t'est-il arrivé ?

ARLEQUIN.

Vous savez bien ce sansonnet que j'élevais depuis plus d'un an, et qui disait si bien : J'aime Lucette, j'aime Lucette...

MATHURINE.

Eh bien ?

ARLEQUIN.

Eh bien ! comme mademoiselle Lucette a l'air de ne plus m'aimer, j'ai cru que c'était le moment de lui donner le sansonnet, afin qu'au moins elle se souvînt de moi, quand le sansonnet lui dirait : J'aime Lucette. En conséquence, je l'ai tiré de sa cage, je lui ai attaché à la pate le plus beau ruban de ma mère, et j'ai été pour le porter à mademoiselle votre fille... Ah mon Dieu ! mon Dieu ! c'est bien à présent qu'il n'y a plus d'espérance !
(Il pleure.)

MATHURINE.

Eh bien ! as-tu vu ma fille ?

ARLEQUIN.

Sûrement, je l'ai vue ; je l'ai rencontrée avec

monsieur Duval , qui s'en allait à la danse. Pardi !
ils chantaient tous deux comme deux rossignols :
cela m'a fait un peu de peine ; mais cependant je
n'ai pas dit autre chose que d'ôter mon chapeau,
et j'ai présenté le sansonnet à mademoiselle Lucette.
Ah ! c'est là, c'est là que j'ai bien vu que j'étais
perdu !

MATHURINE.

Explique-toi donc, car tu m'impatientes. Que
t'a dit ma fille ?

ARLEQUIN.

Ce qu'elle m'a dit ? Je le sais bien ce qu'elle m'a
dit ; et je m'en souviendrai long-temps.

MATHURINE.

Mais, si tu veux que je le sache, il faut aussi me
le dire.

ARLEQUIN.

Elle m'a dit qu'elle n'aimait point tous ces ani-
maux-là qui disaient toujours la même chose : ainsi,
a-t-elle ajouté, vous et votre sansonnet pouvez vous
aller promener ; je vous donne la clef des champs.
En disant ces paroles, elle a lâché le ruban, et le
sansonnet s'est envolé, en répétant : J'aime Lucette, j'aime Lucette.

MATHURINE.

Ce trait-là n'est pas de ma fille. Et qu'as-tu fait ?

ARLEQUIN.

Moi, je n'ai pas pu m'envoler : je suis resté pé-
trifié ; et, malgré cela, mon cœur disait toujours
comme le sansonnet : J'aime Lucette.

MATHURINE.

C'est ce malheureux Duval qui a sûrement engagé ma fille à une si mauvaise action.

ARLEQUIN.

Oh ! madame Mathurine, tout est fini : ce dernier trait me fait voir clair ; votre fille ne m'aime
plus du tout. Il faut que je prenne mon parti ; et
il est pris.

MATHURINE.

Je n'ose te donner beaucoup d'espérance, il ne
m'en reste guère à moi-même. Cependant...

ARLEQUIN.

Oh ! après l'histoire du sansonnet, il n'y a plus
de *cependant* ; mon parti est pris, madame Mathurine, mon parti est pris. Dès que le sansonnet
a vu qu'on ne l'aimait plus, il s'en est allé tout de
suite : le sansonnet a eu raison.

MATHURINE.

Écoute-moi : j'imagine un moyen dont l'exécu-
tion est difficile ; je risque même beaucoup à l'en-
treprendre : mais s'il me réussit, avant la fin du
jour nous serons tous heureux.

ARLEQUIN.

Excepté moi.

MATHURINE.

Le serions-nous sans toi, nigaud ? Mais , n'est-ce pas Duval qui vient là-bas ?

ARLEQUIN.

Eh ! mon Dieu oui ; cette figure-là me poursuit toujours.

MATHURINE.

Laisse-nous seuls; je vais lui tendre un piége où j'espère qu'il sera pris. Va m'attendre chez ta mère.

ARLEQUIN.

Oh ! je n'attends plus, je suis décidé. Mais je vous reverrai , madame Mathurine , je vous reverrai ; car je vous aime beaucoup, et je viendrai vous dire adieu. Adieu , madame Mathurine ; je viendrai vous dire adieu. (Il sort.)

SCÈNE VI.

MATHURINE.

Voici Duval. Il doit être bien difficile de le tromper. Puisse ma tendresse pour ma fille me donner tout l'esprit dont j'ai besoin !

SCÈNE VII.

MATHURINE, DUVAL.

MATHURINE.

Ah! vous voilà, monsieur Duval; je ne vous attendais plus.

DUVAL.

J'avais à vous remettre quelque chose qui peut vous être utile ; vous m'avez promis de causer avec moi : voilà deux motifs bien puissans pour me rappeler près de vous.

MATHURINE.

Oui : mais vous étiez avec ma fille, et je m'étonne que vous vous soyiez souvenu de moi.

DUVAL.

Il est certain qu'en regardant mademoiselle Lucette il est permis de tout oublier : elle vous ressemble beaucoup.

MATHURINE.

Ah! monsieur Duval, vous lui volez cette douceur-là. Pour ne plus vous obliger à mentir, parlons d'autre chose. Où est ce titre avec lequel je pourrais réclamer les biens de la famille d'Arlequin ?

DUVAL.

Le voici, madame. (Elle veut le prendre, Duval s'y oppose.) Mais je ne peux vous le laisser qu'autant que vous

en ferez usage, et que mon oncle sera chargé du
procès : telle est sa volonté, que je n'ai pu faire
changer. Si, par exemple, vous veniez à marier
mademoiselle votre fille, et que vous fussiez bien
aise d'augmenter sa dot en lui abandonnant ce
titre, alors mon oncle se ferait un plaisir de vous
le céder.

MATHURINE.

On ne peut pas être plus obligeant. Mais, monsieur Duval, ce titre est personnel à moi; c'est à
moi seule qu'il appartient : il ne pourrait servir à
ma fille que dans le cas où je la ferais mon héritière
en la mariant.

DUVAL.

Cela va sans dire : mais personne ne doute de
vos intentions à ce sujet. On vous connaît trop
bien, madame Mathurine, pour n'être pas sûr que
vous donnerez tout à mademoiselle Lucette; que
vous lui laisserez choisir l'époux qui lui plaira; et
qu'enfin vous n'avez amassé vos richesses que pour
avoir le plaisir de lui en faire une dot.

MATHURINE.

Il est certain que sans moi ma fille n'aurait pas
grand'chose. Son père était pauvre quand je l'é-
pousai ; je fis sa fortune : plaisir bien doux, monsieur Duval, plaisir que je n'ai éprouvé qu'une
fois, et qui est le plus grand, sans doute, que la richesse puisse donner !

DUVAL.

Vous retrouverez ce plaisir, madame Mathurine,
vous le retrouverez quand vous direz à l'époux
qu'aura choisi mademoiselle Lucette : Mon ami,
tu es aimable, et ma fille t'aime ; c'est son métier :
mais tu es pauvre, et je te donne toute ma fortune ;
voilà le mien. En prononçant ces paroles, vous re-
mettrez dans ses mains vos contrats, vos baux, vos
billets, votre argent ; vous jouirez de sa surprise,
de sa reconnaissance. Ah ! quel moment, madame
Mathurine, quelle satisfaction pour monsieur votre gendre et pour vous ! Tenez, moi, je suis né
très-sensible ; et mon cœur est ému à cette seule
idée. Il me semble que je vois tout cela ; et je sens
la joie... les transports... le plaisir... Oh ! c'est
un beau moment, madame Mathurine.

MATHURINE.

J'en conviens. Mais je n'ai pas trente-quatre
ans ; j'ai un cœur tout comme une autre : il est
possible que je trouve quelqu'un qui me plaise ; il
est encore possible que je plaise à quelqu'un : n'est-
il pas vrai, monsieur Duval ?... On a vu des choses
plus extraordinaires.

DUVAL.

Pour cela, madame, ce ne serait point du tout
singulier.

MATHURINE.

Et bien, si après avoir mis d'un côté le bien
qui revient à ma fille, je mettais d'un autre le reste
de ma fortune, qui est quatre fois plus considérable, et, par là-dessus, le titre que vous tenez ; que
je vinsse, avec cette dot, à trouver un aimable garçon.... comme vous, je suppose ; il ne faut pas
que cela vous fâche, ce n'est qu'une supposition ;
et que je vous dise : Mon cher ami, vous me plaisez, c'est votre métier ; je vous épouse, c'est le
mien ; je vous donne tout ce que j'ai, c'est mon
plaisir ; et qu'en prononçant ces mots, je vous mis-
se en possession de tous mes biens, de tout mon
argent, de tous mes contrats : c'est une supposition, comme vous entendez bien ; mais vous con-
viendrez que, dans cette supposition-là, je jouirais
bien mieux de la surprise, de la joie, de la reconnaissance de celui que j'enrichirais. Ah ! quel
moment, monsieur Duval, quelle satisfaction pour
mon époux et pour moi ! Tenez, je ne le cache pas,
je suis encore sensible ; et mon cœur tressaille un
peu à cette idée : il me semble que j'y suis... et
je sens... en vérité... Oh ! c'est un joli moment,
monsieur Duval !

DUVAL.

Oui, oui, madame Mathurine ; et plus joli encore pour celui qui le passerait avec vous, que pour
vous-même.

MATHURINE.

Allons donc... vous vous moquez. Parlons de quelqu'un qui vaut bien mieux que moi, de ma fille : car, si je m'occupe jamais de la supposition que j'ai faite, ce ne sera qu'après l'avoir établie. Tous mes arrangemens sont pris là-dessus : l'argent qui lui revient est prêt ; j'y ajouterai même quelque chose, parce qu'une mère est toujours obligée de faire plus que son devoir ; on me permettra de disposer ensuite de ce qui me reste en faveur de la personne que mon cœur aimera le plus.

DUVAL.

Vous raisonnez si bien, madame Mathurine, que chacune de vos paroles pénètre jusqu'à mon âme. Mais votre grand malheur, celui dont je ne puis me consoler, c'est que vous êtes trop riche. Comment voulez-vous qu'un amant un peu délicat ose vous faire sa cour ?

MATHURINE.

Oh ! vous sentez bien que je n'irai pas raconter ainsi toutes mes affaires à un homme qui pourrait m'aimer. Je vous ai tout dit à vous, parce que l'on ne peut se flatter de rien avec un homme aussi couru, avec l'amant fidèle de mademoiselle Lucette. Allons, allons, changeons de propos, car cela m'impatiente. Vous venez ici me demander ma fille, me dire qu'elle vous aime, et que vous l'a-

dorez. Eh bien ! tant mieux pour vous. Je vous la
donne, sa dot est prête, le mariage se fera quand
vous voudrez.

DUVAL.

Mais, madame Mathurine, qui vous dit un mot
de cela ? Voulez-vous me faire la grâce de m'entendre un moment, et de me croire ?

MATHURINE.

Vous croire, c'est bien fort. Mais, voyons, dépêchez-vous.

DUVAL.

Il y a trois mois que je suis dans ce village, et
que je pourrais être à Paris, où je jouis, sans vanité, d'une existence fort agréable. Il faut donc
qu'un puissant motif me retienne ici ; et ce motif,
que peut-il être, sinon l'amour !

MATHURINE.

Eh ! je le sais, monsieur, je le sais ; ce n'est pas
la peine de me le répéter.

DUVAL.

Non, vous ne le savez pas ; je n'ai jamais osé
vous le dire : mais daignez l'apprendre aujour-
d'hui, puisque vous n'avez pas voulu le deviner.
En arrivant dans ce village, je vis une veuve de
trente ans, à peu près, plus jolie, plus fraîche que
toutes les filles de quinze : un visage rond, un nez
retroussé, des yeux vifs et spirituels, trente-deux

dents bien blanches et bien rangées, l'air de la
franchise et de la gaieté ; avec tous ces charmes,
un caractère d'or, bon, vrai, sensible, passionné
pour faire du bien. Vous jugez que cet être-là me
tourna la tête. Mais comment oser le lui dire, moi,
jeune étourdi, sans figure, sans esprit, sans aucun
de ces agrémens qui compensent le défaut de fortune ? Je résolus donc de ne jamais parler à cet
cette veuve de l'amour qu'elle m'avait inspiré. Peu
de jours après je rencontre une jeune fille qui lui
ressemblait à s'y méprendre ; cette seule raison me
la fait préférer à toutes les beautés du village : je
la distingue, je lui marque des attentions ; elle
m'accueille, elle accepte mon hommage ; et moi,
n'osant porter mes vœux jusqu'à l'original, je me
trouve trop heureux de les adresser au portrait.
Voilà l'histoire de mon amour pour mademoiselle
votre fille.

MATHURINE.

Monsieur Duval, il est impossible de se fâcher
d'une pareille déclaration, surtout quand on n'a
pu s'empêcher de laisser voir qu'on la désirait.
Mais enfin c'est le portrait que vous voulez, c'est
le portrait qu'il vous faut ; et vous ne seriez pas
homme à le sacrifier à l'original.

DUVAL.

Ah ! dites un mot, un seul mot, et vous verrez...

MATHURINE.

Vous abusez de vos avantages. Mais écoutez, monsieur Duval : vous m'avez raconté l'histoire de vos amours; il faut que je vous raconte la mienne. Quand mon mari vint à m'aimer, il faisait la cour à une petite paysanne du village, qui apparemment me ressemblait aussi. Je lui fis entendre que je n'aimais point ces distractions; et j'exigeai qu'il écrivit à mon portrait une lettre bien claire, par laquelle il lui annonçait qu'il ne l'avait jamais aimée, et que tout son cœur était à moi.

DUVAL.

Quel fut le prix de ce sacrifice ?

MATHURINE.

Ma main.

DUVAL.

Vous lui signâtes sans doute, en même temps qu'il écrivit la lettre, une promesse de l'épouser le lendemain.

MATHURINE.

Le jour même.

DUVAL.

Avez-vous une plume et de l'encre chez vous ?

MATHURINE.

Tout ce qu'il faut.

DUVAL.

Donnez-vous la peine de passer dans votre

maison ; nous terminerons notre conversation par écrit.

MATHURINE.

De tout mon cœur, monsieur Duval : eh! que ne parlez-vous? Souvenez-vous cependant qu'avant tout il faut que ma fille soit mariée, et que le titre soit dans mes mains.

DUVAL.

Avant tout il faut vous plaire et vous adorer à jamais. (Ils entrent dans la maison.)

SCÈNE VIII.

LUCETTE.

Duval est avec ma mère; sans doute il lui demande ma main. Je ne sais si j'en serai bien aise. Duval est aimable; mais son cœur ne vaut pas son esprit : il a trop ri quand j'ai lâché le sansonnet d'Arlequin. Ah ! ce que j'ai fait là n'était pas bien. Je vois encore ce pauvre malheureux, interdit, les larmes aux yeux, me regardant sans se plaindre : ce souvenir fait couler les miennes. Ah! qu'on est malheureux quand on a fait quelque chose de mal ! on y pense toute la journée... C'est ce Duval qui l'a exigé. Quand j'aimais Arlequin, il n'exigeait jamais rien qui pût me donner du chagrin... Je ne sais que faire; je suis bien à plaindre. Il faut

attendre ma mère; je lui dirai tout; cela me sou-
lagera.

SCÈNE IX.

LUCETTE,   ARLEQUIN, en habit de dragon, avec le casque
et le sabre.

LUCETTE.

Mais que vois-je ? C'est Arlequin!...Oui, c'est
lui... je ne me trompe pas. Et comment... ?

ARLEQUIN, se retirant.

Je vous demande pardon, mademoiselle, c'est
madame votre mère que je cherchais.

LUCETTE.

Arlequin, arrêtez, répondez-moi. Que veut dire
cet habit? que vous est-il arrivé? Je tremble de
frayeur.

ARLEQUIN.

Ne tremblez pas, mademoiselle, ne tremblez
pas, je n'ai pas le projet de tuer monsieur
Duval; je ne veux la mort de personne que la
mienne.

LUCETTE.

Mais expliquez-vous donc, et tirez-moi d'inquiétude. Pourquoi cet uniforme? Vous êtes-vous
engagé?

ARLEQUIN.

Engagé! je l'étais avec vous : c'était tout mon

bonheur, c'était toute ma joie... Vous m'avez donné
mon congé ; vous m'avez cassé avec ignominie :
j'ai été chercher un autre capitaine, bien moins
aimable, mais un peu plus sûr.

LUCETTE.

Est-il possible que vous ayiez fait cette folie?
est-il possible... ?

ARLEQUIN.

Mademoiselle, j'ai fait quelquefois des folies
plus dangereuses ; car enfin je n'ai engagé que ma
vie à mon capitaine : ce qui peut m'arriver de pis,
c'est de la perdre ; et une fois mort, on ne souffre
plus. Mais quand on engage son cœur, quand on
le donne, quand on le livre tout entier à celle que
l'on chérit plus que soi-même, et qu'après l'avoir
accepté, elle le dédaigne, le déchire, le pique de
cent coups d'épingle dans les endroits qu'elle connaît les plus sensibles, mademoiselle, cela fait plus
de mal que de mourir, et cela fait mal bien plus
long-temps.

LUCETTE.

Et que dira votre mère? Vous ne songez pas
qu'en m'abandonnant vous l'abandonnez aussi ?

ARLEQUIN.

Ce n'est pas moi qui vous abandonne, puisque
je vous emporte dans mon cœur; et que vous m'a-
vez dit : Va-t'en. Quant à ma mère, je n'ai point

d'excuse, je le sais, et j'en pleure. Mais madame Mathurine la consolera, prendra soin d'elle pendant mon absence. Je venais l'en prier, je venais lui demander de remplir ma place auprès de ma mère. Ce n'était pas vous que je cherchais, mademoiselle; je voulais partir sans vous voir.

LUCETTE.

Partir! Quoi! vous voulez partir dès aujourd'hui?

ARLEQUIN.

Tout à l'heure. Il le faut bien : le capitaine m'a dit que le général était à la veille de donner bataille, et qu'il n'attendait plus que moi pour cela. Vous jugez bien que je ne peux pas faire attendre cet honnête homme.

LUCETTE.

Mais, Arlequin, l'on vous a trompé. Soyez sûr...

ARLEQUIN.

Oh ! je le sais bien que l'on m'a trompé; mais ce n'est pas le capitaine. Mademoiselle, ne me retenez pas plus long-temps : je vous le répète encore, ce n'est pas vous que je cherchais; c'est madame Mathurine, votre mère, à qui je veux remettre ce papier. Est-elle chez elle?

LUCETTE.

Elle est en affaire. (Arlequin s'en va.) Vous me quittez donc?

ARLEQUIN, s'arrêtant.

Je tâche de m'en aller, mais je ne vous quitte pas.

LUCETTE.

Arlequin!...

ARLEQUIN, revenant.

Hé bien?

LUCETTE.

Que je suis malheureuse!

ARLEQUIN.

Je n'aurais jamais cru que c'eût été à moi de vous consoler aujourd'hui.

LUCETTE.

N'en parlons plus, puisque votre parti est pris... (Elle pleure.) Dites-moi seulement ce que c'est que ce papier que vous voulez donner à ma mère.

ARLEQUIN, refusant de le montrer.

Oh! ce n'est rien, mademoiselle, ce n'est rien.

LUCETTE.

Comment! je ne peux pas le voir?

ARLEQUIN.

Vous le verrez quelque jour : ce n'est pas mon intention que vous le voyiez dans ce moment.

LUCETTE.

Je vous en prie.

ARLEQUIN.

Vous me priez ! vous me priez de quelque chose ! vous ! voici donc encore un petit moment de bonheur.

LUCETTE.

Laissez-moi lire... (Elle prend le papier, et lit.) « *Mon Testament.* » Comment ! votre testament !

ARLEQUIN.

Sans doute : puisque l'on m'attend pour cette bataille, il faut bien mettre un peu d'ordre dans ses affaires.

LUCETTE, lisant.

« Comme ainsi soit que, dès que l'on n'est plus aimé dans ce monde, on n'a rien de mieux à faire que d'en sortir, j'ai pris mon parti de profiter des bontés d'un capitaine qui veut bien m'envoyer à la bataille. J'espère qu'aussitôt que j'y serai arrivé mon affaire sera finie le plus promptement possible; et c'est alors que je prie madame Mathurine, mère de mademoiselle Lucette, de vouloir bien être mon exécutrice testamentaire.

« D'abord, je demande pardon à ma mère de m'être fait tuer sans sa permission : mais comme c'est le premier chagrin que je lui ai donné, j'espère qu'elle me le pardonnera pour cette fois, l'assurant bien, du fond de mon âme, que jamais il ne m'arrivera plus de rien faire qui lui déplaise,

et que je ne regrette de ce monde que le bonheur
et le plaisir de l'aimer.

« Je donne et lègue à mademoiselle Lucette tout
le bien paternel dont je peux disposer sans mettre
ma mère mal à son aise, lui pardonnant ma mort
et tout ce qu'elle m'a fait souffrir, et désirant de
toute mon âme qu'elle soit heureuse avec celui
qu'elle m'a préféré. Je mets pourtant la condition
à ce legs, que le premier garçon de mademoiselle
Lucette sera nommé Arlequin, et qu'elle pensera
quelquefois à moi en aimant et en caressant Arlequin ; ce qui m'empêchera de m'ennuyer dans
l'autre monde.

« Je donne encore et lègue une petite pension
alimentaire au petit chien Aza, que j'ai donné à
mademoiselle Lucette ; sentant fort bien que ce
petit chien ne sera plus aimé de sa maîtresse, quand
elle aura épousé mon rival, et ne voulant pas que
ce bon petit chien, qui a été mon camarade, meure
de faim pour avoir déplu comme moi.

« Voilà à quoi se réduisent toutes mes volontés : c'est la première et la dernière fois que j'en
ai d'autres que celles de mademoiselle Lucette. »

                              « Signé ARLEQUIN. »

(Arlequin veut reprendre le testament, Lucette le retient.)

Arlequin, gardez votre bien ; mais laissez-moi
cet écrit : il ne me quittera jamais ; je le lirai toute

ma vie, du moins jusqu'à ce que mes larmes l'aient effacé.

ARLEQUIN.

Vos larmes! Quoi! vous pleurez! Et de quoi pleurez-vous? Que vous est-il arrivé, mademoiselle Lucette? Ah! parlez, contez-moi vos peines : j'ai bien cédé votre bonheur à M. Duval, mais je ne veux céder à personne vos chagrins.

LUCETTE.

Mon ami...

ARLEQUIN.

Oui, je le suis votre ami, je le suis toujours, je le serai tant que je vivrai. Vous n'avez plus voulu être mon amie, vous m'avez ôté votre amitié ; c'est un bien grand malheur pour moi : mais ce qui l'a un peu allégé, c'est que je n'ai jamais pu vous ôter la mienne. Répondez-moi donc : qu'avez-vous? qu'est-ce qui vous chagrine.

LUCETTE.

Le repentir, la honte d'avoir pu vous méconnaître un moment, d'avoir été ingrate envers vous. Ma vanité, mon âge, m'ont égarée : mon cœur n'a pas été coupable, mon cœur vous a toujours aimé, Arlequin ; soyez-en bien sûr ; et cet amour si vrai...

ARLEQUIN.

Que dites-vous donc, Lucette? Répétez, répétez,

je vous en prie. Je n'ai sûrement pas bien entendu.
Vous m'aimeriez ! vous m'aimeriez encore ! Hélas !
mon Dieu, votre changement a pensé me faire
mourir de douleur ; votre retour me ferait mourir
de joie. Je n'ai pas besoin d'aller à la bataille, vous
me tuerez quand vous voudrez.

LUCETTE.

Oui, je t'aime, je t'ai toujours aimé ; je pleu-
rerai toute ma vie le malheur de t'avoir perdu : je
te le dis, je te le répète, je trouve du plaisir à te
l'avouer dans l'instant où je n'espère plus de pardon, où je ne me flatte plus...

ARLEQUIN.

De pardon ! ma bonne amie, qu'est-ce que c'est
que ce mot-là ? Quoi ! j'allais mourir, tu m'accordes
la vie, et tu me parles de te pardonner ! Mais c'est
à moi de te remercier, puisque c'est moi qui reçois
ma grâce.

LUCETTE.

Quoi ! tu daignerais...

ARLEQUIN.

Oui, je daignerai être heureux : car il ne faut
pas t'abuser, toute perfide, toute infidèle que tu
étais, je n'ai jamais pu te haïr. Tu l'aurais été cent
fois davantage, que je t'aurais toujours chérie : il
dépendait de toi, mon amie, de m'ôter mon bonheur, mais non pas mon amour.

LUCETTE, lui tendant la main.

Faisons-donc la paix, veux-tu?

ARLEQUIN.

De toute mon âme; mais vous ne danserez plus avec monsieur Duval?

LUCETTE.

Je ne lui parlerai de ma vie. Mais tu n'iras point à la guerre?

ARLEQUIN.

Ah dame! c'est difficile à arranger, à cause de ce général qui m'attend. Mais, écoute, je lui écrirai qu'il donne toujours sa bataille, parce que j'ai eu des affaires, et que je me suis arrangé avec toi; et s'il lui fallait absolument quelqu'un, nous pourrions lui envoyer à ma place monsieur Duval. Ma mère arrangera tout cela avec le capitaine, qui est un bon homme.

LUCETTE.

Et le sansonnet?

ARLEQUIN.

Il est revenu chez nous. Ce drôle-là s'est douté que nous nous raccommoderions.

LUCETTE.

Puisque tu me pardonnes, je suis heureuse, et je te promets bien que monsieur Duval ne te donnera jamais de chagrin. Je veux lui déclarer devant toi...

SCÈNE X.

ARLEQUIN, LUCETTE, UN VALET DE FERME.

LE VALET, une lettre à la main.

Mademoiselle, voici un billet que monsieur Duval m'a chargé de vous remettre.

LUCETTE.

Je n'en ai que faire; vous pouvez le lui reporter.

LE VALET.

Oh ! je m'en garderai bien, monsieur Duval me gronderait : il m'a dit de vous le donner, le voilà. Il faut que je m'accoutume à obéir à monsieur Duval ; à présent qu'il va être le gendre de madame Mathurine, il nous ferait enrager tout à son aise.

ARLEQUIN.

Que parles-tu de gendre de madame Mathurine?

LE VALET.

Je dis ce qui est vrai, que monsieur Duval va épouser mademoiselle Lucette.

ARLEQUIN.

Monsieur Duval va épouser Lucette! Qui t'a dit cela?

LE VALET.

Je le sais bien, peut-être, puisque j'ai ordre

d'aller chercher monsieur le tabellion pour le contrat de mariage, et d'amener en même temps les ménétriers. Madame Mathurine fait là une sottise. Si elle m'avait consulté, je lui aurais dit de vous donner plutôt sa fille ; car, en vérité, quoique vous soyiez un petit peu innocent, je vous aimerais cent fois mieux pour maître que ce petit freluquet. Mais je perds mon temps à babiller. Vous avez votre lettre ; bonsoir. Dieu vous maintienne en joie !
(Il s'en va.)

SCÈNE XI.

ARLEQUIN, LUCETTE.

ARLEQUIN.

Comment ! vous me promettez de ne plus danser avec monsieur Duval, et vous allez vous marier avec lui !

LUCETTE.

Mon ami, je te réponds, je te jure, que je l'ignore ; que ma mère ne m'en a pas parlé, et que rien au monde ne pourra m'y faire consentir.

ARLEQUIN.

Je vous crois, Lucette, je vous croirai toujours : voilà pourquoi ce serait bien mal à vous de me tromper. Mais lisez votre lettre ; que je ne vous gêne pas.

LUCETTE.

Non, mon ami, c'est à toi de la lire ; c'est à toi
d'en faire tout ce que tu voudras.

ARLEQUIN.

Point du tout ; elle n'est pas pour moi...

LUCETTE.

Elle est pour toi, puisqu'elle me regarde. Je ne
puis ni ne veux avoir de secret pour le maître de
mon cœur : prends cette lettre, lis, et ne te fâche
pas des expressions de tendresse qu'elle contient.
Duval croit m'épouser ; il m'adore ; il parle sûrement de son bonheur avec toute la vivacité de son
amour : pardonne-le lui, mon ami, et sois bien sûr
que plus cette lettre est tendre, plus j'ai de plaisir
à te la sacrifier.

ARLEQUIN.

Allons, voyons donc, puisque vous le voulez... Cela me fait pourtant un peu de peine : je n'aime pas
à entendre dire par un autre ce que je voudrais
penser et dire tout seul. Mais allons, il faut s'y
résoudre, quand ce ne serait que pour m'instruire,
et voir un peu avec quelles douceurs monsieur Duval tourne si bien la tête aux jeunes filles. (Il ouvre
et lit.)

« MADEMOISELLE,

« J'ai été poli et galant avec vous comme je le suis
avec toutes les femmes, et vous avez pris cette ga-

lanterie pour de l'amour. J'en suis d'autant plus fâché que vous m'avez offert votre cœur, et qu'il m'est impossible de l'accepter, puisque le mien est tout entier à celle à qui je vais m'unir.

« DUVAL. »

LUCETTE, riant.

C'est toi qui t'amuses à faire cette lettre-là?

ARLEQUIN.

Moi? je n'ai jamais fait ni écrit de pareilles impertinences. Je lis ce qu'il y a.

LUCETTE, prenant la lettre.

Cela n'est pas possible.

ARLEQUIN.

Voyez vous-même.

LUCETTE, après avoir lu.

Ah, le traître ! Mon ami, ne m'accable pas : je n'avais pas encore reçu cette lettre, je ne m'attendais pas à la recevoir, quand je t'ai rendu mon amour, quand je t'ai dit..,

ARLEQUIN.

Ne parlons plus de rien, Lucette. Si ta faute n'avait pas été punie, j'aurais pu te la rappeler quelquefois pour te faire enrager; mais, après cette lettre-ci, je mériterais que tu m'oubliasses tout-à-fait si je pouvais m'en souvenir un seul moment. (Il déchire la lettre) Parlons de notre maria-

ge. Je t'aime plus que jamais ; je ne t'ai jamais vue
si belle, si jolie qu'aujourd'hui ; et tout mon bonheur, toute ma confiance, toute ma gaieté, sont
revenus dans mon cœur

LUCETTE.

Ah ! mon cher Arlequin, combien je sens ton
procédé !

ARLEQUIN.

Ne sens que ma joie, c'est tout ce que je demande : et oublie à jamais tout ce qui n'est pas ta mère
ou moi... Mais voici madame Mathurine avec monsieur le tabellion ; et... toujours ce monsieur !

SCÈNE XII.

LUCETTE, ARLEQUIN, DUVAL, MATHURINE,
LE TABELLION.

MATHURINE.

Ma fille, voici le moment de terminer bien des
affaires. Monsieur le tabellion nous aidera ; il porte avec lui ton contrat, où le nom de ton mari
est en blanc : c'est à toi, comme de raison, à le
remplir ; vois si tu veux du temps pour te décider,
ou si tu peux t'expliquer tout de suite.

LUCETTE.

Grâce au ciel, ma mère, je n'ai pas besoin de
réflexion pour faire écrire sur ce papier le nom
qui a toujours été dans mon cœur. (au tabellion.)

Monsieur le tabellion, écrivez que mon mari, mon amant, mon ami, s'appelle Arlequin.

ARLEQUIN.

Oui, monsieur, entendez-vous ?... Et n'oubliez aucune¸ de mes qualités.

LE TABELLION.

Je vous en fais mon compliment. Mais est-ce là votre habit de noces?

ARLEQUIN.

Non, non, c'est mon habit de la veille.

MATHURINE.

Ta mère sort de chez moi ; elle savait déjà la folie que tu as faite, et elle est allée chez le capitaine pour acheter ton congé.

ARLEQUIN.

Elle a raison, ma mère, car voici mon colonel ; et je quitte le capitaine pour suivre le colonel : je sais ce que c'est que la subordination.

MATHURINE.

Ce n'est pas tout. Voici un titre avec lequel je pouvais ruiner ta bonne mère et toi-même. Tant que tu le saurais dans mes mains, tu te croirais obligé de m'aimer, pour que je n'en fisse pas usage : il faut que tu m'aimes, comme tu le disais tantôt, seulement pour ton plaisir. Tiens, voilà ton titre (Elle le déchire.)

DUVAL.

Ah , madame !

MATHURINE.

Un moment. Sais-tu ce qu'il m'en a coûté, ma
fille, pour assurer le repos du bon Arlequin, de sa
mère, et pour faire avouer à monsieur qu'il ne t'a-
vait jamais aimée ? une promesse de mariage, qu'il
faudra bien tenir, si monsieur l'exige, après cer-
taines dispositions que je veux faire auparavant.
Monsieur le tabellion, écrivez que par-dessus la dot
qui revient à ma fille je lui donne dès aujourd'hui
tout ce que je possède dans le monde, tout ce que
je pourrai jamais posséder ; que je me remets entièrement à sa disposition ; et expliquez cela de manière qu'il soit aussi clair que tout mon bien est à
ma fille, comme il est clair qu'elle a tout mon cœur.

LUCETTE.

Ah, ma mère !

MATHURINE,

Laisse-moi parler. (à Duval.) A présent, monsieur, qu'il ne me reste plus que les appas qui vous
ont séduit, si vous voulez ma main, vous n'avez
qu'à dire, je subirai mon sort. Mais notre fortune
dépendra de mademoiselle Lucette : c'est à elle à
me faire une dot pour me forcer à un mariage
que je déteste. Demandez-lui donc ses intentions :
voilà ma mère.

DUVAL.

Madame, il m'est impossible de vous exprimer à quel point cette plaisanterie m'enchante. Je suis ravi d'y être pour quelque chose. Je vous rends votre promesse. En vous épousant, nous serions tous deux malheureux ; en ne vous épousant pas, nous sommes tous les quatre contens : il n'y a pas de comparaison... Et, d'après ce calcul, je crois n'avoir rien de mieux à faire que de prendre congé de la compagnie.

MATHURINE.

Vous devinez notre avis.

ARLEQUIN, le rappelant

Monsieur ! monsieur !

DUVAL.

Quoi ?

ARLEQUIN.

Comme vous avez beaucoup d'esprit, et que je ne suis qu'une bête, ne pourriez-vous pas me faire quelques petits couplets sur mon mariage ? je vous serais bien obligé.

MATHURINE, à Arlequin.

Allons, mon ami, allons faire la noce chez ta mère ; je veux lui porter un bouquet et en recevoir un de sa main : le jour du bonheur des enfans est la fête des bonnes mères.

FIN DE LA BONNE MÈRE.

LE BON FILS,

COMÉDIE

EN TROIS ACTES ET EN PROSE,

Représentée sur un théâtre de société le 1er novembre 1785.

PERSONNAGES.

MARCELLE, vieille paysanne.
FIRMIN, son fils.
THIBAUT, paysan du village.
AGATHE, sa fille.
GIRAUT, fermier.

La scène est dans un village.

LE BON FILS,

COMÉDIE.

ACTE PREMIER.

(Le théâtre représente des arbres et des maisons ; celle de Marcelle se distingue sur un des côtés de la scène. Marcelle, assise devant sa porte, file sa quenouille ; Firmin, son fils, assis auprès d'elle, tient un livre dans ses mains.)

SCÈNE PREMIÈRE.

MARCELLE, FIRMIN.

FIRMIN.

Ces fables sont assez jolies, ma mère; voulez-vous que jen lise encore une?

MARCELLE.

Comme tu voudras, mon fils : mais il y a long-temps que tu lis haut ; je crains que cela ne te fatigue.

FIRMIN.

Bon ! fatiguer ! Je m'interromps pour causer avec vous; cela me repose. Voyons encore celle-ci.
(Il lit.)

LA BREBIS ET L'AGNEAU,

FABLE.

Une brebis un jour disait à son agneau :

Mon fils , je suis toute saisie ,
En songeant aux dangers qui menacent ta vie ;
Tout le monde t'en veut ; le maître du troupeau
    Attend que tu fasses envie
A quelque bon boucher , autrement dit bourreau ,
Qui nous prend , nous achète , et , sans cérémonie ,
    De sang froid vient nous égorger.
    Son confrère le loup t'épie ,
    Comme lui , voulant te manger.
Enfin contre mon fils tout à la fois conjure :
Tu vois le jour à peine, on va te le ravir ;
Et plus vieille que toi , je te verrai mourir ,
    Contre l'ordre de la nature.
Hélas ! répond l'agneau , c'était un de mes vœux :
Mourir jeune n'est pas un destin si contraire ;
    Je serais bien plus malheureux ,
    Si je survivais à ma mère.

Ah ! ma mère , cette fable me plaît beaucoup ;
je suis le frère de cet agneau-là.

MARCELLE.

Celui qui l'a fait ainsi parler t'avait sûrement
entendu. Mais laisse ton livre, mon ami, et viens
m'embrasser ; l'émotion où je suis m'empêcherait
d'être attentive.

FIRMIN, l'embrassant.

J'aime encore mieux cela que la fable.

MARCELLE.

Regarde, mon ami, combien ta tendresse me
rend heureuse ! Nous sommes pauvres, nous n'a-

vons rien au monde que cette chaumière, et notre
petit jardin; j'ai perdu mon mari, je n'ai plus de
parens, je suis souvent tourmentée par des créan-
ciers de ton père, qui avait un peu le défaut d'em-
prunter, et qui, de bons bourgeois que nous étions
autrefois, nous a réduits à devenir des paysans
pauvres; tout ce qu'il a laissé de dettes me regarde, parce que je me suis engagée pour lui; j'ai
soixante-neuf ans, et je commence à souffrir des
infirmités de la vieillesse : eh bien! quand tu es
près de moi, quand je te vois, quand je t'entends,
surtout lorsque tu m'embrasses, je suis jeune,
riche, bien portante; je retrouve tout ce que j'ai
perdu; une seule de tes caresses me fait oublier
dix ans de chagrin; et quand tu m'appelles ta
mère, j'éprouve un plaisir cent fois au-dessus de
toutes les peines que j'ai souffertes. Je te dis cela,
mon cher fils, parce que je m'aperçois bien que tu
crois m'avoir des obligations, que tu t'occupes
sans cesse de me prouver ta reconnaissance ; et il
ne faut pas t'abuser, vois-tu : c'est ta mère qui
t'en doit.

FIRMIN.

Ah ! bien oui, par exemple, voilà de jolis propos ! Tenez, je vous parle en ami : n'allez pas dire
ces choses-là devant du monde, car on se moque-
rait de vous. Devant moi, à la bonne heure, il n'y

a pas d'inconvénient, parce que je vous passe tout ;
mais...

MARCELLE.

Non, je veux que tu sois bien sûr...

FIRMIN.

Oui, je le suis aussi que vous êtes pour moi ce
qu'il y a de plus cher au monde ; que sans vous
je ne pourrais pas vivre ; et que si vous ne m'aimiez pas, je n'aurais plus de plaisir à rien, pas
même à aimer Agathe.

MARCELLE.

Tu l'aimes bien, ton Agathe ?

FIRMIN.

Oh ! c'est la seconde personne de mon cœur :
d'abord vous ; puis Agathe, puis moi ; puis plus
rien.

MARCELLE.

Heureusement qu'Agathe a un frère qui l'empêche d'être riche, et que son père, monsieur Thibaut, a déclaré qu'il ne lui donnerait point de dot.
Sans cela, tu n'aurais pu prétendre à Agathe. Mais,
comme elle est pauvre, et toi aussi, on vous permettra d'être heureux.

FIRMIN.

Oui, ma mère, tout ira bien. Agathe, comme
vous savez, est la filleule de madame la comtesse
de Gircourt, à qui appartient ce village. Madame

de Gircourt, m'a promis hier encore de parler pour
moi à monsieur Thibaut. Cette bonne madame de
Gircourt, elle m'a dit qu'elle était bien fâchée de
n'être pas riche ; car sans cela elle aurait donné
une bonne dot à Agathe. Oh! madame, lui ai-je
dit, il ne faut pas vous gêner : je me porte bien ; je
suis en état de travailler, de nourrir ma mère et
ma femme, et encore tous les petits drôles qui pourront venir par la suite augmenter la famille.

MARCELLE.

Madame de Gircourt ne t'a pas menti. Elle n'a
pour tout bien que cette terre, qui ne rapporte
pas grand'chose ; et son fils l'officier mange tous
les ans plus que le revenu de la terre. Elle est bien
moins heureuse que moi, madame de Gircourt ;
elle vit loin de son fils, qui ne lui écrit jamais que
pour demander de l'argent : je suis toujours avec
le mien, et c'est lui qui me nourrit. Mais va te
dissiper un peu, mon ami, va voir ton Agathe.

FIRMIN.

Non, ma mère ; je suis bien aise de rester ici.

MARCELLE.

C'est que j'ai quelque chose à faire.

FIRMIN.

Quoi donc?

MARCELLE.

Je voudrais aller sarcler ce petit carré de légumes qui est auprès du mûrier.

FIRMIN.

Il est sarclé.

MARCELLE.

Comment cela donc? Il ne l'était pas hier au soir.

FIRMIN.

C'est vrai. Mais comme il n'y a rien de plus malsain à votre âge que de se tenir baissé pendant deux heures à arracher de mauvaises herbes, je me suis levé ce matin avant le jour, et j'ai sarclé le petit carré.

MARCELLE, à part.

Je m'en étais bien douté. (haut.) C'est égal, mon ami, va-t'en; j'ai beaucoup filé cette semaine; il faut que je mette mon fil en écheveau : cela ne me fatiguera pas; et je n'ai pas besoin de toi.

FIRMIN.

Votre fil est en écheveau. J'avais les bras un peu engourdis ce matin d'avoir sarclé dans la rosée : pour les dégourdir, j'ai dévidé votre fil; ensuite j'ai été chercher notre vache, que ce drôle de vacher n'avait pas ramenée hier au soir du bois; je l'ai mise dans notre étable; j'ai donné de la litière fraîche au petit veau; j'ai fait votre lit, le

mien aussi ; la vache a du foin, notre diner cuit ;
vous n'avez rien à faire qu'à vous tranquilliser ; et
je ne veux pas m'en aller : c'est-il clair, cela ?

MARCELLE.

Mais, écoute, je suis un peu fatigué, et je voudrais dormir : tu ne peux pas dormir pour moi ;
et si tu restes, tu me réveilleras.

FIRMIN.

Je ne vous réveillerai point, parce que je vais
m'amuser à lire ces fables ; et en lisant des yeux,
comme madame lit toujours quand elle se promène,
je ne ferai point de bruit.

MARCELLE.

Si fait, si fait.

FIRMIN.

Non, non, ma mère.

MARCELLE.

Nous allons voir... Je t'avertis que je dors.

FIRMIN.

Bonne nuit.

MARCELLE, à part.

Faisons semblant de dormir ; c'est le seul moyen
de le faire aller voir son Agathe. (Elle fait semblant de
dormir ; Firmin lit ; et la regarde de temps en temps. Après un assez long
silence, il se lève, s'approche doucement de sa mère, et dit à voix basse.)

FIRMIN.

Dors, dors, ma bonne et tendre mère ; j'ai tant

de plaisir à te voir reposer! Quand j'étais enfant, tu ne me quittais pas, tu veillais sur mon sommeil ; il est bien juste qu'à mon tour je veille aussi sur le tien, et que je rende à ta vieillesse tous les soins que tu donnas à mon enfance. Dors, ma bonne mère, dors.

SCÈNE II.

AGATHE, FIRMIN, MARCELLE endormie.

AGATHE.

Bonjour mon ami.

FIRMIN, à voix basse.

Chut donc! ma mère dort. Ah! c'est toi, ma chère Agathe : que je suis aise de te voir. Mais parlons bas, je t'en prie.

AGATHE, à voix basse.

Est-ce qu'elle est malade, ta mère?

FIRMIN, à voix basse.

Non, mais cela fait du bien de dormir ; prenons garde de la réveiller. Et toi, comment te portes-tu? Tu es encore plus jolie aujourd'hui qu'hier. Mets-toi là, ne fais pas de bruit, et dis-moi bien doucement si tu m'aimes toujours.

AGATHE, à voix basse.

Voilà une bonne question ! Est-ce que l'on aime autrement que pour toujours ? Mais d'où vient que tu n'es pas venu ce matin ?

FIRMIN, à voix basse.

Ma bonne amie, je n'ai pas pu ; j'ai travaillé
pour ma mère.

AGATHE, haut.

En ce cas vous ne m'avez pas regrettée.

FIRMIN, à voix basse.

Chut donc! Oh! si fait ; dès que je ne te vois
plus, je te regrette.

AGATHE, à voix basse.

J'avais tant de choses à te dire... D'abord, notre
mariage...

FIRMIN, haut.

Ah! ah! notre mariage...

AGATHE, à voix basse.

Chut donc! toi-même.

FIRMIN, à voix basse.

J'ai peur que nous ne la réveillions. Tiens, ne
causons pas; embrassons-nous, cela fera moins de
bruit.

AGATHE, haut.

Non pas, s'il vous plaît ; tenez-vous tranquille,
ou je vais parler tout haut.

FIRMIN, à voix basse.

Paix donc! paix donc! quel train tu fais! tu vas
réveiller ma mère.

AGATHE, à voix basse.

Écoute donc ce que j'ai à t'apprendre. Tu con-

nais bien monsieur Giraut , le fermier de ma marraine ?

FIRMIN , à voix basse.

Oui ; eh bien ?

AGATHE , à voix basse.

Eh bien ! il est amoureux de moi.

FIRMIN , haut.

Monsieur Giraut est amoureux...

AGATHE , à voix basse.

Paix donc ! quel train tu fais ! tu vas réveiller ta
mère. Monsieur Giraut est amoureux de moi ; et il
est venu ce matin me demander à mon père. Il lui
a conté je ne sais pas quoi , qu'il était déjà bien
riche, qu'il le serait bientôt davantage, parce qu'aujourd'hui même ma marraine renouvelle ses baux ,
et que la ferme est excellente ; enfin il a fait le dé-
tail de tous ses journaux de terre , de tous ses
quartiers de vignes, pour prouver que je serais
heureuse avec lui. Mon père, qui est bon et brusque,
comme tu sais , lui a répondu que c'était à moi à
régler tous ces comptes-là ; il m'a appelée, et m'a
dit : Tiens , ma fille , voici encore un épouseur ; tu
tu m'as déjà parlé de Firmin : vois celui des deux
qui te plaît davantage , ce sera celui que je choi-
sirai.

FIRMIN , à voix basse.

Ah ! l'honnête homme que ce monsieur Thibaut !

Oh ! je me doutais bien que monsieur Giraut ne lui conviendrait pas, il a une trop mauvaise réputation.

AGATHE , à voix basse.

J'ai répondu à mon père, par politesse pour monsieur Giraut , que je ne m'expliquais pas tout de suite , mais qu'avant ce soir il aurait une réponse. Mon père a dit que c'était bon ; et j'ai vite couru t'apprendre ces bonnes nouvelles.

FIRMIN , à voix basse.

Combien je te remercie ! Mon Agathe , ma chère Agathe , nous serons donc mariés ! tu seras donc à moi ! et pour toujours encore ! Ah ! si , avec cela , ma pauvre mère peut se bien porter , si elle peut vieillir entre nous deux , je ne désirerai plus rien dans le monde , que de voir une petite Agathe qui ait le cœur et le visage de celle-là qui est à moi.

AGATHE , à voix basse.

Mon ami , si tu venais dire un petit bonjour à mon père , avant qu'il sache que c'est toi que j'ai choisi ?

FIRMIN , à voix basse.

Je le veux bien ; mais... c'est que... Il est vrai qu'elle n'a pas besoin de moi quand elle dort ;... et puis... je serai de retour avant qu'elle soit éveillée.

AGATHE , à voix basse.

Oui , oui , viens toujours. (à Marcelle.) Bonjour, ma

mère ; je suis fâchée de m'en aller sans vous embrasser.

FIRMIN , à voix basse.

Baise-lui tout doucement la main , et viens vite.

(Agathe baise la main de Marcelle, et Firmin aussi. Ils s'en vont avec
précaution.)

SCÈNE III.

MARCELLE.

Ces pauvres enfans ! que de plaisir j'aurais
perdu , si je n'avais pas fait semblant de dormir !
Quand mon mari vivait, qu'il me faisait la cour ,
il y a bien long-temps de cela, je croyais que rien
au monde ne pouvait valoir le bonheur d'être aimée
d'un mari tendre et bon : je me trompais; un fils
vaut mieux encore. L'amour maternel n'est mêlé
d'aucun de ces petits tourmens qui troublent souvent l'autre amour ; point de jalousie, point de
défiance; on n'a pas même besoin d'être chérie
autant qu'on chérit : on aime son fils, cela suffit;
et quand on en est aimée comme je le suis , c'est
un surcroit de bonheur que notre âme a peine à
soutenir. Mais que me veut monsieur Giraut ?

SCÈNE IV.

MARCELLE, GIRAUT.

GIRAUT.

Dieu vous garde , madame Marcelle ! Eh bien !
comment va la santé ?

MARCELLE.

Assez bien, monsieur Giraut. Et la vôtre?

GIRAUT.

Comme cela. Les temps sont bien durs, madame Marcelle.

MARCELLE.

Oui; les gens riches s'en plaignent beaucoup.

GIRAUT.

Le fils de madame la comtesse tire de temps en temps de petits mandats sur moi qui ne me ré-jouissent guère. Je n'ose pas m'en plaindre à ma-dame de Gircourt, parce qu'elle est bien vieille, et que, si elle venait à mourir, monsieur le comte, fâché contre moi, ne me laisserait pas ma ferme : de sorte qu'il faut payer mes quartiers à madame, envoyer de l'argent à monsieur, et par-dessus tout cela, renouveler mes baux aujourd'hui.

MARCELLE.

Mais cela ne vous coûtera rien de renouveler vos baux.

GIRAUT.

Qu'appelez-vous rien? Ne faut-il pas donner mille écus au factoton de madame, à ce monsieur Finaut, qui fait si fort l'important? Si je ne lui donnais pas ce pot-de-vin, il serait capable de me faire ôter le bail; et je perdrais alors non-seule-ment ma ferme, mais toutes les avances que j'ai faites au fils de madame. Or, ces mille écus, il faut les trouver, et voilà justement ce qui m'embarrasse.

MARCELLE.

Je suis bien fâchée de ne pouvoir pas vous les offrir.

GIRAUT.

Oh ! ce n'est pas pour cela que je vous en parle. Mais vous sentez que, dans une pareille circonstance, on ramasse tout son petit avoir ; et, en cherchant dans de vieux papiers que je n'avais pas encore eu le temps d'examiner, depuis trois mois que mon père est mort, j'ai trouvé un petit billet de feu monsieur votre mari, dont il est nécessaire que vous ayiez connaissance.

MARCELLE.

Un billet de mon mari, monsieur Giraut ? Mon Dieu ! vous me faites trembler !

GIRAUT.

Rassurez-vous ; ce n'est pas une si grande affaire. Je crois l'avoir sur moi, ce billet ; oui, le voici, tenez : ce n'est pas grand'chose, il ne s'agit que de mille écus.

MARCELLE.

Ah ! mon Dieu, monsieur Giraut, mille écus !

GIRAUT.

Oui. C'est venu fort à propos ; car vous voyez

que c'est tout juste le pot-de-vin qu'il faut payer à
ce fripon de monsieur Finaut.

MARCELLE , à part.

Je n'ai pas une goutte de sang dans les veines.
(haut.) Le billet est bien de mon mari ; voilà bien son
écriture : mais, monsieur Giraut, ce billet est
bien ancien, il a trente ans ; et vous n'ignorez pas...

GIRAUT.

Non , non , le billet n'a pas trente ans : diable !
ne badinons pas. S'il les avait, il ne vaudrait rien ,
il y aurait prescription. Mais , à la vérité , il aura
trente ans demain : voilà pourquoi, madame Marcelle , il est indispensable que vous le payiez aujourd'hui.

MARCELLE.

Nous vous le renouvellerons , mon fils et moi ;
nous engagerons notre maison, notre jardin, tout
ce que nous possédons : mais, de grâce, monsieur
Giraut, accordez-nous un peu de temps. Vous
sentez bien...

GIRAUT.

Oh ! de tout mon cœur ; je vous donnerai tout le
temps que l'on me donne à moi-même. Ce n'est
que ce soir que l'on signe les baux ; ainsi, pourvu
que vous me remettiez ce soir mes mille écus, je
suis content.

MARCELLE.

Hélas ! j'ai bonne envie de vous payer , bien bonne envie, je vous assure; et je cours de ce pas chez notre bailli qui m'a toujours fait amitié. Il a reçu un remboursement ces jours passés ; je vais faire tout au monde pour l'engager à me prêter ces mille écus.

GIRAUT.

Allez , je vous attends ici.

MARCELLE.

Ici ?

GIRAUT.

Oui; cela vous gêne-t-il ?

MARCELLE.

Non; mais c'est que mon fils va revenir sûrement, et je crains... Je vous demande en grâce , monsieur Giraut , ne lui parlez de rien : il est si sensible , ce jeune homme ; vous le connaissez... Et si monsieur le bailli me prête , je veux lui épargner l'inquiétude ; s'il ne me prête pas, je lui aurai toujours sauvé un petit moment de chagrin.

GIRAUT.

Allez , allez , songez à votre affaire , et apportez-moi les mille écus. (Marcelle sort.)

SCÈNE V.

GIRAUT.

Je t'en défie; car le bailli m'a déjà prêté son

argent. Ah ! monsieur Firmin, vous vous donnez
les airs d'aimer Agathe, et d'en être aimé de préférence à moi ! vous n'avez pas le sou, et vous
plaisez ! C'est trop insolent aussi ; et je suis bien
aise de vous donner une petite correction, dont
vous vous souviendrez, j'espère. Le voici ; nous
allons voir comment il s'en tirera.

SCÈNE VI.

GIRAUT, FIRMIN.

FIRMIN.

Ah ! c'est vous, monsieur Giraut ? Par quel
hasard ?... Mais, où est ma mère ?

GIRAUT.

Elle est dans le village.

FIRMIN.

Il ne lui est rien arrivé ?

GIRAUT.

Non ; elle est allée chez le bailli, pour une affaire qui me regarde.

FIRMIN.

Je m'en vais la chercher.

GIRAUT.

Elle m'a chargé de vous dire que vous l'atten-
diez ici.

FIRMIN.

Oui ?

GIRAUT.

Oui. Elle a ses raisons.

FIRMIN.

A la bonne heure.

GIRAUT.

Eh bien ! monsieur Firmin...?

FIRMIN.

Le bailli est son ami, il ne la laissera pas revenir seule, n'est-il pas vrai ?

GIRAUT.

Eh ! n'ayez pas peur, vous dis-je ; et causons en l'attendant.

FIRMIN.

Volontiers, monsieur Giraut, volontiers. Vous avez bien des affaires aujourd'hui : on dit que vous renouvelez vos baux.

GIRAUT.

Que voulez-vous? chacun a ses occupations. Les uns ont une ferme dans la tête, les autres une jolie fille ; celui-ci pense à l'amour, celui-là pense à l'argent. Moi, par exemple, je dois signer aujourd'hui un bail ; vous un contrat de mariage : il s'ensuivra que votre soirée sera plus gaie que la mienne.

FIRMIN , à part.

Je crois qu'il veut se moquer de moi. Voyons un peu à le lui rendre.

GIRAUT.

Que dites-vous ?

FIRMIN.

Je dis que vous renouvelez mes douleurs ; car je vois bien que vous voulez me parler de mademoiselle Agathe.

GIRAUT.

Justement.

FIRMIN.

Ah ! monsieur Giraut, je suis le plus malheureux des hommes : le cœur d'Agathe va m'être enlevé ; j'ai appris ce matin que j'avais un rival.

GIRAUT.

Qui vous a dit cela ?

FIRMIN.

Une personne qui me dit tout ce qu'elle sait ; c'est Agathe elle-même.

GIRAUT.

Et vous l'a-t-elle nommé , ce rival ?

FIRMIN.

Non. Mais elle m'a dit que c'était un jeune homme charmant, de la plus jolie figure du monde, aimable , riche, rempli d'esprit, et joignant à tout cela une grâce dans les manières , une dou-

ceur dans le parler , une gentillesse dans les propos , une...

GIRAUT.

Et vous ne devinez pas qui c'est?

FIRMIN.

Non : j'ai beau chercher dans le village , je ne
vois point...

GIRAUT.

Je m'en vais vous le dire, si vous voulez : c'est
moi...

FIRMIN.

Cela n'est pas possible ; songez donc au portrait
qu'on m'a fait.

GIRAUT.

Je vous répète que c'est moi ; et votre franchise
m'engage à vous ouvrir mon cœur tout entier.

FIRMIN.

Pardi ! je vais donc voir de belles choses.

GIRAUT.

Dites-moi d'abord si vous aimez beaucoup mademoiselle Agathe.

FIRMIN.

Franchement , je ne l'aime pas plus qu'elle ne
m'aime ; mais il y a un peu de temps que cela dure.
Agathe et moi nous sommes du même âge ; et nous
n'étions pas plus hauts que cela, que nous nous
appellions mari et femme. Tout ce que j'avais était

à Agathe, tout ce qui lui appartenait était à moi ; nous allions à l'école ensemble, et je savais toujours la leçon d'Agathe, comme Agathe savait toujours la mienne : c'était égal au magister, et cela nous faisait plaisir. Enfin, monsieur Giraut, jamais on ne vit d'amitié si tendre ; et cette amitié a toujours été en augmentant depuis notre enfance jusqu'à ce matin.

GIRAUT.

Plus elle est vieille, et plus tôt elle doit finir ; je crois même que le moment en est arrivé.

FIRMIN.

Vous croyez cela ?

GIRAUT.

Oui, et voici mes raisons. J'ai ici un billet de feu monsieur votre père qui devait mille écus au mien. Par des circonstances trop longues à vous détailler j'ai besoin de ces mille écus, pour lesquels madame Marcelle est aussi engagée : à l'heure qu'il est, elle cherche dans la bourse de tous ses amis de quoi acquitter cette dette. Mais j'ai de fortes raisons de penser qu'elle ne trouvera pas ce qu'il lui faut ; et dans ce cas, ce soir même, je fais saisir votre maison, vos meubles, et madame votre mère ira coucher en prison.

FIRMIN.

Que dites-vous ?

GIRAUT.

Écoutez jusqu'au bout. Comme je suis votre ami, et que je vous vois tourmenté de l'idée d'avoir un rival et du danger de votre mère, je veux vous délivrer à la fois de ces deux embarras-là. Vous n'avez qu'à me céder Agathe, je vous donnerai quittance du billet de votre père ; madame Marcelle ne courra plus le moindre péril, et vous n'aurez plus d'inquiétude sur le rival dont vous m'avez parlé. Si ce parti ne vous convient pas, permis à vous de le refuser, et de laisser aller votre mère en prison. Que dites-vous ? vous ne répondez rien ?

FIRMIN.

Hélas ! je respire à peine.

GIRAUT.

Vous êtes troublé. Je veux vous laisser le temps de vous remettre. Je reviendrai dans une heure savoir ce que vous aurez décidé. Mais ne perdez pas de vue l'état de la question : mille écus ce soir, ou Agathe ; ou votre mère en prison. Pensez-y ; et, d'après votre réponse, j'épouse Agathe, ou je vais chercher les huissiers. Sans adieu, monsieur Firmin. (Il sort.)

SCÈNE VII.

FIRMIN.

Je demeure immobile de surprise et de douleur. Comment ! il faut perdre ma mère, ou céder ma

maîtresse ! Ma mère, à qui je dois tant ! ma mère,
dont le moindre bienfait est de m'avoir donné la
vie ! je la verrais à son âge traînée dans une prison,
où, sans secours, sans consolation , elle ne man-
gerait qu'un pain noir, qu'on lui épargnerait encore, et qu'elle tremperait de ses pleurs ! Non...
je ne le souffrirai pas ; non , grâce au ciel, je ne
suis pas capable de le souffrir !... je mourrais plutôt mille fois... Mais abandonner Agathe ! manquer
à tant de promesses, à tant de sermens, pour la
voir passer dans les bras d'un autre, et la livrer
moi-même à mon rival !... Jamais, non jamais.
Cet effort est au-dessus de moi. Ma mère, mon
Agathe, je ne puis choisir entre vous deux : mon
cœur vous chérit également ; je sens même, oui, je
sens... Allons vite trouver ma mère, pour qu'Agathe ne l'emporte pas.

FIN DU PREMIER ACTE.

ACTE II.

SCÈNE PREMIÈRE.

MARCELLE, FIRMIN.

MARCELLE.

Monsieur Giraut m'avait promis de te cacher
notre malheur; il ne m'a pas tenu parole.

FIRMIN.

Je lui en sais gré, ma mère. S'il vous arrivait
quelque chose d'heureux, je serais fâché de ne pas
l'apprendre; mais je le serais bien davantage
d'ignorer un de vos chagrins.

MARCELLE.

Tu ne l'aurais su que trop tôt : il fallait bien
finir par te le dire, puisque personne ne peut venir
à notre secours.

FIRMIN.

Vous n'avez donc plus d'espérance ?

MARCELLE.

Aucune, mon cher ami : tu viens d'entendre
toi-même ce que m'ont répondu le père Thomas
et la veuve Mathurine. Auparavant, j'avais été
chez le bailli; il a prêté son argent. Deux autres
de mes anciens amis, à qui même j'ai rendu ser-

vice autrefois, m'ont reçue à merveille, m'ont fait les offres les plus obligeantes, m'ont embrassée plusieurs fois ; mais quand j'ai parlé des mille écus, leur visage s'est allongé, ils ont cessé de m'embrasser ; et, en me conduisant doucement vers la porte, ils m'ont donné mille raisons pour aller m'adresser à leur voisin. Enfin, mon cher enfant, je n'ai plus de ressource, et je n'espère rien que de la pitié de monsieur Giraut.

FIRMIN.

Cela étant, ma mère, tout est perdu.

MARCELLE.

Non, tout ne l'est pas, puisque le danger ne peut te regarder. Tu n'es pour rien dans tout ceci, tu n'étais pas au monde quand ce malheureux billet fut signé ; monsieur Giraut n'a rien à te demander, et voilà ce qui me console. Monsieur Giraut vendra ma maison, mes meubles, tout ce que je possède ; il est le maître. Cela ne suffira pas pour le payer : eh bien ! je suis prête à me rendre en prison. Mais tu resteras libre, toi ; tu épouseras ton Agathe, tu demeureras chez elle, tu seras heureux ; et cette idée empêchera ta mère d'être malheureuse. Va, mon fils, j'ai du courage contre un malheur qui ne menace que moi ; et monsieur Giraut ne peut me faire beaucoup souffrir, puisqu'il ne peut te faire du mal.

FIRMIN.

Ma mère, ma bonne mère, comme vous me traitez! comme vous connaissez mal mon cœur! Moi libre, tandis que vous seriez dans la captivité! moi heureux, quand vous seriez malheureuse! Et vous pouvez le penser! et vous pouvez me le dire! Tenez, ma mère, si je vous le pardonne, c'est la plus grande marque de tendresse que mon cœur puisse vous donner. Ne parlons plus, je vous en prie, ni d'Agathe ni de mariage : occupons-nous de vous, de vous seule ; occupons-nous de vous sauver, ou, si nous ne le pouvons pas, parlons du moins de souffrir ensemble.

MARCELLE.

Hélas! mon ami, malgré mes chagrins, tu me fais verser des larmes de joie : ta tendresse pour ta mère, l'amour si pur et si vrai que tu as pour elle, l'empêcheront toujours d'être malheureuse. Mais comment veux-tu faire ? Giraut demande son argent ; nous n'en avons point, et je ne puis en trouver.

FIRMIN.

Avez-vous été chez madame la comtesse?

MARCELLE.

A quoi bon y aller? Madame la comtesse elle-même est dans le besoin : elle a un bon cœur, je

le sais; mais elle est trop pauvre pour pouvoir
nous être utile.

FIRMIN, à part.

Giraut va venir, il faut éloigner ma mère...
(haut.) Allez-y, je vous le conseille, allez-y. Je sais
bien qu'elle ne peut vous prêter les mille écus;
mais c'est aujourd'hui le renouvellement de ses
baux : Giraut restera sûrement son fermier, et elle
peut lui dire un mot en notre faveur; elle peut
l'engager à nous donner du temps. Allez trouver
madame la comtesse, parlez-lui d'Agathe; c'est sa
filleule, elle l'aime, elle m'aime aussi : contez-lui
toutes nos peines ; tâchez de l'intéresser pour
nous. Que sait-on ? elle vous donnera peut-être
quelque conseil; à coup sûr elle vous plaindra, et
cela soulage toujours. Allez au château, ma mère;
moi, pendant ce temps, je chercherai de mon côté
les moyens d'engager monsieur Giraut à nous accorder un an ou deux.

MARCELLE.

Tu le veux, mon fils, j'y consens : mais c'est
bien pour le plaisir de faire ce que tu veux; car
je n'espère rien de madame la comtesse. Adieu,
mon ami. Ne t'éloigne pas, je t'en prie, ne t'éloigne pas; je serai bientôt de retour;... et j'ai tant
besoin d'être avec toi ! (Elle sort.)

SCÈNE II.

FIRMIN.

Enfin je respire ; et Giraut peut venir, nous serons seuls. Voilà déjà l'effet du malheur : j'ai désiré de voir sortir ma mère ; je lui ai menti pour l'éloigner de moi. Ah ! que ces deux efforts-là m'ont été nouveaux et pénibles ? Il va donc venir... Et que lui dirai-je ? Agathe, ma chère Agathe, non, je ne puis vous abandonner ; je ne puis consentir à vous livrer à un homme indigne de vous posséder : car, du moins, si vous deviez être heureuse, si j'étais sûr, en renonçant à vous, de demeurer le seul à plaindre, ce serait un motif de consolation. Mais Giraut n'a rien de ce qu'il faut à Agathe ; Giraut n'est pas assez sensible pour devenir un bon mari ; et en lui cédant ma maîtresse, je rends ma maîtresse malheureuse à jamais. Cette idée est horrible, et fait évanouir tout mon courage. Mais ma mère... J'entends quelqu'un ; c'est Giraut sans doute... Non, c'est monsieur Thibaut, le père de ma chère Agathe.

SCÈNE III.

FIRMIN, THIBAUT.

THIBAUT.

Bonjour, Firmin. Ta mère n'y est pas ?

FIRMIN.

Non, monsieur Thibaut ; elle est sortie. Lui voulez-vous quelque chose ?

THIBAUT.

Je voulais lui parler de toi.

FIRMIN.

De moi ?

THIBAUT.

Oui, de toi et de ma fille : l'un ne va guère sans l'autre ; n'est-il pas vrai ?

FIRMIN, soupirant.

Ah !

THIBAUT.

Ah !.. Te voilà comme ma fille. Elle ne me répond pas autrement quand je lui parle de toi. Pardi ! je serai bien heureux, moi qui aime à causer le soir au coin du feu, quand vous serez mariés ensemble, et qu'assis entre vous deux, j'entendrai des soupirs à droite, et puis des soupirs à gauche : cela fera une jolie conversation.

FIRMIN.

Si j'avais le bonheur d'être le mari de mademoiselle votre fille, je ne soupirerais plus.

THIBAUT.

Je l'espère. C'est de ce mariage-là que je venais parler à ta mère.

V. OEUVRES DE FLORIAN. 24

FIRMIN.

De mon mariage avec Agathe?

THIBAUT.

Je compte qu'il se fera demain.

FIRMIN.

Demain ! demain ! monsieur Thibaut !... Ah ! que nous en sommes loin. (Il soupire.)

THIBAUT.

De demain?... Va, je t'assure qu'avec de la patience nous finirons par y arriver. Mais il ne s'agit pas ici de compter les heures : il est question d'un secret qne je venais confier à ta mère, et que je vais te dire, à toi, parce qu'au fait c'est toi qu'il intéresse le plus, et que je te crois bon et serviable.

FIRMIN.

Je vous écoute, monsieur Thibaut.

THIBAUT.

Tu sauras que monsieur Giraut, le fermier de madame la comtesse, est venu me demander ma fille en mariage. Giraut est plus riche que toi : mais je le crois un fripon ; et dès lors son bien est un tort. Tu es pauvre, toi ; mais tu es honnête homme, et ma fille t'aime ; ainsi il ne te manque rien : tu auras donc mon Agathe. Je l'ai laissée exprès maîtresse de son choix, pour que tu lui en eusses toute l'obligation, et elle tout le plaisir. C'est ce soir que tu seras choisi par elle ; et alors...

FIRMIN, tristement.

Cela n'est pas sûr, monsieur Thibaut, cela n'est pas sûr.

THIBAUT.

Fais-moi le plaisir de me dire qui pourrait s'y opposer, quand Agathe et toi le désirent, que ta mère y consent, et que je le veux bien.

FIRMIN.

Cela ne suffira pas.

THIBAUT.

Non! et qui pourra l'empêcher?

FIRMIN.

Mon malheur.

THIBAUT, le contrefaisant.

Ton malheur!... En effet, tu es un garçon bien à plaindre! Ma fille ne rêve qu'à toi, elle ne parle que de toi; sitôt que je veux faire l'éloge de quelqu'un, elle cite toujours une bonne qualité de Firmin qui l'emporte sur celle que je loue : ta mère t'adore; moi, je t'estime et je t'aime; je laisse ma fille maîtresse de suivre le penchant qu'elle a pour toi; et quand je t'annonce tout cela, tu prends ce moment pour te plaindre de ton sort! Morbleu! ne m'interromps plus, entends-tu, ou je me fâche tout de bon... Où en étais-je? tu m'as troublé.

FIRMIN.

Ce n'était pas mon intention. Vous me disiez

que je serai choisi par Agathe ; et puissiez-vous
dire vrai !

THIBAUT.

Je ne mens jamais, entends-tu ?... Ce qui m'a
fait le plus de plaisir en toi, c'est de te voir re-
chercher ma fille, quoique j'aie dit hautement
qu'elle n'aurait point de dot, et que j'avais besoin
de tout mon bien pour soutenir son frère, que j'ai
placé à la ville chez un riche négociant. Mais tu
ne sais pas pourquoi j'ai dit cela ? tu ne sais pas
pourquoi je n'ai pas voulu donner de dot à ma
fille ?

FIRMIN.

Non, monsieur Thibaut.

THIBAUT.

C'est pour son bien ; c'est pour qu'elle en fût plus
riche. (Firmin le regarde.) Oui, sans doute, tu as beau
me regarder. Le plus beau présent que j'aie pu
faire à ma fille a été de ne lui rien donner, parce
qu'Agathe se croyant sans dot, s'en est fait une de
sa sagesse, de son économie, de son amour pour
le travail ; et si elle avait cru être riche, elle aurait
peut-être négligé ce trousseau-là. J'avais encore
une autre raison : c'est qu'Agathe, passant pour
n'avoir rien, ne pouvait être recherchée que par
quelqu'un véritablement amoureux d'elle ; et autant je haïrais un gendre qui aurait épousé ma

fille pour son argent, autant j'aimerai celui qui ne l'épouse que pour son cœur. Comme je suis sûr à présent que c'est pour cela seul que tu l'épouses, je ne fais pas difficulté de t'avouer que mon projet à toujours été de donner quatre mille francs à ma fille.

FIRMIN, transporté.

Quatre mille francs, monsieur Thiaut ! quatre mille francs ! c'est-il possible ? Ah ! quel bonheur ! quelle joie ! C'est trop, c'est trop de mille francs. Que je suis heureux, monsieur Thibaut ! (Il lui saute au cou.) que je suis heureux ! Oui, j'épouserai votre fille ; oui, cela est sûr à présent : rien ne peut plus s'y opposer ; et l'amour que j'ai pour elle peut seul égaler mon bonheur.

THIBAUT, étonné.

Comment donc ! ces quatre mille francs rendent-ils ma fille plus jolie ?

FIRMIN.

Non, monsieur Thibaut, non, ce n'est pas cela. Oh ! mon Dieu non, c'est impossible. Mais si vous saviez, si vous pouviez deviner quelle joie, quel plaisir me causent ces quatre mille francs !...

THIBAUT, à part.

Je le vois bien.

FIRMIN.

Si vous connaissiez à quel point... Et, dites-moi, pouvez-vous me donner cet argent avant ce soir ?

THIBAUT.

Avant ce soir ?

FIRMIN.

Oh ! tâchez, tâchez monsieur Thibaut, de me rendre ce service. Jamais je n'ai rien désiré avec tant d'ardeur; et vous ne pouvez pas avoir d'idée du plaisir que j'aurai à recevoir ces quatre mille francs.

THIBAUT.

Mais, entendons-nous. Quand je te fais cette confidence, uniquement parce que je crois que tu n'aimes pas l'argent, tu montres une joie, tu fais éclater des transports qui me font presque repentir de ce que je t'ai dit, et me donnent de l'inquiétude pour ce que j'ai encore à t'apprendre.

FIRMIN.

Parlez, parlez, et ne craignez rien. Allez, mon cœur ne vous est pas connu : ce n'est pas l'argent que j'aime; mais ces quatre mille francs...

THIBAUT.

Semblent t'avoir tourné la tête. Je l'ai tout prêt, cet argent, et je me faisais un plaisir de le remettre en tes mains en signant le contrat de ma fille. Mais un malheur affreux arrivé à mon fils vient déranger tous mes projets...

FIRMIN.

O ciel !

THIBAUT.

Tu sais que j'ai placé mon fils chez le plus riche négociant de la ville, et que, grâce à sa bonne
conduite, il est devenu son caissier. Il vient de
m'écrire qu'il est dans le dernier désespoir ; qu'on
a volé dans sa caisse cent cinquante louis dont il
est responsable, et qu'il mourra de douleur s'il
ne peut remplacer cet argent d'ici à demain. Tu
juges que mon premier devoir c'est de sauver
l'honneur de mon fils avec la dot de ma fille. Agathe n'y perdra rien par la suite; mais, pour le
moment, il ne me reste pas un écu.

FIRMIN, à part.

Ma joie n'a pas duré long-temps.

THIBAUT.

Voilà le secret que je venais confier à ta mère.
Je t'estime assez pour t'en faire part, pour te
prier même de partir à l'instant, et d'aller porter
à mon fils l'argent que j'avais destiné pour toi...
Tu ne réponds rien... tu rêves... Est-ce que tu
désapprouves l'emploi que j'en fais ?

FIRMIN.

J'en suis bien loin, monsieur Thibaut, j'en suis
bien loin ; et je ferais de même à votre place. Aga-

the n'a pas besoin de dot : celui qui sera son époux sera trop heureux encore.

THIBAUT.

Comment ! ne t'ai-je pas dit que ce serait toi ?

FIRMIN.

Rien n'est plus incertain, malheureusement.

THIBAUT.

Mais tu n'y penses pas, Firmin. Quand je t'ai parlé des quatre mille francs, tu ne doutais pas d'épouser Agathe ; et à présent que je suis forcé de disposer de sa dot, tu n'es plus sûr de l'épouser ?

FIRMIN, tristement.

Ce que vous dites n'est que trop vrai.

THIBAUT, le regardant d'un air mécontent.

Puis-je du moins compter sur vous pour aller porter cet argent à la ville ? elle n'est qu'à une demi-lieue : me rendrez-vous ce petit service ?

FIRMIN.

J'y aurais plus de plaisir que vous ; mais dans ce moment je ne puis m'éloigner. Ma mère a besoin de moi ; elle en a trop besoin, ma pauvre mère. Ce soir ou demain j'irai où vous voudrez.

THIBAUT.

Ce soir ou demain il sera trop tard. Adieu, monsieur Firmin.

FIRMIN.

Vous êtes fâché ?

THIBAUT.

Point du tout ; je ne me fâche que contre mes amis. (Il s'en va.)

FIRMIN, le rappelant.

Monsieur Thibaut ! monsieur Thibaut ! écoutez-moi, je vous en prie.

THIBAUT, dans la coulisse.

J'ai tout entendu.

SCÈNE IV.

FIRMIN.

Il me quitte avec l'air de la colère. Hélas ! il en serait honteux, s'il savait tout ce que je souffre, s'il savait combien il a augmenté mes maux par ce moment d'espérance qu'il m'a donné et ravi sur-le-champ. Quel bonheur c'eût été pour moi de pouvoir délivrer ma mère avec la dot de ma maîtresse ! de sauver ce que j'ai de plus cher par ce que j'aime plus que ma vie ! Ah ! j'aurais été trop heureux ! La fortune ne l'a pas voulu... Tout se réunit contre ma mère ; elle n'a plus que moi, que moi seul... Eh bien ! seul, je dois lui suffire ; seul, je dois lui tenir lieu de tout... Pourvu que la vue d'Agathe ne vienne pas m'affaiblir !... Loin d'elle j'aurai du courage ; mais, si je la revois, je n'en aurai plus... Voici Giraut ; mon cœur m'abandonne déjà.

SCÈNE V.

GIRAUT, FIRMIN.

GIRAUT.

Me voici, monsieur Firmin. Je crois vous avoir donné le temps de faire toutes vos réflexions; je viens chercher votre réponse.

FIRMIN.

Monsieur Giraut, je vous supplie de m'écouter un moment, sans vous fâcher, sans vous ennuyer de ce que je vais vous dire. Je suis bien à plaindre, voyez-vous; et les malheureux parlent longuement.

GIRAUT.

Ne vous gênez pas, j'ai de la patience, et je suis venu pour écouter.

FIRMIN.

Vous êtes mon rival, vous désirez de m'enlever Agathe; cela est juste, et je ne vous en fais pas un crime : mais vous ne désirez pas de me voir mourir de douleur; cela ne vous rendrait pas plus heureux; n'est-il pas vrai?

GIRAUT.

Il n'est pas question de votre mort; il est question de me payer ce qui m'est dû, ou de renoncer à Agathe. Voilà le point dont il s'agit, et sur lequel il me faut une réponse positive.

FIRMIN.

Et c'est cette réponse si terrible, que je ne puis faire sans mourir.

GIRAUT.

Ne croyez pas cela, monsieur Firmin : si l'on mourait toutes les fois qu'on le dit, il n'y aurait presque plus de vivans dans ce monde. Moi, qui vous parle, j'ai eu de très-grands chagrins, et vous voyez comment je me porte.

FIRMIN.

D'abord, il ne faut rien vous déguiser : je suis certain du cœur d'Agathe, je suis sûr d'en être aimé autant que je l'aime; et vous pouvez compter d'avance que ce sera moi qu'elle choisira pour époux...

GIRAUT.

En ce cas, je n'ai plus rien à vous dire; et c'est madame votre mère seule que cette affaire-ci regarde. Serviteur, monsieur Firmin.
(Il veut s'en aller.)

FIRMIN, le retenant.

Arrêtez, arrêtez, je vous en prie.

GIRAUT.

Il me semble que vous avez tout dit.

FIRMIN.

Vous demandez que je vous cède Agathe : mais réfléchissez que, même en faisant ce que vous voulez, vous n'en serez pas plus heureux.

GIRAUT.

Pourquoi donc, s'il vous plaît? Est-on malheureux d'épouser celle que l'on aime?

FIRMIN.

Oui, quand on n'en est pas aimé.

GIRAUT.

Et voilà positivement le motif de ma haine et de ma conduite envers vous. C'est vous, vous seul, qui m'empêchez d'être aimé d'Agathe; et ce n'est pas la première fois que je vous trouve sur mon chemin : partout où je suis avec vous, on vous cherche et l'on me repousse. Aux deux dernières fêtes du village, vous m'enlevâtes le prix de l'arc; je ne vous l'ai pas pardonné. Je vous dis franchement que je vous déteste, que je vous ferai le plus de mal que je pourrai; et si je ne puis vous chasser du cœur d'Agathe, je me vengerai du moins de vous voir toujours préféré à moi.

FIRMIN.

Mais vous vous en vengez sur vous-même. Le cœur d'Agathe est à moi, et il m'appartiendra toute la vie. Vous ne connaissez pas ces cœurs-là, monsieur Giraut; c'est un pays qui vous est étranger. Vous ne savez pas qu'Agathe ne vous choisira pour époux que dans le premier moment de colère que lui causera mon feint abandon; que, ce premier moment passé, elle en sera désolée; que son

amour pour moi se réveillera plus fort que jamais ; que si elle apprend surtout que c'est pour
sauver ma mère que j'ai renoncé à sa main, elle
m'aimera cent fois davantage, elle me regrettera
cent fois plus ; et l'idée de l'affreux marché que
vous m'avez proposé vous ôtera pour jamais sa
tendresse, et peut-être son estime. Serez-vous heureux, monsieur Giraut?

GIRAUT.

Je ne suis pas si grand raisonneur que vous,
monsieur Firmin ; vous passez vos journées à lire
tous les beaux livres du château, et vous me répétez
ici ce que vous avez lu ce matin. Je ne lis rien,
moi, que mon livre de comptes, et je n'ai pour
me conduire que le bon sens que m'a donné ma
mère

FIRMIN.

Vous avez eu une mère?

GIRAUT.

La belle demande ! apparemment.

FIRMIN.

D'après la proposition que vous m'avez faite, je
ne l'aurais pas cru.

GIRAUT.

Tout cela et rien, c'est la même chose. Il ne
s'agit que de deux partis : c'est que votre mère
aille en prison, ou bien que j'épouse Agathe.

Voilà sur quoi il faut me répondre. Qu'Agathe
ensuite m'aime ou me haïsse, me fasse enrager,
ou tout ce qui lui plaira, c'est mon affaire, entendez-vous? la vôtre, c'est de vous décider.

FIRMIN.

Mais, monsieur Giraut, vous aimez l'argent,
n'est-il pas vrai?

GIRAUT.

L'argent!... L'argent a son mérite... Après?

FIRMIN.

Agathe n'a rien; et pour épouser une fille qui
n'a rien, vous perdez encore mille écus. Au lieu
de cela, écoutez ce que je vous propose; laissez-
moi Agathe, laissez-moi ma mère, et je m'engage
à vous servir toute ma vie; je serai votre domestique, le dernier de vos valets. Je labourerai vos
champs; j'aurai soin de vos attelages; je ferai l'ouvrage de deux : vous ne me paierez pas. Je suis
fort et robuste, je travaille bien; achetez-moi, je
me vends à vous.

GIRAUT.

Pardi! je le crois bien : le marché ne serait pas
mauvais. Vous vous estimez donc mille écus!

FIRMIN.

Hélas! je ne m'estime rien; et j'estime tout
ma mère et Agathe. Laissez-les moi toutes deux,

et employez ma vie entière à tout ce que vous
voudrez.

GIRAUT.

Ah çà ! finissons tous ces contes-là. Je n'ai pas
besoin d'un valet, et j'ai besoin d'une femme. D'a-
bord Agathe n'est pas si pauvre que vous le dites ;
je le sais de bonne part. Agathe me convient de
toutes façons ; et sans vous monsieur Thibaut ne
ferait pas difficulté de me la donner. L'amour,
l'intérêt, le bon sens, m'engagent à employer tous
les moyens possibles pour l'emporter sur mon
rival ; et plus vous aimez votre mère, plus je per-
siste à vous donner le choix de la voir en prison,
ou de me céder Agathe. Votre réponse, que je
m'en aille.

FIRMIN.

Ma réponse ?

GIRAUT.

Oui, finissons.

FIRMIN.

Ah ciel !

GIRAUT.

Je vais chercher les huissiers.

FIRMIN.

Un moment...

GIRAUT.

Vous balancez toujours.

FIRMIN.

Ah ! je dispute, mais je ne balance pas.

GIRAUT.

Eh bien ?...

FIRMIN.

Eh bien !...

GIRAUT.

Je suis las de tant d'incertitude. et je vais sur-le champ... (Il veut sortir.)

FIRMIN, l'arrêtant.

Monsieur Giraut ! monsieur Giraut !...

GIRAUT, s'en allant.

Non, je ne reviens plus...

FIRMIN.

Eh bien !... eh bien ! écoutez... écoutez...

GIRAUT, s'en allant toujours.

Non, je n'écoute rien.

FIRMIN.

Agathe... Agathe est à vous.

GIRAUT, revenant.

Ah ! voilà parler, cela.

FIRMIN, pleurant.

Donnez-moi la quittance de ma mère.

GIRAUT.

Un moment, s'il vous plaît. La voilà toute prête, cette quittance ; mais comment voulez-vous qu'A-gathe me croie quand je lui dirai que vous renon-

cez à elle? Vous sentez bien qu'il faut que tout soit
égal ; et puisque j'irai dire moi-même à votre
mère qu'elle ne me doit plus rien, il faut que
vous disiez vous-même à Agathe que vous ne l'aimez plus.

FIRMIN.

Quoi! vous voudriez...

GIRAUT.

Je veux la raison. Vous convenez vous-même
qu'Agathe vous aime, et qu'elle doit vous choisir ;
vous seul pouvez l'engager à ne plus vous aimer,
et à me préférer à vous : sans cela, vous feriez un
marché de fripon ; moi je serais une dupe ; et
tout l'ordre serait renversé. Venez donc avec moi
trouver Agathe ; et je ne vous demande autre chose
que de lui dire que vous ne l'aimez plus, et que
vous consentez à son mariage avec moi.

FIRMIN, pleurant.

Jamais, jamais, monsieur Giraut. J'aurais beau
faire un effort, ma langue malgré moi lui dirait
que je l'aimerai toute ma vie.

GIRAUT.

Alors, malgré moi, je ferai arrêter madame
Marcelle. (Il veut s'en aller.)

FIRMIN.

Un moment, je vous en conjure; ayez pitié de
moi, monsieur Giraut.

V. OEUVRES DE FLORIAN.   25

GIRAUT.

Décidez-vous donc.

FIRMIN.

Je vous promets, je m'engage à renoncer à Agathe. Mais n'exigez pas que je le lui dise moi-même, je n'en aurais jamais la force; ne l'exigez pas monsieur Giraut. Je vous promets, je m'engage à le lui écrire, et vous porterez vous-même la lettre.

GIRAUT.

Non, non : Agathe voudrait une explication; et cette explication raccommoderait tout. Venez tout à l'heure avec moi dire à Agathe que vous ne l'aimez plus; et sur-le-champ je vais porter ma quittance à votre mère. Si vous refusez... Mais voici Agathe; ce moment va tout décider. Si vous lui faites le moindre signe, si vous lui dites le moindre mot qui puisse lui faire soupçonner ce dont il s'agit, sans rien dire je vous quitte, et je vais faire arrêter votre mère.

FIRMIN.

Ah! du moins si elle était là pour me soutenir!

SCÈNE VI.

GIRAUT, AGATHE, FIRMIN.

AGATHE.

Ah! je suis charmée de vous trouver ensemble,

messieurs ; mon père est chez noùs, et voici le moment où je dois me décider entre vous deux. Suivez-moi donc, s'il vous plaît, chez mon père ; et promettez-moi d'avance que vous n'en resterez pas moins bons amis, quel que soit le préféré.

GIRAUT.

Oh ! mademoiselle, il s'est passé bien des choses depuis ce matin.

AGATHE, gaiement.

Comment ! ne m'aimeriez-vous plus, par exemple ? Je suis résignée à tous les malheurs.

GIRAUT.

Cette résignation vous sera peut-être nécessaire. Quant à mon amour, il est toujours le même, aussi vif, aussi tendre, aussi constant.

AGATHE, riant.

En ce cas-là, que puis-je craindre?

GIRAUT.

Demandez-le à monsieur Firmin.

AGATHE.

Firmin... Mais qu'avez-vous donc? d'où vient cet air triste et ces larmes qui baignent votre visage ? que vous est-il arrivé ? Parlez, tirez-moi d'inquiétude ? Avez-vous quelque chagrin !

FIRMIN, dévorant ses sauglots et parlant d'une voix tremblante, observé par Giraut, qui suit tous ses mouvemens.

Non, Agathe, non, je n'ai point de chagrin, il

ne m'est rien arrivé... Mais j'ai une grâce à vous demander, une grâce qui... me sera chère... C'est... (Il regarde Giraut.) c'est... d'oublier le malheureux Firmin... de vivre heureuse et... d'épouser monsieur Giraut. (à part.) Je n'en puis plus, je me meurs. (Il veut s'en aller.)

AGATHE, le retenant.

Que dites-vous? Arrêtez, expliquez-vous ; je ne vous comprends point.

GIRAUT.

Mademoiselle Agathe ne vous comprend point. Expliquez-vous plus clairement.

FIRMIN, faisant effort.

Eh bien ! Agathe, mademoiselle Agathe, vous que... (Giraut le regarde ; il s'arrête.) Je ne puis jamais être à vous... Épousez monsieur Giraut... Je vous rends votre foi... (avec un sanglot déchirant.) je ne vous aime plus... (à part.) Allons retrouver ma mère. (Il sort.)

SCÈNE VII.

AGATHE, GIRAUT.

AGATHE, stupéfaite.

Je rêve sûrement, ou je n'ai pas bien entendu.

GIRAUT.

Non, mademoiselle, vous ne rêvez point ; et depuis deux heures que Firmin est avec moi, je puis vous assurer qu'il ne m'a parlé d'autre chose

que de la difficulté qu'il trouvait à vous dire ce
qu'il vous a dit.

AGATHE.

Comment ! vous étiez dans sa confidence ?

GIRAUT.

Il y a long-temps, mademoiselle ; et, s'il faut ne
vous rien déguiser, je ne me suis déclaré votre
amant que parce qu'il m'avait avoué que son amour
pour vous était passé. (Agathe le regarde, et rêve profondément.)
Firmin est timide naturellement ; jamais il n'aurait osé vous avouer son inconstance. Mais enfin,
quand il s'est vu au dernier moment, je lui ai conseillé moi-même de ne pas laisser aller les choses
plus loin , et de vous épargner l'affront de le choisir, pour en être ensuite refusée.

AGATHE, froidement.

Je vous en remercie.

GIRAUT.

Puis-je me flatter de quelque espoir, mademoiselle, à présent que vous voilà bien certaine de
l'inconstance de Firmin ? car enfin on ne peut pas
en être plus certaine : il vous l'a dit lui-même ; et
ce n'est pas dans un moment de colère ou de dépit :
c'est à l'instant de vous épouser, quand monsieur
votre père vous laisse maîtresse de votre choix,
quand il devait tomber à vos genoux pour obtenir
votre aveu ; c'est dans ce moment-là qu'il vous a

bien clairement articulé : Épousez monsieur Giraut; je ne vous aime plus. Vous l'avez bien entendu, n'est-il pas vrai, mademoiselle?

AGATHE.

Oui.

GIRAUT.

Eh bien! mademoiselle, suivrez-vous ses conseils? et serai-je assez heureux pour vous faire accepter mon cœur, ma ferme et ma fortune?

AGATHE.

Monsieur Giraut, ce n'est pas le moment de me faire une pareille question. Je vais retrouver mon père; ce soir, je vous répondrai.

GIRAUT.

Ah! je vous entends, charmante Agathe, et je suis le plus heureux des hommes. Me permettez-vous de vous suivre?

AGATHE.

Non; j'ai besoin d'être seule. (Elle sort.)

SCÈNE VIII.

GIRAUT.

Ne la perdons pas de vue, et allons porter à Firmin sa quittance : c'est le moyen de l'engager davantage à me tenir sa parole. Je connais la probité de Firmin; dès qu'une fois il aura reçu cette quittance, il n'osera plus regarder Agathe. Ainsi je ferai tourner à mon avantage jusqu'aux bonnes qualités de mon rival.

FIN DU SECOND ACTE.

ACTE III.

SCÈNE PREMIÈRE.

AGATHE, THIBAUT.

THIBAUT.

Retourne chez nous, ma fille ; je ne ferai qu'aller et venir.

AGATHE.

Mais quelle affaire si pressante vous force d'aller à la ville ? Attendez à demain, mon père. Il est déjà tard ; pour peu que l'on vous retienne, vous reviendrez de nuit : vous savez que je n'aime pas cela.

THIBAUT.

Il est absolument nécessaire que j'y aille aujourd'hui : mais je n'y serai qu'un instant ; et la demi-lieue n'est pas forte. Pendant ce temps, tu réfléchiras sur le choix que tu dois faire, et tu me diras à mon retour lequel de Firmin ou de Giraut tu choisis pour ton mari.

AGATHE, tristement.

Jusqu'à ce moment j'étais décidée ; mais je ne le suis plus.

THIBAUT.

Voilà donc la cause de ce chagrin que j'ai remarqué sur ton visage. Je n'osais pas t'en parler, parce que je me souviens que les amoureux n'aiment pas les questions : mais je me suis douté que tu étais brouillée avec Firmin.

AGATHE.

Plût à Dieu que nous fussions brouillés ! cela n'empêche pas de s'aimer, au contraire.

THIBAUT.

Ah ! si vous n'êtes pas brouillés, il devient plus difficile de vous raccommoder. Tu as donc beaucoup à te plaindre de Firmin ?

AGATHE.

Beaucoup, mon père, beaucoup. Firmin n'est plus le même ; il n'a plus le même amour ; et malheureusement ma tendresse pour lui n'en peut diminuer : je le verrais, je crois, inconstant, que je l'aimerais encore. Tout cela me rend bien malheureuse ; et j'aurais grand besoin de conseil.

THIBAUT.

S'il était d'usage que les filles fissent cas de ceux de leur père, je sais bien ce que je te conseillerais.

AGATHE.

Comme vous n'ordonnez jamais, on est toujours tenté de faire ce que vous dites. Voyons donc comment vous vous conduiriez à ma place.

THIBAUT.

Pour te répondre là-dessus, il faudrait savoir précisément ce que tu reproches à Firmin.

AGATHE.

Ce n'est pas la peine d'entrer dans des détails. Mais supposez que Firmin soit un ingrat, un inconstant, qu'il m'oublie, et qu'il renonce à moi... nous n'en sommes pas là, au moins, il s'en faut; mais supposez pour un moment que j'aie des raisons de croire à l'inconstance de Firmin, vous décideriez-vous, pour le punir, à épouser M. Giraut?

THIBAUT.

Ces sortes de punitions-là, mon enfant, sont toujours pour celui qui les fait; et cela ressemblerait tout justement à notre voisin Gros-Pierre, qui, pour punir les moineaux qui venaient manger ses cerises, abattit son cerisier. A ta place je n'épouserais point Giraut.

AGATHE.

Ah ! que vous êtes de bon conseil, mon père ! je veux suivre aveuglément tous vos avis.

THIBAUT.

Mais je n'épouserais pas non plus Firmin.

AGATHE.

Et pourquoi donc, s'il vous plait ?

THIBAUT.

Pardi ! parce que tu dis toi-même qu'il est un ingrat, un inconstant, et que...

AGATHE.

Je ne vous ai pas dit cela, mon père, et je ne l'ai jamais pensé.

THIBAUT.

Non : eh bien ! je l'ai pensé pour toi. J'ai eu une assez longue conversation avec Firmin, et il s'en faut que j'en aie été content.

AGATHE.

Une conversation sur moi?

THIBAUT.

Sur toi-même. J'ai commencé par l'assurer que son mariage avec toi était certain : il s'est obstiné à me dire que non ; et il m'a toujours répondu là-dessus froidement et tristement.

AGATHE.

Tristement, cela peut être ; mais non pas froidement, j'en suis sûre.

THIBAUT.

Je le veux bien, il m'a répondu tristement. Ensuite je lui ai dit que je voulais te donner une dot ; et alors il m'a répondu très gaiement ; il m'a sauté au cou, et n'a plus douté de t'épouser demain. Après cela, je lui ai confié que, pour des raisons dont je l'ai fait juge, je ne pouvais pas payer ta dot le jour même de ton mariage ; et il est retombé dans ses doutes et dans sa tristesse. Oh ! tout cela m'a paru clair ; et j'ai conclu ce qu'un autre aurait conclu à ma place, que Firmin ne t'aime pas.

AGATHE.

Que Firmin ne m'aime pas ! Ah ciel ! comment
pouvez-vous croire une pareille chose !

THIBAUT.

C'est-à-dire , il t'aime bien quand je te donne
une dot ; mais sans la dot il ne se soucie plus de toi.

AGATHE.

Mais vous l'outragez , mon père ; mais gardez-
vous, bien de penser un seul mot de toutes ces ca-
lomnies , et soyez sûr que ceux qui vous l'ont dit
vous ont menti.

THIBAUT.

Tu ne m'entends donc pas ? C'est Firmin lui-
même qui me l'a dit.

AGATHE.

C'est égal , mon père ; il a menti. Je connais Firmin , je connais son cœur ; et c'est le meilleur , le
plus tendre de tous les cœurs. Lui , aimer par intérêt ! Eh ! depuis que nous nous connaissons , ne
sait-il pas bien que j'ai un frère ? ne sait-il pas que
vous avez toujours déclaré vouloir me marier sans
me donner de dot ? Est-ce qu'il y a seulement songé ?
Est-ce qu'il nous est venu dans la tête , à l'un ou
à l'autre , que nous avions besoin d'argent pour
être aimables ? Non , mon père , je vous le répète ,
vous avez mal entendu , ou il s'est mal expliqué ; et

Firmin est le plus désintéressé, le plus aimable et le plus honnête des hommes.

THIBAUT.

Voilà ce qui s'appelle bien recevoir un conseil qu'on a demandé ? Explique-moi donc à présent comment, d'après cet éloge, tu peux avoir à te plaindre de Firmin.

AGATHE.

Cela n'empêche pas, mon père. Oui, sans doute, j'ai à m'en plaindre ; oui je suis fâchée contre lui, et fâchée peut-être au point que je ne le prendrai pas pour époux : mais en cessant de l'aimer, en le haïssant même, je ne souffrirai jamais qu'on le calomnie devant moi ; je le défendrai toujours, parce que je sais combien il est estimable.

THIBAUT.

Pourquoi donc es-tu tentée de le quitter ?

AGATHE.

C'est différent cela, mon père ; cela ne regarde que Firmin et moi. Quand on s'aime, il y a tout plein de petits torts qui n'existent que pour les amans. Ils ont raison de s'en piquer, ils ont raison de les punir ; mais tout autre qu'eux n'a pas le droit de juger ces torts-là.

THIBAUT.

C'est pour cela que je te laisse seul juge entre Firmin et Giraut. Tu m'as demandé conseil, je

t'ai dit mon avis ; tu feras à ta tête : c'est toujours
ainsi que cela se pratique ; et je ne t'en sais pas
mauvais gré. Il se fait tard , je vais me mettre en
route.

AGATHE , l'arrêtant.

Tout ce que vous m'avez dit de cette dot , et
de la joie et de la tristesse de Firmin , me donne
un soupçon que je veux éclaircir ; et , pour m'en
réserver les moyens , je vais dès ce pas parler à ma
marraine. Adieu , mon père ; revenez de bonne
heure , je vous le recommande , et embrassez mon
frère pour moi. (Elle sort.)

SCÈNE II.

THIBAUT.

Elle est toujours folle de son Firmin , et je suis
sûr qu'elle l'épousera. A la bonne heure ! Moi-même
j'ai approuvé son choix jusqu'à la conversation de
ce matin... Et peut-être me suis-je trompé ; peut-
être me suis-je pressé de juger trop sévèrement
Firmin. A mon âge on est défiant ; et dès que l'on
est vieux , on croit facilement le mal. Au fait , c'est
pour elle que ma fille se marie ; il est plus important que son mari lui plaise qu'à moi. Je lui ai dit
ce que je devais lui dire : elle n'est pas de mon avis ;
c'est à son père d'être du sien... Voici Firmin ; évi-
tons-le , et allons au secours de mon pauvre fils.
(Il s'en va.)

SCÈNE III.

MARCELLE, FIRMIN, THIBAUT.

(Firmin arrive donnant le bras à sa mère ; il voit sortir M. Thibaut, il le
rappelle.)

FIRMIN.

Monsieur Thibaut ! monsieur Thibaut !

THIBAUT, s'en allant.

Je n'ai pas le temps, je suis pressé.   (Il sort.)

SCÈNE IV.

MARCELLE, FIRMIN.

FIRMIN, à part.

Il est fâché contre moi... Tout se réunit pour
m'accabler.

MARCELLE.

Plus j'y pense, mon cher ami, plus je suis étonnée de la bonne nouvelle que tu es venu m'annoncer. Comment est-il possible que monsieur Giraut
se soit montré généreux ?

FIRMIN.

C'est un bonheur qui m'a étonné moi-même.
Mais il s'agissait de vous, de votre repos, de votre
liberté ; et ma tendresse, ma crainte, ma douleur,
m'ont fait si bien parler, m'ont rendu si pressant,
que monsieur Giraut n'a pu résister. Nous sommes
convenus de quelques arrangemens qui l'ont satis-

fait ; et il ne doit pas tarder à vous apporter votre quittance.

MARCELLE.

La joie que j'éprouve ; mon cher fils, est dou-blée par le plaisir de t'en avoir l'obligation , et je te la dois toute entière. Sans toi, sans toi seul, je perdais ma liberté ; et , je ne crains pas de te l'avouer à présent que le péril est passé , j'aurais aussi perdu la vie : car je n'aurais jamais consenti que tu me suivisses en prison ; et tu juges bien qu'à mon âge, accablée comme je le suis par les ans , par les infirmités , je n'aurais pu supporter une prison où je n'aurais plus vu mon fils. Non , mon enfant, je serais morte à l'instant où l'on nous aurait séparés. Et c'est toi qui m'as sauvée! c'est à toi que je dois la vie ! Je sens qu'elle m'en est plus chère ; je sens que j'aurai du plaisir à te dire tous les matins : Je te dois encore ce jour-ci , et je vais l'employer à t'aimer.

FIRMIN.

Ah ! ma mère, quelle douce satisfaction vous me faites éprouver ! quel calme vous portez dans mon âme ! Je n'ai rempli que mon devoir : mais votre reconnaissance, votre tendresse, votre amour, me prouvent qu'aucun bien au monde ne peut valoir le bonheur de servir et d'aimer sa mère.

MARCELLE.

Explique-moi, je te prie, comment tu as pu
venir à bout d'une chose si difficile, et quels sont
les arrangemens que tu as faits avec Giraut?

FIRMIN.

N'en parlons plus, je vous en prie. Cette malheureuse histoire nous a donné assez de chagrin :
oublions-la, je vous le demande. Giraut est content, vous êtes tranquille ; tout le reste est inutile
à savoir.

MARCELLE.

Tu redoubles mes alarmes en refusant de m'expliquer les conventions que tu as faites. Je connais
ta tendresse, mon fils; je suis sûre que tu t'es
engagé pour moi, et que par la suite... Si je le
croyais, vois-tu, j'irais tout à l'heure...

FIRMIN.

Écoutez, ma mère, vous savez bien que je ne
vous ai jamais menti : eh bien ! je vous proteste,
je vous jure que les engagemens que j'ai pris avec
Giraut sont remplis; que jamais Giraut ne pourra
rien me demander, que je ne cours pas le moindre
péril ; et qu'il est impossible que je devienne jamais plus malheureux... que je ne le suis. (Il pleure,
et cache ses larmes.)

MARCELLE.

Mais d'où vient donc cette tristesse que tu veux

en vain me cacher, et que je lis malgré toi sur ton visage ?

FIRMIN, essuyant ses pleurs.

Moi, ma mère, je ne suis point triste.

MARCELLE, le regardant.

Tu n'es pas triste ?

FIRMIN, s'efforçant de sourire.

Au contraire, je vous ai sauvée, je suis trop heureux. (Il fond en larmes.)

MARCELLE.

Tu es heureux, et tu pleures ! tu pleures, mon fils, mon cher fils ! Ah ! tu me caches quelque malheur ! tu me trompes, j'en suis certaine ! Mon fils, mon cher enfant, je te supplie, au nom du ciel, au nom de ma tendresse, dis-moi la cause de ton chagrin, dis-la moi, Firmin ; je suis si pressée de m'affliger avec toi ! Eh quoi ! tu ne me réponds pas ? J'ai donc perdu ta confiance. Si cela est, reprends tes bienfaits ; j'aime mieux y renoncer ; j'aime mieux aller en prison, que de ne pas partager la moindre douleur de mon fils.

FIRMIN.

Ma mère, c'est vous seule, c'est votre tendresse qui me fait pleurer. Je n'ai point de chagrin, je vous assure ; et...

MARCELLE.

Tu ne sais pas mentir, Firmin, et c'est en vain

que tu l'essaies : songe que mon cœur parle toujours au tien, et que ces deux cœurs-là ne peuvent
se tromper.

FIRMIN.

Eh bien ! ma mère, je vais tout vous dire...
(à part.) Cachons-lui du moins ce qui l'intéresse.

MARCELLE.

Eh bien ?

FIRMIN.

Eh bien !.. je suis brouillé avec Agathe : voilà
la cause de mon chagrin.

MARCELLE.

Je respire ; c'est un malheur qui pourra se réparer.

FIRMIN.

Non, ma mère, c'est fini; je ne la reverrai jamais, jamais.

MARCELLE.

Jamais, en langage d'amoureux, signifie dans
un quart d'heure. Dis-moi seulement si c'est toi qui
as tort.

FIRMIN.

Oui, ma mère, c'est moi qui ai tout le tort.

MARCELLE.

Tant mieux; cela se raccommodera plus vite,
et ce sera moi qui m'en chargerai. Je vais aller
trouver Agathe, je vais lui demander pardon pour
toi, lui dire que tu l'adores, lui peindre...

FIRMIN.

Que dites-vous, ma mère? vous voulez...

MARCELLE.

Oui, je veux te rendre au bonheur ; sois tranquille, je te réponds d'apaiser Agathe. Est-ce que
tu crois que je ne connais pas toutes ces petites
querelles ? Je m'en souviens encore, mon ami ;
et je veux employer pour toi toute l'expérience
qu'une vieille femme a toujours là-dessus. Laisse-
moi, laisse-moi aller parler à Agathe ; j'aurai du
plaisir à m'acquitter en partie de tout ce que je te
dois. Tu as arrangé mes affaires avec Giraut ; je
vais arranger les tiennes avec Agathe : attends-moi,
je ne tarderai pas. (Elle veut sortir, Firmin la retient.)

FIRMIN.

Arrêtez, ma mère, arrêtez : gardez-vous bien
d'aller rien dire à Agathe, vous me causeriez la
plus mortelle douleur. Agathe ne m'aime plus,
puisqu'il faut vous le dire ; Agathe me préfère un
rival ; ce soir même elle doit l'épouser. Je ne veux
de ma vie revoir Agathe ; je souffre même d'en
parler ; et si vous vouliez me faire plaisir, nous
changerions de conversation.

MARCELLE.

Et tu me disais que c'était toi qui avais tort.

FIRMIN.

Eh! oui, ma mère, j'ai eu tort dans le principe...

et ensuite... il est arrivé... Mais, au nom du ciel, ne parlons plus de tout cela, vous me faites souffrir le martyre.

MARCELLE.

Eh bien ! mon fils, pardon, pardon, je ne t'en dirai plus rien, je ne t'en parlerai plus... Hélas, mon Dieu ! qui l'aurait cru de cette petite Agathe, qui avait l'air de t'aimer tant, qui me disait encore hier que si tu changeais jamais, elle était sûre d'en mourir ?... Pardon, encore une fois ; ne te fâche pas, mon ami, ne te fâche pas, voilà qui est dit : mais je ne puis m'empêcher de pleurer en songeant que cette perfide... Allons, allons, voilà qui est fini, je ne parlerai plus de rien.

FIRMIN.

Pardonnez-moi, ma mère : il faut me parler de vous; il faut me dire, pour me consoler, que vous m'aimez, que vous êtes heureuse, que votre tendresse me rendra tout ce que je perds dans celle d'Agathe ; il faut m'entretenir de ma mère : voilà le moyen de me faire oublier mes maux.

MARCELLE.

Pauvre enfant ! Et... que te dirais-je que tu ne saches pas déjà ? Plût à Dieu que je pusse te rendre tout ce que tu as perdu ! Je n'en désespère pas encore ; et, malgré ta résistance, je veux tout à l'heure aller trouver Agathe. Je suis sûre de la

ramener à toi. Laisse-moi, laisse-moi sortir.
(Elle fait des efforts pour s'en aller.)

FIRMIN.

Non, ma mère, non, je ne le souffrirai pas.
D'ailleurs, voici l'instant où monsieur Giraut doit
vous apporter sa quittance; il faut que vous y soyez
pour la recevoir.

MARCELLE.

Que me font monsieur Giraut et sa quittance, et
tout ce qui ne regarde que moi? C'est ton bonheur
qui peut me rendre heureuse; et je veux aller
essayer...

FIRMIN.

Voici monsieur Giraut. Ma mère, au nom du
ciel, ne parlez de rien de ce que je viens de vous
dire; vous me mettriez au désespoir.

SCÈNE V.

MARCELLE, FIRMIN, GIRAUT.

GIRAUT, bas, à Firmin.

Je suis de parole, comme vous voyez... (haut, à
Marcelle.) Bonjour, madame Marcelle : votre fils vous
a dit sans doute que nous nous étions arrangés.

MARCELLE.

Oui, monsieur Giraut : mais il n'a jamais voulu
me dire quels moyens vous avez pris ensemble; et
je vous avoue que cela m'inquiète.

GIRAUT.

Allez, allez, madame Marcelle, ne soyez inquiète de rien; pour vous prouver que jamais je
ne veux revenir là-dessus, je vous apporte votre
billet... (à Firmin, à part.) Vous voyez jusqu'à quel point
je compte sur votre parole.

FIRMIN.

Jamais je n'y ai manqué.

GIRAUT.

Le voilà, madame Marcelle. (Il le lui donne.)

MARCELLE.

Mais je vous demande en grâce, monsieur Giraut, de m'expliquer à quelles conditions mon fils
l'a pu obtenir de vous.

GIRAUT.

A quelles conditions ?... (Il regarde Firmin.)

FIRMIN, bas à Giraut.

Inventez quelque moyen, et cachez-lui le véritable.

GIRAUT.

Tenez, madame Marcelle, il ne faut pas vous
tromper. Votre fils et moi, en nous promenant,
nous avions trouvé un trésor, sur lequel chacun de
nous avait des droits : Firmin me cède ses droits
sur le trésor; et, pour le posséder tout seul, je lui
ai remis votre créance.

MARCELLE.

Tout cela ne me paraît pas clair; et j'ai de la

peine à prendre ce billet , tant que je ne sais pas
précisément...

SCÈNE VI.

FIRMIN, GIRAUT, MARCELLE, AGATHE, THIBAUT.

AGATHE.

Bon jour, madame Marcelle. Vous nous permet-
trez bien, à mon père et à moi , de venir demander
à votre fils une dernière explication nécessaire
à mon repos , et d'après laquelle je dois décider
mon mariage. Vous savez peut-être ce qui s'est
passé.

MARCELLE.

Oui, je le sais, je le sais, mademoiselle; et je
ne conçois pas comment, après l'avoir trahi , après
avoir manqué à toutes les promesses, à tous les
sermens que vous lui aviez faits, vous venez jusque
chez lui faire parade de votre inconstance, et chercher de mauvaises raisons pour répéter que vous
ne l'aimez plus.

AGATHE.

Que je ne l'aime plus, ô ciel !... Et c'est lui qui
me l'a dit ; c'est lui qui m'a déclaré qu'il renonçait
à ma main, qu'il ne voulait plus de mon cœur ;
c'est lui qui, sans raison, sans sujet, sans brouil-
lerie, est venu me rendre ma foi, et a eu le courage
et la cruauté de me dire que son amour pour moi

était passé. Mais je ne l'ai pas cru lui-même ; et c'est la première fois que j'ai douté de ce que Firmin m'a dit. (Firmin veut parler.) Oui, Firmin, vous avez menti, j'en suis sûre ; et il faut qu'un puissant motif vous ait forcé à ce mensonge ; il faut que, par une cause inconnue que je ne puis pénétrer, Firmin, le fidèle Firmin, qui m'a toujours aimée et qui m'adore plus que jamais, se soit vu obligé de dire qu'il renonçait à son Agathe. Ce qui me le prouverait, quand mon cœur ne me le dirait pas, c'est que, connaissant mon mépris pour l'amour de monsieur Giraut, il m'a conseillé de l'épouser.

MARCELLE, vivement.

Giraut vous aime, et mon fils vous conseille de l'épouser ! Ah ! ma fille, ce seul mot m'éclaire ; et je vais t'expliquer tout ceci. Je dois mille écus à monsieur Giraut : il fallait les payer aujourd'hui, ou être arrêtée ; mon fils a sacrifié sa maîtresse à sa mère ; je suis sûre que, pour me sauver, pour obtenir la quittance des mille écus, mon fils a cédé ton cœur ; j'en suis certaine, le mien me le dit. Viens, mon enfant, mon cher enfant, viens te jeter dans mes bras. Eh ! crois-tu que j'accepte tes dons ? Mon fils, mon cher fils, depuis quand penses-tu que tu ne m'es pas plus cher que moi-même ? Monsieur Giraut, voilà votre quittance ; faites tout ce que vous voudrez.

AGATHE, prenant le papier.

Que je suis heureuse ! et que je lui sais gré de tout ce qu'il m'a fait souffrir ! Firmin, dès ce moment, je vous aime cent fois plus que je ne vous aimais ; et recevez-ici le serment que je vous fais, devant monsieur Giraut, de vous adorer jusqu'à mon dernier soupir.

GIRAUT.

Tout cela est charmant ; mais il me faut mon billet ou mon argent.

AGATHE.

J'espère que je vais tout arranger. Lorsque Firmin m'a dit en pleurant qu'il ne m'aimait plus, je me suis bien doutée que vous étiez pour quelque chose dans cet affreux mystère ; et, sans pouvoir le pénétrer, j'ai été me jeter aux pieds de madame la comtesse, ma marraine. Je savais qu'aujourd'hui devait se faire l'adjudication de sa ferme ; je la lui ai demandée pour moi-même, et je l'ai obtenue.

GIRAUT.

Comment !

AGATHE.

Oui, monsieur Giraut, c'est moi qui suis fermière de madame la comtesse.

GIRAUT.

Mais je ne pressais tant madame Marcelle pour les mille écus qu'elle me doit, qu'afin de les donner à l'intendant de madame pour qu'il me fît continuer mon bail.

AGATHE.

Eh bien ! donnez-les moi, je vous cède le mien. Madame Marcelle sera quitte avec vous, vous resterez fermier, j'épouserai Firmin, et tout le monde sera content,

THIBAUT.

Non, tout le monde ne le serait pas. Je vous écoute tous, et je vous admire : chacun de vous fait son devoir ; heureusement je puis faire le mien aussi. Voici quatre mille francs que je t'avais destinés, ma fille, et qu'un malheur affreux arrivé à ton frère me forçait de lui porter aujourd'hui. Firmin était dans mon secret. Comme j'allais à la ville, j'ai trouvé mon fils en chemin, qui venait m'instruire que son voleur était pris, et l'argent restitué. Je t'ai bien vite rapporté le tien. Voilà ta dot, ma fille : paie lui son billet, garde ta ferme, et qu'il demeure puni de l'infâme marché qu'il avait fait avec Firmin.

AGATHE.

Mon père, c'est à vous de régler tout cela, c'est à vous de le punir ; car, pour moi, je ne puis en vouloir à monsieur Giraut ; et je lui pardonne de tout mon cœur d'avoir rendu mon amant le plus vertueux et le plus aimable de tous les hommes.

THIBAUT à Giraut.

Tenez, monsieur, payez-vous.

GIRAUT, prenant l'argent.

Cela n'est pas si pressé. Mais enfin... je suis charmé que tout ceci ait tourné à la satisfaction de tout le monde. S'il faut vous avouer la vérité... c'était une petite épreuve à laquelle j'ai voulu mettre la vertu de ces deux jeunes époux, qui sont tout-à-fait intéressans. (Il s'en va.)

THIBAUT.

N'oubliez pas de me rapporter mon reste. Et vous, mes enfans, venez tous, venez chez moi, où mon fils semble être arrivé exprès pour assister à vos noces.

FIRMIN.

Ah ! monsieur Thibaut, ma chère Agathe, et vous, ma bonne mère, j'éprouve une joie, un bonheur que tous mes chagrins n'ont pas trop payé.

MARCELLE.

Sois heureux, mon fils, sois heureux, tu le mérites si bien ! Puisses-tu être récompensé de ta vertu par un fils qui te ressemble !

FIN DU BON FILS.

MYRTIL ET CHLOÉ,

IDYLLE

DE M. GESSNER.

—

De grand matin Myrtil, sortant de la cabane, trouva Chloé, sa plus jeune sœur, occupée à tresser des guirlandes de fleurs. La rosée brillait sur toutes les fleurs, et à la rosée se mêlaient les larmes de la petite Chloé.

MYRTIL.

Chère Chloé, que veux-tu faire de ces guirlandes ? Hélas ! tu pleures.

CHLOÉ.

Et ne pleures-tu pas toi-même, cher Myrtil ? Mais qui ne pleurerait comme nous ? L'as-tu vue, notre mère ? Dans quelle tristesse elle est plongée ! comme, avant de nous quitter, elle pressa nos mains dans les siennes, en détournant de nous ses yeux baignés de larmes !

MYRTIL.

Je l'ai vue comme toi. Hélas ! notre père ! sans doute il est plus mal encore qu'il n'était hier !

CHLOÉ.

Ah ! mon frère, s'il doit mourir ! Comme il nous

aime, comme il nous embrasse, lorsque nous faisons ce qu'il aime, ce qui plaît aux dieux !

MYRTIL.

O ma sœur ! comme tout est triste ! En vain
mon agneau vient me caresser; j'oublie presque
de lui donner à manger. En vain mon ramier voltige sur mes épaules, et cherche à me becqueter
les lèvres et le menton ; rien, non, rien ne saurait
me rappeler à la joie. O mon père ! si tu meurs,
je veux mourir aussi .

CHLOÉ.

Hélas ! il t'en souvient ; ce bon père, il y a cinq
jours qu'il nous prit tous deux sur ses genoux,
et qu'il se mit à pleurer.

MYRTIL.

Oui, Chloé, il m'en souvient. Comme il nous
remit à terre, comme il devint pâle ! Je ne peux
plus vous tenir, mes enfans ; je me trouve mal...
très-mal. A ces mots, il se traîna dans son lit.
Depuis ce jour, il est malade.

CHLOÉ.

Et depuis ce jour son mal a toujours augmenté.
Écoute, mon frère, quel est mon dessein. Dès
l'aube du jour je suis sortie de la cabane pour
cueillir des fleurs nouvelles, et pour en faire ces
guirlandes ; je vais les porter aux pieds de la statue
de Pan. Notre mère ne dit-elle pas toujours que
les dieux sont bons, que les dieux aiment à exau-

cer les vœux de l'innocence? J'irai, j'offrirai ces
guirlandes au dieu Pan. Et vois-tu dans cette cage
tout ce que j'ai de plus cher, mon petit oiseau?
Et bien je veux l'immoler encore au dieu.

MYRTIL.

O ma chère sœur ! je veux aller avec toi... Je te
prie, attends un instant. Je vais chercher ma cor-
beille, elle est pleine des plus beaux fruits ; et mon
ramier, je veux aussi l'immoler au dieu Pan.

Il courut, et fut bientôt de retour. Alors ils
allèrent ensemble au pied de la statue. Elle était
située non loin de là, sur une colline, au milieu
des sapins les plus touffus. Là, s'étant mis à
genoux, ils invoquèrent ainsi le dieu des champs :

CHLOÉ.

O Pan ! protecteur de nos hameaux, écoute favorablement nos prières ; reçois nos faibles offran-
des : c'est tout ce que des enfans peuvent t'offrir.
Je pose ces guirlandes à tes pieds ; si je pouvais
atteindre plus haut, je voudrais en couronner ton
front, je voudrais en ceindre tes épaules. Sauve,
ô Pan ! sauve notre père, rends-le à ses pauvres
enfans !

MYRTIL.

Je t'apporte ces fruits ; ce sont les plus beaux
que j'aie pu cueillir dans nos vergers : reçois-les
favorablement. Je t'aurais sacrifié la plus belle
chèvre du troupeau ; mais elle aurait été plus forte

que moi. Quand je serai plus grand, je t'en sacri-
fierai deux toutes les années, pour avoir rendu
notre père à nos vœux. Rends, ô dieu secourable!
rends la santé au meilleur des pères!

CHLOÉ.

Je vais t'immoler cet oiseau, ô dieu secourable!
c'est tout ce que j'ai de plus cher. Regarde, il
vole sur ma main pour me demander sa nourriture :
mais je veux, ô Pan! je veux te l'immoler.

MYRTIL.

Et moi, je vais t'immoler ce ramier; il se joue,
il me caresse : mais je veux, ô Pan! je veux te
l'immoler, pour que tu nous rendes notre père.
Exauce, ô Pan! exauce nos vœux!

Déjà leurs petites mains tremblantes saisissaient
les victimes, lorsqu'une voix se fit entendre : Les
dieux aiment à exaucer les vœux de l'innocence;
aimables enfans, n'immolez point ce qui fait vos
délices, votre père est rendu à la vie.

Et Ménalque recouvra la santé. Heureux de la
piété de ses enfans, il alla ce jour même, avec
toute sa famille, offrir un sacrifice au dieu. Il vécut
comblé de bénédictions, et vit les enfans de ses
enfans.

N. B. C'est la charmante idylle qu'on vient de lire , qui a fourni le sujet de la pastorale suivante. Mais , comme il n'est jamais permis de copier, on y a fait plusieurs changemens, dont le plus considérable est de n'avoir pas rendu Myrtil et Chloé frère et sœur.

MYRTIL ET CHLOÉ,

PASTORALE.

PERSONNAGES.

MYRTIL, berger, âgé de treize ans.
CHLOÉ, bergère du même hameau, âgée de douze ans.
LISIS, prêtre de l'Amour, âgé de quatorze ans.
UN PLUS JEUNE PRÊTRE, suivant de Lisis.

MYRTIL ET CHLOÉ,

PASTORALE.

SCÈNE PREMIÈRE.

(Le théâtre représente un bocage ; le temple de l'amour se voit dans le fond. L'aurore commence à paraître. Myrtil et Chloé entrent par les deux côtés opposés ; Myrtil porte dans ses mains un nid de tourterelles ; Chloé une houlette garnie de fleurs.)

MYRTIL, CHLOÉ.

MYRTIL.

Quoi ! ma bonne amie, vous êtes déjà levée ! Et où allez-vous si matin ?

CHLOÉ.

J'allais vous chercher, mon bon ami. Il y a bien long-temps que nous nous sommes quittés... Depuis hier soir... !

MYRTIL.

Ah ! la belle houlette ; je ne vous l'avais jamais vue. Qui vous l'a donnée, Chloé ?

CHLOÉ.

C'est un secret, Myrtil. Ah ! les jolis oiseaux ; vous ne m'aviez pas enseigné leur nid. A qui les donnerez-vous, Myrtil ?

MYRTIL.

C'est un secret, Chloé.

CHLOÉ.

Vous regardez bien cette houlette !

MYRTIL.

Vous regardez bien ces tourterelles !

CHLOÉ.

Allons, mon ami, je vais tout vous dire.

MYRTIL.

Moi, je ne vous cacherai rien.

CHLOÉ.

C'est pour vous.

MYRTIL.

C'est pour vous.

CHLOÉ.

Depuis plus d'un mois je travaille en cachette à découper, avec mon couteau, l'écorce de cette houlette. Le bois est bien dur, ma main est bien faible ; et comme je travaillais pour vous, je n'ai jamais voulu que personne m'aidât. Voilà pourquoi, mon ami, l'ouvrage a été si long. Et puis, c'est que j'ai gravé tout au haut de la houlette la première lettre de votre nom : c'est la seule que je sache écrire. Hier au soir tout a été fini ; je n'ai pas dormi de plaisir. Dès que le chant de l'alouette m'a avertie qu'il faisait jour, je me suis levée, j'ai cueilli des fleurs pour en orner la houlette ; j'allais la poser à la porte de votre cabane, et me cacher parmi les églantiers qui sont tout près. Mais

j'ai beau me lever matin, Myrtil est plus matinal ;
j'ai beau vouloir lui cacher quelque chose, il sait
toujours mes secrets aussitôt que moi.

MYRTIL.

Et moi, depuis plus de quinze jours, j'ai découvert ce nid de tourterelles dans le petit bois de
la colline. Mais les tourterelles l'avaient placé tout
au haut d'un jeune chêne dont la tige était trop
faible pour me porter. Je ne pouvais pas y monter, je ne pouvais m'aider d'aucun arbre voisin, et
je risquais, en pliant le jeune chêne, ou de le cas-
ser, ou d'effrayer les tourterelles, ou de faire tomber les petits.

CHLOÉ.

Comment avez-vous donc fait, mon ami ?

MYRTIL.

J'ai attaché le bout de ma fronde à la tige du
jeune chêne, aussi haut que mes deux mains ont
pu atteindre; ensuite j'ai noué l'autre bout à la ra-
cine d'un arbre voisin, et chaque jour j'allais res-
serrer le nœud en raccourcissant le lien : chaque
jour, insensiblement, le nid s'est approché de moi,
sans que l'arbre ait cassé, sans que les tourterelles
s'en soient aperçues. Pendant ce temps, les petits
ont grandi, et mon espérance avec eux. Enfin ce
matin le nid est arrivé à la hauteur de mon visage,
et j'ai vu les deux tourtereaux qui ouvraient le bec,

croyant que j'étais leur mère. J'ai vite enlevé le
nid; j'allais le poser à la porte de votre cabane,
sur ce petit lilas que nous plantâmes ensemble il y
a un an. Mais je ne peux jamais réussir à vous surprendre, Chloé; et comme je vous cherche toujours, je vous rencontre partout.

CHLOÉ.

Et bien, mon ami, faisons tout comme si nos
projets avaient réussi. Prenez cette houlette, et
donnez-moi vos tourterelles.

(Myrtil donne les oiseaux, et reçoit la houlette.)

MYRTIL, regardant la houlette.

Ah! qu'elle est belle, Chloé! Tous les bergers
vont me l'envier; et moi je leur dirai : Vous l'en-
vieriez bien davantage, si vous saviez qui me l'a
donnée.

CHLOÉ, caressant les tourterelles.

Vos tourterelles sont charmantes, mon ami :
elles sont blanches comme ces lis que vous me
donnâtes l'autre jour, et elles sont douces comme
vous.

MYRTIL.

Ma bonne amie, promettez-moi que vous les
garderez toujours.

CHLOÉ.

Oh! de tout mon cœur! Mais il faut me pro-
mettre aussi que vous ne quitterez jamais ma
houlette.

MYRTIL.

Écoutez : voilà le temple de l'Amour ; venez-y recevoir ma promesse, et me donner la vôtre.

CHLOÉ.

Non, Myrtil ; ma mère m'a défendu d'entrer dans ce temple, à moins qu'elle ne m'y conduisît. Je ne veux point désobéir à ma mère.

MYRTIL.

Vous avez raison, Chloé ; j'aimerais mieux mourir aussi que de déplaire à mon père. Mais, sans entrer dans le temple, nous pouvons nous mettre à genoux ici, et nous jurer devant l'Amour, qui nous entendra bien de là-bas, que jamais ces doux présens ne sortirons de nos mains.

CHLOÉ.

Je le veux bien. Mais il ne faut pas jurer ; nous ne sommes pas assez grands pour cela : promettons, c'est assez pour que nous soyons tranquilles.

MYRTIL.

A la bonne heure. Écoutez-moi bien, Chloé ; puis vous direz comme moi.

CHLOÉ.

Peut-être.

(Myrtil se met à genoux, en se tournant un peu vers le temple de l'Amour.)

MYRTIL.

Tendre Amour, roi de la nature (bas à Chloé) c'est comme cela qu'il s'appelle, (haut.) rendez Myrtil le

plus infortuné des bergers, s'il quitte un seul moment cette belle houlette. Je suis encore trop enfant pour posséder un troupeau ; cette houlette est
mon seul trésor : quand je serai grand, mon père
m'a promis douze chèvres ; cette houlette les con-
duira ; et quand je serai vieux comme mon père,
cette houlette soutiendra mes pas. Ainsi, enfant,
jeune et vieillard, cette houlette sera toujours ce
que j'aurai de plus cher.

(Chloé se met à genoux, en se tournant un peu vers le temple de l'Amour.)

CHLOÉ.

Amour, dieu qu'il faut craindre, (bas à Myrtil.) ma
mère me l'a dit ainsi, (haut.) faites tomber votre
courroux sur la malheureuse Chloé, si je me sé-
pare jamais volontairement de ces deux oiseaux
que m'a donnés Myrtil : je promets d'en avoir soin
comme s'ils étaient à ma mère. Elles sont jeunes,
ces tourterelles ; je suis jeune aussi : nous vieilli-
rons ensemble, elles, en s'aimant toujours ; moi,
en aimant toujours Myrtil.

MYRTIL.

Je vous remercie, ma chère Chloé. A présent
nous voilà bien sûrs... Mais je vois venir Lisis, le
prêtre de l'Amour. Comme il est triste ! Il vient
sans doute nous annoncer quelque malheur.

SCÈ NE II.

MYRTIL, CHLOÉ, LISIS, UN PRÊTRE DE L'AMOUR.

LISIS.

Oui, mon cher Myrtil; et je pleure moi-même
de la triste nouvelle que je viens vous annoncer.

MYRTIL.

Ah, Lisis! vous me faites trembler! Est-ce un
malheur qui regarde mon père? Je crains plus
pour lui que pour moi.

LISIS.

Votre père vient de s'éveiller avec une fièvre
brûlante : le mal commence à peine, et il est à son
comble; l'infortuné vieillard, affaibli par les années, accablé par la douleur, touche à son dernier
moment.

MYRTIL, pleurant.

O dieux! ô dieux! mon père va m'être ravi. Malheureux que je suis! Mon père souffre, mon père
meurt peut-être; et je ne l'ai pas embrassé!...
Lisis, Chloé, priez l'Amour, priez tous les dieux
de me rendre le meilleur des pères; priez-les de
faire tomber sur moi tous les maux qui le font
souffrir... Je ne puis rester avec vous; je vais, je
cours servir mon père. (Il sort.)

SCÈNE III.

LISIS, CHLOÉ, UN PRÊTRE DE L'AMOUR.

CHLOÉ.

Ah, Lisis ! vous que l'Amour a choisi pour être le ministre de son temple, vous par qui ce dieu puissant nous annonce ses volontés, demandez, obtenez de lui la guérison de Ménalque ; obtenez que le plus vertueux de nos bergers vive long-temps encore pour nous enseigner la vertu.

LISIS.

Est-ce l'amour de la vertu qui vous fait prendre un intérêt si tendre au père de Myrtil ?

CHLOÉ.

C'est le plus juste, c'est le plus doux des sentimens : la reconnaissance. Vous ignorez ce que je dois au bon Ménalque ; vous ignorez que, l'été dernier, un orage épouvantable détruisit la moisson de ma mère. Le lendemain de cet orage ma mère alla voir son champ ; j'étais avec elle, elle me tenait par la main. Ma mère regardait d'un œil fixe tous ces épis couchés sur la terre, brisés, dépouillés par la grêle : elle ne prononçait pas une plainte ; mais de grosses larmes tombaient de ses yeux, et venaient couler le long de mon bras ; je les sens encore, ces larmes. Le vieux Ménalque, le père de Myrtil, passa par-là, en revenant de son champ,

qui n'avait pas souffert de l'orage. Il vit ma mère
qui pleurait; il s'approcha d'elle d'un air triste,
lui prit la main, qu'il serra en levant les yeux au
ciel; puis il me baisa sur le front, et nous dit seulement ces paroles : Revenez ici demain, je vous
en prie, revenez. Nous retournâmes le lendemain,
et nous trouvâmes une moisson liée en gerbes, plus
belle que la moisson détruite. Le bon Ménalque
avait passé la nuit, aidé de toute sa famille, à
porter dans notre champ la moitié des gerbes du
sien.

LISIS.

Je reconnais bien là Ménalque.

CHLOÉ.

Jugez si je dois l'aimer ! jugez si, depuis ce jour,
ma mère et moi nous nous sommes jamais endor-
mies sans bénir le nom de Ménalque ! Ah, Lisis !
joignez vos vœux aux miens, allez conjurer l'A-
mour de me rendre mon bienfaiteur.

LISIS.

Des vœux ne suffisent pas, Chloé; les Dieux aiment les sacrifices.

CHLOÉ.

Hélas ! je n'ai point de victime : ma mère n'a
point de troupeau. Si nous possédions une seule
brebis, j'aurais déjà couru la chercher.

LISIS.

A qui appartiennent ces deux tourerelles ?

CHLOÉ , *d'une voix tremblante.*

A moi.

LISIS

Ce sont les oiseaux de l'amour : quand je veux obtenir quelque grâce de ce dieu , j'immole aussitôt deux tourterelles sur son autel.

CHLOÉ.

Quoi ! vous pensez qu'en sacrifiant ces oiseaux je pourrais obtenir la santé de Ménalque ?

LISIS.

C'est le plus sûr moyen.

CHLOÉ, *regardant les tourterelles.*

O malheureuses tourterelles ! il vient de vous condamner à la mort. Hélas ! j'avais espéré, j'avais promis de ne jamais me séparer de vous : mais il s'agit du père de Myrtil, du bienfaiteur de ma mère; aucune promesse , aucun sentiment ne peut balancer la reconnaissance. Pauvres oiseaux , je vous pleure , mais je ne puis vous sauver.

LISIS.

Eh bien ! êtes-vous décidée ?

CHLOÉ.

Oui , sans doute , je le suis.

LISIS.

Le mal presse , ne perdons pas un moment ; venez avec moi immoler ces tourterelles.

CHLOÉ.

Non , Lisis , non : épargnez-moi ce spectacle ;

il est trop affreux pour moi. Voilà mes tourterelles,
je vous les livre : tuez-les, puisque leur mort peut
sauver Ménalque ; mais permettez-moi de n'être
pas présente ; permettez-moi d'aller pleurer loin
de l'autel... (Elle pleure.) Si vous saviez combien ces
oiseaux me sont chers ; si vous saviez qui me les a
donnés, et la promesse que j'ai faite... Mais l'Amour
le sait, l'Amour lit dans mon cœur ; et plus ce sacrifice est douloureux, plus, sans doute, il doit
être utile au père de mon ami... Adieu, Lisis, je
vous quitte : je ne puis retenir mes larmes ; ma
douleur troublerait vos prières... Adieu, vous aussi,
malheureux oiseaux, vous qui deviez rester toujours... adieu ; vous ne souffrirez pas plus que je
souffre. (Elle baise les tourterelles, les remet à Lisis, et sort.)

SCÈNE IV.

LISIS, LE PRÊTRE DE L'AMOUR.

LISIS.

O vertueuse Chloé ! que ta mère doit être heureuse ! combien elle doit être fière d'avoir un enfant comme toi ! Mais j'aperçois Myrtil... (au prêtre de
l'Amour en lui remettant les oiseaux.) Allez m'attendre dans le
temple, et préparez le feu sur l'autel. (Le prêtre de
l'Amour sort, et emporte les tourterelles.)

SCÈNE V.

LISIS, MYRTIL.

MYRTIL.

Je vous cherchais, Lisis : prenez part à ma joie ; j'entrevois un rayon d'espérance. Mon père, mon père nous sera peut-être rendu.

LISIS.

Ah ! plût au ciel ! Et par quel prodige ?

MYRTIL.

Il n'avait plus qu'un souffle de vie quand je suis arrivé près de lui. Mes frères, à genoux autour de son lit, levaient leurs mains au ciel et pleuraient ; je cours, je m'élance au milieu d'eux, je me jette au cou de mon père... Ce bon père, il s'est rani-mé, il a rappelé ses forces pour me serrer contre son cœur : Tu me manquais, m'a-t-il dit en s'ef-forçant de sourire ; j'étais fâché de mourir sans t'avoir dit mon dernier adieu. Je n'ai pu que le presser en sanglotant. Mais tout-à-coup un dieu sans doute m'a inspiré : je me suis souvenu de vous avoir entendu dire qu'au sommet de la grande mon-tagne habitait un vieux berger nommé Lamon, qui passe pour avoir appris d'Apollon même l'art de guérir tous les maux.

LISIS.

Je ne sais s'il vit encore.

MYRTIL.

Je me suis arraché des. bras de mon père , j'ai
pris ma course, et , sans m'arrêter , j'ai monté la
grande montagne. J'ai cherché , j'ai appelé Lamon ;
j'ai parcouru dans un instant tous les lieux où je
pouvais le rencontrer : je l'ai vu enfin , je l'ai vu
assis au pied d'un chêne , occupé d'examiner les
simples qu'il avait cueillis. Je me suis précipité à
ses pieds : Sauve mon père , lui ai-je dit , mon
père va mourir , viens le rendre à la vie , je te donnerai tout ce que j'aurai jamais. A présent je ne
possède rien, mais je serai riche un jour , et tout
mon bien t'appartiendra. En parlant ainsi , j'avais
saisi sa main , et je l'entrainais vers notre chaumière. Mon enfant , m'a-t-il répondu en marchant
je plus vite qu'il pouvait , je n'ai pas besoin d'ac-
quérir du bien , et mon cœur a besoin d'en faire.
J'essaierai de guérir ton père ; et si mon maître
Apollon m'accorde encore ce succès , je ne veux
recevoir d'autre don de toi que celui de ta houlette :
c'est la plus belle que j'aie vue ; je l'appendrai , en
actions de grâces , à un vieux laurier que j'ai con-
sacré à Apollon.

LISIS.

Lamon est toujours le même ; sa piété envers
les dieux égale seule sa générosité.

MYRTIL.

Hélas ! en demandant ma houlette , il m'a de-

mandé mon plus cher trésor. C'était un don de ma
bergère ; j'avais juré de mourir plutôt que de m'en
séparer : mais mon serment et ma houlette, et ma
bergère elle-même , ne me sont pas si chers que
mon père. J'ai dévoré mes larmes , j'ai affecté de
sourire ; et quoiqu'il m'eut été plus doux de donner à Lamon dix ans de ma vie , j'ai remis ma houlette dans ses mains.

LISIS.

Eh ! Lamon guérira-t-il Ménalque ?

MYRTIL.

Il l'a vu, il l'a interrogé, l'a examiné long-temps,
et a gardé un profond silence. Mes frères et moi
nous avions les yeux fixés sur Lamon ; notre salut
ou notre perte dépendait du mot qu'il allait prononcer. Enfin il nous a dit : Espérez ; je crois pouvoir guérir votre père. A cette parole , nous sommes tous tombés à ses genoux, et nous l'avons adoré
comme un dieu. Lamon pleurait ; il nous a relevés,
nous a fait sortir de la cabane , où il est seul avec
mon père. J'ai profité de ce moment, Lisis, pour
venir vous annoncer notre bonheur , pour venir
vous demander d'intéresser les dieux au succès.

LISIS.

Oui , je cours les implorer , je vais achever un
sacrifice qui vous fera verser des larmes de reconnaissance quand vous saurez qui l'a offert. (Il sort.)

MYRTIL.

Ah ! je vous suis , Lisis... Mais voici Chloé ; je
veux l'instruire de mon bonheur.

SCÈNE VI.

MYRTIL , CHLOÉ.

CHLOÉ.

Je sais tout , mon ami , je viens de chez votre
père ; j'ai vu Lamon, je lui ai parlé ; il espère de
plus en plus.

MYRTIL.

Ah ! mon amie, ma chère Chloé ! en m'appre-
nant cette heureuse nouvelle , vous me la rendez
encore plus douce.

CHLOÉ.

C'est vous qui avez pensé à Lamon , c'est vous
qui avez été le chercher sur la grande montagne.

Vos frères pleuraient votre père ; vous, Myrtil,
vous l'avez sauvé. Aussi mon cœur fait-il tous ses
efforts pour vous aimer davantage : j'ai bien peur
qu'il ne le puisse pas... Mais où est donc votre
houlette ?

MYRTIL, les yeux baissés.

Ma houlette ?

CHLOÉ.

Vous l'avez perdue ?

MYRTIL.

Non.

CHLOÉ.

Vous l'avez donnée ?

MYRTIL.

Oui.

CHLOÉ.

Si tout autre que vous me l'avait dit, je ne l'aurais pas cru.

MYRTIL.

Ah ! quand vous saurez... Mais, vous-même, qu'avez-vous fait des tourterelles ?

CHLOÉ, tristement.

Je ne les ai plus.

MYRTIL.

Et que sont-elles devenues ?

CHLOÉ, en soupirant.

Elles expirent à présent.

MYRTIL.

O ciel ! Et quel est le barbare qui a pu donner la mort à de si tendres oiseaux ?

CHLOÉ.

C'est moi-même.

MYRTIL.

Vous, Chloé !

CHLOÉ.

Je les ai données à Lisis, pour qu'en les sacrifiant à l'Amour, il obtînt de ce dieu puissant la santé de votre père.

MYRTIL.

Ah ! je respire , ma Chloé. Vous m'en êtes cent fois plus chère ; et jamais...

CHLOÉ.

Ma houlette n'a pas été offerte à l'Amour.

MYRTIL.

Non, mais le vieux Lamon me l'a demandée pour prix de la guérison de mon père. Pouvais-je la refuser , Chloé ? J'ai caché mes pleurs , j'ai baisé ma houlette , et je l'ai donnée à Lamon.

CHLOÉ.

Ah ! que vous me soulagez , Myrtil ! Loin de vous en savoir mauvais gré , vous avez , je crois , trouvé le seul moyen d'être chéri davantage.

MYRTIL.

Je n'ai fait que mon devoir ; je le ferai encore. Mais que ma houlette était belle !

CHLOÉ.

J'aurais donné ma vie pour mon bienfaiteur. Mais que mes tourterelles étaient charmantes !

MYRTIL.

Nous approuvons tous deux ce que nous avons fait, et cependant notre cœur murmure. Hélas ! il n'est plus temps, Chloé ; les tourterelles sont immolées, la houlette est dans les mains de Lamon : ni vous ni moi ne reverrons plus ni les tourterelles ni la belle houlette.

SCÈNE VII.

MYRTIL, CHLOÉ ; LISIS, apportant les tourterelles
et la houlette.

LISIS.

Vous les reverrez, vous les posséderez encore,
enfans vertueux et sensibles. (A Chloé.) L'Amour
vous rend vos victimes (à Myrtil.) Lamon vous remet son salaire : l'amour et Lamon viennent de
m'expliquer leurs volontés.

MYRTIL.

O ciel !

LISIS.

Comme j'allais offrir ces tourterelles, comme je
tenais le couteau sacré sur leur cœur, une voix
douce est sortie de la statue de l'Amour : Va, m'a-
t-elle dit, va reporter à la jeune Chloé les tendres
oiseaux qu'elle m'avait offerts ; dis-lui que je ne reçois point son sacrifice, et que j'ai rendu la santé
au bon Ménalque : assure-la, ainsi que Myrtil, que
je veille sur leurs destins ; que je les unirai bientôt ; et que toujours je rends heureux ceux qui,
en m'adorant, adorent encore la vertu.

MYRTIL.

Ah, ma Chloé !

CHLOÉ.

Cher Myrtil, quel bonheur pour nous !

LISIS.

A peine le dieu avait achevé ces paroles, que le
vieux Lamon est arrivé : Ménalque est guéri, m'a-
t-il dit ; ce n'est point mon art, c'est ton dieu
qui a fait un si grand prodige. Je ne puis prétendre à aucun salaire ; reporte à Myrtil le don qu'il
m'avait fait. En parlant ainsi, il m'a remis cette
houlette. Reprenez-la, Myrtil ; Chloé, reprenez vos
oiseaux ; et n'oubliez jamais l'un et l'autre qu'en
sacrifiant tout à son devoir, on est sûr d'arriver au
bonheur.

FIN DE MYRTIL ET CHLOÉ.

TABLE DES PIÈCES.

CONTENUES DANS CE VOLUME.

IMPRIMERIE DE MOQUET ET COMP.,
Rue de la Harpe, 90.

CONDITIONS DE LA SOUSCRIPTION.

Les Œuvres complètes de Florian formeront 12 volumes in-octavo, ornés d'un portrait et de 24 gravures. — La publication sera faite en 15 livraisons. — Chaque livraison se composera d'un volume de texte ou de 8 vignettes. — Il paraît une livraison le 1er et le 15 de chaque mois depuis le 1er novembre 1837. — Le prix de chaque livraison est fixé à 2 fr. 25 c. pour Paris, et à 2 fr. 50 c. pour les départements. — Les souscriptions qui seront adressées directement à M. Ménard seront expédiées *franco* : pour Paris, à la mise en vente de chaque livraison ; pour les départements, en deux envois, à trois mois de distance. On ne paiera qu'en recevant.

BIBLIOTHÈQUE ANGLAISE,

collection des meilleurs romans modernes :

100 volumes in-octavo, à 2 francs 25 c. le volume.

Conditions de la souscription :

La Bibliothèque anglaise formera environ 100 volumes in-8, imprimés en caractères neufs, sur beau papier. — On pourra souscrire pour la collection entière ou pour chaque auteur séparément. — Les premières livraisons se composeront des œuvres du capitaine Marryat, qui formeront environ 24 volumes.

Il paraît un volume le 1er et le 15 de chaque mois, depuis le 1er décembre 1837. — Le prix de chaque volume est fixé, pour les souscripteurs, à 2 fr. 25 c. pour Paris, et à 2 fr. 50 c. pour les départements. Tous les ouvrages d'un auteur se vendront séparément à raison de 2 fr. 50 c. par volume.

ŒUVRES DE WALTER SCOTT,

TRADUCTION DE M. ALBERT MONTÉMONT.

Nouvelle édition, revue et corrigée d'après la dernière publiée à Édimbourg.

30 volumes in-octavo, papier satiné,

à 1 fr. 80 le volume, ou 54 fr. l'ouvrage complet.

On souscrit pour l'ouvrage complet, formant trente volumes in-8. — Il paraît un volume le 1er et le 15 de chaque mois, depuis le 15 février 1837. — Le prix de chaque volume est fixé à 1 fr. 80 c. — Tous les ouvrages se vendent séparément. — 25 volumes sont en vente (1er février 1838). — Les souscriptions des départements qui seront adressées directement à M. Ménard, seront expédiées *franco* en deux envois : le premier de suite, le second le 1er mai 1838.

ŒUVRES COMPLÈTES DE VOLTAIRE,

AVEC DES PRÉFACES, AVERTISSEMENTS, NOTES, ETC. ;

PAR M. BEUCHOT,

Bibliothécaire de la Chambre des Députés.

70 volumes in-octavo, avec 80 belles vignettes.

CRÉDIT. — Les personnes dont la position sociale est un gage de solvabilité, et qui s'adresseront directement à M. Ménard, pourront recevoir immédiatement l'ouvrage complet en souscrivant l'engagement de payer dix francs chaque mois, ce qui divisera la somme totale en seize paiements mensuels.